GAEA

Gaea

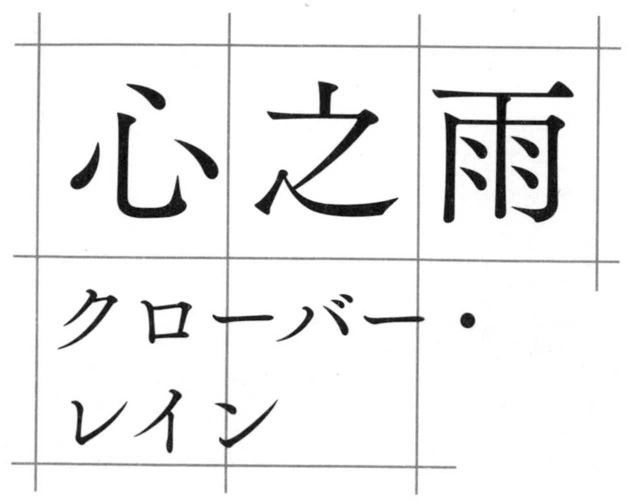

心之雨

クローバー・レイン

大崎梢——著

邱香凝——譯

心之雨

クローバー・レイン

目次

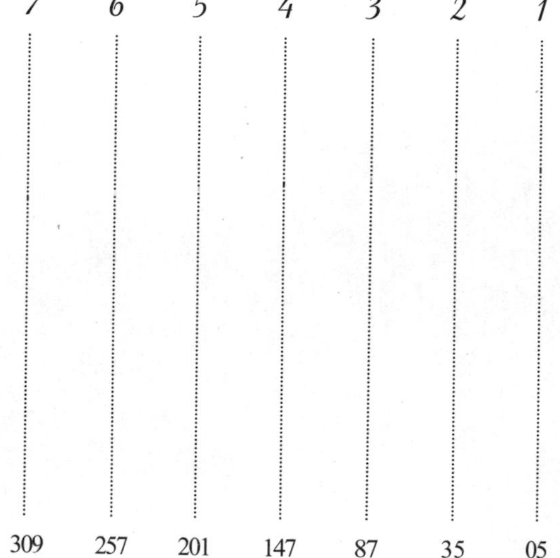

1

小時候，總覺得寫小說的都是特別的人。

兒時幾乎沒想過書是怎麼做出來的，大概要到上了小學，才開始意識到作者的存在。此後便無止盡地懷抱著對作家的天眞崇拜。隨著年紀增長，多了點智慧，也聽了不少關於作家的傳聞——例如就算正式出道，也只有極少數人能持續下去，甚至當書賣不好時，還得下海當影子作家，或是屢次更換筆名反覆投稿新人獎。不過，即使耳聞這些，他也從不放在心上，因爲現實生活中幾乎沒機會接觸作家，頂多在簽書會或演講等場合一窺作家風采，對他來說，他們畢竟只是一群高不可攀的人。

然而現在不一樣了。

傍晚時分，在喫茶店裡面對面坐著，一邊望向窗外說「好像快下雨了呢」，一邊啜飲涼掉的咖啡。把滑落的眼鏡重新戴好，彰彥瞥了對面的人一眼。

這個男人，是五年前獲得「千石小說大獎」的倉田龍太郎。

得獎時三十五歲上下。經過了五年，現在應該超過四十歲了。他長相穩重，眉毛很粗，眼睛細細的，還有著圓滾滾的腮幫子。穿一件圓領毛衣，梳著三七分的髮型；不知道是不是睡醒沒梳頭，只有右邊的髮絲往上翹。說肥胖也不到肥胖的程度，就是有點發福，肩膀曲線渾圓。

好一段時間沒見，先聊些天氣話題和不痛不癢的時事，雖然順利營造出和樂談笑的氣氛，還是無法輕易消除對方的緊張感。這也難怪——彰彥自認能夠理解他的心情，畢竟自己可能正要說出他最害怕聽到的那句話。

彰彥工作的千石社，是間老字號大型出版社，企業規模或許不大，知名度卻很高。每年發行大量出版品，從引發軒然大波的紀實類作品，到街頭巷尾蔚爲話題的暢銷書，出版品種類五花八門。冠上公司名稱的週刊雜誌評論起世事毫不留情，也有連財政界大人物都會接受採訪的重量級商業雜誌、運動雜誌和旅遊等趣味娛樂雜誌，出版品項豐富。

而由這樣的千石社主辦，一年一度的文學新人獎，至今已培育出無數廣受歡迎的作家，是兼具歷史與權威的獎項。每年都能收到高水準的稿件，遴選過程總是左右著投稿者們的喜怒哀樂，只要能留到最後，肯定集業界的矚目於一身。因此，每年都有超過五百多件作品參選。

獲得大獎的作品，就是這些作品中的翹楚。經過盛大發表之後，得獎作品將被編輯成書，放在書店銷售，並展開一連串精心設計的宣傳，除了書評報導之外，作者還會接到來自各方的採訪邀約，以各種方式吸引讀者注意。

倉田的作家生涯，可以說就是擁有了這樣一個得天獨厚的開端。然而，在小說的世界裡，若以爲如此就肯定能一直備受矚目地活躍於文壇，似乎也未必。很遺憾，他的出道作品並未一炮而紅，第二部作品也很快就陷入苦戰。當時的編輯應該也給了各種建議，但好不容易推出的書卻沒能獲得太大迴響，瞬間埋沒在市場上。

此後，倉田和千石社的關係迅速變得疏離，在別家出版社出了一本書，銷售依然不樂觀。儘管還和好幾家出版社保持聯繫，具體的出版計畫卻是誰也說不定。

這不是倉田的錯。他爲人老實又有禮貌，也具備社會常識，只是寫的書不賣而已。他的小說抓不住讀者。諷刺的是，當年得獎作品獲得的評價「看似不起眼，其實艱澀有深度，是行家偏好的作品」，正好預示了後來不起眼的銷售量。

不久，倉田出道時的責任編輯調職，接手的正是彰彥。進公司七年，調到文學書部門第三年的彰彥，年紀比倉田足足小了一輪，今年二十九歲。倉田說不定會想，這種毛頭小子懂什麼。不過他會這麼想也是無可厚非，畢竟前任編輯的年紀比倉田大，說起話來或許比較無所顧忌吧。

接任至今，倉田也曾交給彰彥一份差不多八十張稿紙的短篇小說。既然接下了責任編輯的職務，總得想辦法做出一番成績，於是彰彥積極聯繫了文學雜誌的編輯。一篇短篇小說雖然無法出書，至少可以在文學雜誌上發表，對倉田來說，也是爲今後的發展製造一些機會。不管怎麼說，他終究是千石小說大獎得主，雜誌方面也願意通融，因此彰彥順利為他爭取到了一個版面。短篇小說的內容是以公寓噪音爭執為主題的心理劇，只要寫得好，肯定會是很有看頭的故事。

然而，最後這件事還是告吹了。書稿中有幾個不自然的安排，倉田也願意針對這些地方修改，只是卻愈改愈糟，最後只好由彰彥告知不予刊登的消息。

半年後，倉田再次提出「請務必讀一讀」的要求，並帶來了這次的書稿。對話告一段落，彰彥緩緩取出厚厚的信封袋。這次的作品，是超過七百張稿紙的大部頭。倉田抓起塞在桌角的溼巾，擦拭額頭浮現的汗水。真討厭，讓人好緊張，這個瞬間總是教人難以承受，對心臟很不好啊。似乎是這麼想著，倉田擠出討好的笑容。

彰彥也露出沉穩的微笑。他知道這是倉田使盡渾身解數的力作。攤開稿紙，很快地具體告知「優點」。不是隨口胡說，從表達的遣詞用字就能感受到彰彥真的好好讀過作品。接著，他低下頭說：「不好意思，很可惜，在我們這沒辦法……」倉田只簡短地回答了：「這樣啊。」過了一會兒，才說笑似地開口：

「鄉下老家的爸媽一直囉唆問我怎麼還不出書，學生時代的朋友也很煩。他們都不知道現在出版業不景氣，出一本書有多麼不容易。業界人士們也很辛苦吧。要是住在父母身邊，日子或許還過得下去，東京的房租實在太貴了。」

彰彥只能微微點頭，是連答腔都稱不上的那種複雜的點頭方式。倉田任職的公司三年前被併購，他也從正職員工轉成約聘人員，收入減少，得動用存款才能勉強生活。不過這些都是彰彥私下從其他作家那裡聽來的。相當於七百張稿紙的作品要是能出書，拿到版稅之後，他的日子大概也會好過點。

「如果可以出的話，其實要我修改這份書稿也沒關係。畢竟寫的時候花了很多時間查資料，就這麼放棄很可惜。」

彰彥抿緊嘴角，低垂視線，這就是他的答案。

短篇那次也改了稿，卻改不出想要的成果。或許是雜誌編輯沒有溝通好，又或許是彼此調性不合，可能有各種原因。身為編輯，也不是沒想過是否自己能力不足，然而現實的問題是，這份書稿無法讓身為責任編輯的自己產生想一起做下去的動力。彰彥沒有自信能從書稿中找到亮點，再把作品修改到足以出版的水準。

當彰彥把這個想法告訴總編輯之後，身為彰彥直屬上司的他，一邊嘆氣一邊點頭。只要有任何一點可能性，即使沒有立刻出版的計畫，還是要先用模稜兩可的話術把作品留下來，這是為了避免作家拿去其他出版社投稿；等到作家的其他作品哪一天熱賣了，再趕快搭順風車出書。

有些作者討厭這種事，但也有最好不要保留，請作者帶回去比較好的作品。對於彰彥做出的這個判斷，總編沒有提出異議。

「工藤老弟。」

聽到自己的名字，彰彥抬起頭。倉田望著窗外出神地說：

「雖然沒下雨，可是天黑了呢。」

位於二樓的喫茶店窗外，看得到隔壁大樓的燈光，街燈與路過的車頭燈發出煌煌白光。宛如正午的明亮光線背後，黑夜正緩緩落下。是時候了。

黃昏的橘紅消失，天空彷彿與陽光訣別，染上了一整片的夜色。

□

倉田問：「接下來是要回公司嗎？」彰彥點頭致意，在路邊與倉田道別。約定四點碰面，五點半道別，這次會面的時間很短。前往車站途中，與打領帶的上班族擦身而過，這才想起現在是平日傍晚。倉田該不會是向公司請假來的吧？即使還了一部長篇作品的書稿給他，手提包裡也還有其他書稿，一點也沒有變輕。搞不好還更重了。

說要回公司並不是謊言，只是，把手頭工作告一段落之後，晚上的預定計畫是聚餐。

彰彥負責的作家先前出的單行本再版，要幫他舉行慶祝會。一般來說，出版社並不會特地爲一次再版慶祝，只因這位作者是時下當紅作家，他在雜誌連載的責任編輯、文庫本的責任編輯和單行本的編輯都異口同聲說要慶祝慶祝。

出了位於新宿東口的喫茶店，本想直接搭地下鐵回公司，途中改變心意，往南口繞去，沒想太多就踏進那一帶的巷弄。走到一個寫著「ｂａｔａ」的招牌前才停下來，朝著這間流瀉出燈光的小店望去。這是間開在大樓一樓角落，占地不大，連入口都很窄的店。

推開門走進去，和站在吧台內側的男人四目相接。對方擺出「什麼嘛，是你啊」的表情。

放了三張桌子的店內，僅有一個客人，戴著耳罩式耳機聽音樂，桌上攤著書和筆記本。彰彥毫不遲疑地走向最裡面的吧台，把脫下的大衣捲成一團，放在隔壁椅凳上。將手提包塞進腳下空間，點了啤酒。這間店中午主要供應簡單的食物和咖啡、紅茶，不過晚上也賣酒。

「你又蹺班囉？」

男人一邊發出可惡的調侃，一邊爲彰彥遞上杯墊，再朝細長的玻璃杯裡注入海尼根，並端上裝了洋芋片的小碟子。

「別說得這麼難聽，現在是工作和工作之間的空檔。我還特地從東口走過來，想說貢獻一點營業額給你耶。」

「那還眞感謝你喔。等一下若還有工作的話，不就是去吃美食跟喝酒了嗎？地點在哪？」

「作家大人指定的六本木土耳其餐廳，預約的人是我。」

「預約就預約啊，這點小事。反正花的是公司的錢吧。眞羨慕你，不但薪水高，連晚餐錢都可以省。」

不管他說什麼，都無損啤酒的美味，清涼沁入五臟六腑。大概是爲晚上的料理做事前準備吧，男人正在削馬鈴薯皮。這個男人是彰彥從小學到國中的同班同學，或許也可說是童年玩伴。高中兩人讀了不同學校，畢業後彰彥繼續升大學，他——河上良嗣，則是高中一畢業就在地方上的食品公司找到工作。

也不知道河上何時辭了那工作，開始任職於東京都內的餐飲店，四年前換到現在這家店，當個領薪水的店長。河上身材高瘦，頭上綁頭巾、蓄鬍子，他看起來既像三十幾歲，也像四十幾歲。因爲長得好，有時還會被誤以爲不到二十五歲呢。店裡幾乎只靠他一個人張羅，只有忙碌時段才請工讀生幫忙。

彰彥就職不久就成了河上店裡的常客，也才知道在認識的人店裡能有多放鬆。

「看你一臉沒精神的樣子……算了，反正你來我們這裡時，通常都沒什麼精神。」

「是這樣嗎？」

「你說指定土耳其料理的，是很難討好的大作家嗎？」

「不是啦，是個年輕的——不過還是比我們大五歲——最近竄紅的暢銷作家。我想今天的聚餐應該會滿開心的吧，因爲對方個性開朗。」

托腮的手靠在吧台邊，眼睛朝門口望去，隔著玻璃稍微看得見外面的巷子。那是這家店唯一能看到外面的地方。腦中閃過從喫茶店看出去的明亮街道，手伸向淌水的酒杯。喝一口啤酒，連剛才道別時那個人的背影一起吞下。

「會很開心是嗎？換句話說，再過一、兩個小時，你就要切換成那種模式了。你這個人啊，再怎麼勉強也稱不上社交高手，等一下卻要笑著給人家倒酒，攔住店員追加餐點，還要負責結帳，找續攤的店；到了續攤的店，臉上繼續堆滿笑容。這麼一想，就覺得薪水高也是應該的了。」

「怎麼你每句話聽起來都像是在諷刺我。」

「沒有喔，我這可是在稱讚你。」

河上之所以說得像身歷其境，是因爲他眞的親眼目睹過。有一次，書籍出版後要舉行名爲慶功宴的慰勞會，彰彥請河上介紹適合的店。也不知道是碰巧還是故意，當天晚上他也以客人的身分去了那家店。看到彰彥忙進忙出，四處陪笑的樣子，似乎令他很驚訝，之後就常拿這事開玩笑。

「那可不是演技喔，只要能拿出好的工作成果，聚餐也會很開心。負責張羅那些不算什麼啦。這種事真的沒關係，只是……」

「只是？」

抓起小碟子裡的洋芋片咬一口，鹽味滲入舌頭。只是有時不知道自己到底在做什麼而已。明明是自己想做的工作，但自己想做的真的是這些事嗎？也會有全身無力的時候。

要是把這話坦白說出口，一定會招來河上一頓吐槽，彰彥用力閉上嘴巴。

「喂，話別說到一半就打住啊。」

「喔，沒什麼啦。只是剛才當面退了一個作者的稿，這種事還是會讓我有點沮喪。」

「啥？」

雖然話說得遮遮掩掩，但也自認說了真心話，河上卻故意睜大眼睛，做出傻眼的表情邊搖頭。大概還同時掀開了瓦斯爐上的鍋蓋，一股蒸氣伴隨著番茄和蒜頭的香氣飄了出來。

「不能用的稿當然要退啊，這種事連我都懂。那種像初出茅廬的人才會講的話，你還是拿到別的地方說吧，別讓我懷疑你的腦子是不是有問題。」

「幹嘛說人家的稿不能用。」

「這是事實吧？不行的東西就是不行，無聊的東西就是無聊。是說，現在我們吵這個，豈不是和小學的時候沒兩樣？」

河上一邊拿杓子攪動鍋裡東西，笑著這麼說。彰彥想起成為兩人爭執原因的幾本書，不由得聳了聳肩。不管是《銀河鐵道之夜》、《魯賓遜漂流記》或《杜立德醫生》系列，河上都嚷嚷著「無聊」、「不需要」，然後丟還給彰彥，令他非常火大。不過驚人的是，直到現在，彰彥對那些批評仍然無法聽聽就算，依然忍不住要激動質疑「為什麼不懂作品好在哪」。

「你從以前就容易為莫名其妙的事動怒。」

「哪裡莫名其妙了，好的東西就是好。」

「所以我不是說了嗎……」

河上無奈露出「眞拿這賴皮小孩沒辦法」的表情，蓄鬍的臉龐看起來出乎意料地成熟，使彰彥陷入難以言喻的困惑。從小，調皮搗蛋、像個小鬼的總是河上，而自己唯一的優點就是成績比較好，但也是個不太起眼的學生，因此常被誤以為比實際年齡大。

「繼續做出好書吧，你的工作很幸福不是嗎？認眞以做出暢銷書為目標。喔喔，對了，只要能出一本引起話題的書，小尚一定也會看到。」

「啥？」

「我就知道，原來是這樣啊。這就是你當編輯的原因？」

河上興奮得臉都皺成一團，彰彥也不甘示弱地皺起眉頭，冷冷丟下一句：

「是怎樣，幹嘛忽然說這個。」

「我有說錯嗎？」

「當然啊，那種事我連想都沒想過。」

心情和身體一起萎縮起來，不過也因爲這樣而看到掛在牆上的時鐘。沒時間了，這下得搭計程車才趕得及。彰彥慌忙起身，正伸手往錢包裡掏零錢時，河上若無其事地問：

「你們沒聯絡嗎？」

「沒有耶。什麼都沒有。啤酒錢先讓我賒一下啦。」

「沒有喔？我覺得很不錯啊，要是小尚能看到你做的書的話。」

「別說了，多難爲情。」

覺得麻煩，乾脆抽出一張千圓鈔，放在吧台上。腋下挾著大衣，抓起手提包。

「就算他讀到了，也可能根本不會察覺那本書和我有關，畢竟我們當編輯的是影子中的影子。」

「不然偷偷在書裡放進他看得懂的訊息？或是在書名中偷渡？」

「笨蛋！這樣倒不如你來寫小說好了。筆名就叫『阿良』。我會特別撥冗幫你看稿的。」

「才不要咧，我的責任編輯只限女性。」

店門打開，彰彥前腳剛要出去，三人一組的客人後腳跟著進來。聽著河上用判若兩人的聲音溫柔招呼「歡迎光臨」，彰彥走出店外。

外頭正滴滴答答地下著雨，彰彥急忙穿上大衣，往計程車穿梭的大馬路走去。拿出手機一看，有三通未接來電。撥通回給總編的電話，目光卻被大馬路前轉角微亮櫥窗角落裡的東西吸引。那是一個有蜥蜴圖案的化妝包。

——為什麼人類生來就有差異？

從前讀過某小說裡的一段話掠過腦海，連第一次讀到這句話時的激動心情也隨之復甦了。不需要回溯記憶，立刻就能想起那是誰寫的哪本書。

是宮本輝的《春之夢》。伸手去拿書櫃裡的這本書時，已經記不清楚是國二那年還是國三那年了。在那之前，讀了同一位作者的《優駿》，因為覺得很有意思，所以就從書櫃裡成排的書背中隨便挑了這本開始讀。

為了逃避過世父親的債主，身為大學生的主角搬進便宜公寓，故事就從這裡展開。開頭的章節描寫主角不小心將一隻蜥蜴釘在柱子上。蜥蜴勉強活著，但就這麼一直固定在柱子上。說出剛才那句台詞的人是主角患有先天性心臟病的朋友。背負與生俱來弱勢缺陷的他，向主角宣洩了自己內心的心緒。

買下這本書閱讀，再將書放回書架的人，對這驚悚的一幕有什麼想法呢？還是國中生的自己無論怎麼思考也找不到答案，無計可施。書裡的所有台詞，似乎都能視爲那人想說的話。

至今仍沒有太大改變。彰彥依然搞不懂別人的心情，也不認爲能把自己內心的想法傳遞給別人。就像與生俱來的弱勢殘缺，人與人之間一定也有著與生俱來的距離。距離遠的人就是遠，總覺得那距離不允許被縮短。

說不定對方也會講一樣的話啊，「你打從一開始就差遠了。」

作品裡的蜥蜴是故事象徵，櫥窗裡的蜥蜴則金光閃閃。彰彥無法理解那種美感，只知道好像是女生拿來裝小東西的。

冰冷的細雨讓他回神，彰彥再次急急地朝大馬路走去，找尋路上的計程車。目的地既不是過去，也不是懷念的人身邊，更不是書櫃前；要去的地方只不過是熱鬧的六本木。

□

一月底，某家出版社舉行了新人獎頒獎典禮，是包下大飯店宴會廳的盛大活動，除了與該出版社有合作關係的作家，其他出版社的編輯也會受邀。當初彰彥一分發到編輯部時，前輩就告訴過他，這類活動是拓展人脈的好機會，此後，就算得把手邊的工作延後，彰彥也會盡可能參加。

那天傍晚，彰彥先和新書的封面設計師開會之後才出發，當他抵達會場時，得獎者已經開始致詞。把大衣寄放在衣帽間，一邊鼓掌一邊站到敞開的門邊。得獎者總結致詞後，另一位中堅作家上台帶領眾人乾杯。服務生迅速俐落地動起來，端著放有飲料的托盤，穿梭在會場的人群之間。彰彥也拿起一杯啤酒，鑽進會場。

匯聚燈光的金色屏風上方，掛著一條橫幅布條。台上放有五彩繽紛的大型花飾。宴會採自助餐形式，桌上準備了各式開胃小菜和壽司等料理。大廳裡擠滿受邀的賓客。但包括引人注目的龍蝦塔在內，幾乎沒有哪位編輯在享用滿桌的餐點。彰彥也只在乾杯時喝了口酒，接著便到處找尋認識的人打招呼。剛調過來現在的部門時，來這種場合都得跟在前輩編輯身邊，讓他一一向人介紹「這是我們家新來的——」。三年後的現在，彰彥已很熟悉在這種場合裡的走動方式。

每個月都會有幾場租借大飯店舉行的頒獎典禮或交流會之類的活動，多的時候一個月甚至得參加三到四次。出版業在受到低迷的銷售量與書籍電子化的衝擊之後，這種活動也不知還能舉行到何時。只是，與其爲將來煩憂，眼前還有更多該做的事。

頒獎典禮主角的得獎人們，一臉緊張地站在金屏風旁，胸口別著大大的胸花，接受出席者的祝賀。對象有作家有編輯，其中有幾張臉孔彰彥也認識。將得獎人放到一旁，彰彥朝設置在中央的自助餐桌走去。

還沒讀過那些得獎作品，自然不知道得獎者寫的是什麼。要是上司已經交代自己編輯任務，或是有人能夠居中牽線，那當然又另當別論。然而，在不清楚作品的情況下，彰彥想盡量避開與他們交談，否則對對方也很失禮。

以自己的步調鑽進人群，看到認識的人就停下腳步觀望。因爲大家多半在和某個人談天說笑，不能硬是介入打斷。而正在盤算什麼時候打招呼才好時，往往對方也就順利地發現自己了。

要是河上在場，一定會調侃彰彥「眞拚」。不過，對現在的彰彥來說，和第一次見面的人談笑絕非難事。說出名字的瞬間就能想起對方的著作，也能流暢地說出對作品的感想。就算不識對方作品，配合當下氣氛聊天也不是做不到的事。會場內遇到插畫家、書評家時，彰彥還會主動過去攀談。

年長的女性作家擔心地問「肚子餓不餓」，一告訴她「我從高中就讀您的書了」，對方大吃一驚，得知彰彥今年才二十九歲，女作家笑著說了句「眞年輕」。無論面對的是作家，還是編輯，被年長者調侃是家常便飯，已經很習慣了。不管被人家說老實還是死板，像這樣一步一步拓展自己的地盤，也是工作的一部分。

偶爾也會有令人臉色發青的經驗。那次，經常擔任文學獎評選委員的大師級作家芝山慶吾在會場裡叫住了彰彥。當然，自己並不是他的責任編輯。通常都由資深編輯擔任大師級作家的責任編輯。不過，那時彰彥才剛讀完芝山大師在別家出版社出的書，書裡有個叫「阿淺先生」的老人，這個角色之粗俗，在大師筆下眞是描寫得淋漓盡致。彰彥反覆讀了好幾次老人出場時的台詞和場景，只是一直沒機會當面把這些感想告訴芝山大師本人。

和今天不同的另外一場頒獎典禮上，也是派對會場，彰彥看見芝山大師正獨自一人喝著兌水酒，身邊沒有其他編輯。兩人四目交接，倉促間，彰彥慌忙點頭致意，大師露出「咦」的表情；其實是因爲之前彰彥曾在他的簽書會上幫過忙。

完全沒想到大師會記得自己，但就這麼當場離開也很失禮，於是走向大師身邊，自我介紹是千石社的工藤。之前已經遞過名片，這次就不再多此一舉，只簡短闡述了對作品的感想。才剛說完，其他出版社的編輯就像算準時間般地紛紛出現，彰彥趕緊告辭。

原本眞的只是這麼一件小事。能和從高中時就喜愛崇拜的作家說上話，令彰彥恍惚地沉醉在作夢般的心情中。就在這時，同事戳了他一下，這才回過神來，繼續到處做工作上的寒暄。很快地到了散會時間，跟在其他出席者身後往出口移動時，忽然背後有人喊了聲：「喂，年輕人。」

回頭一看，是在好幾個編輯簇擁下的芝山大師。不用說，裡面也包括千石社的編輯。

「剛才你跟我說的那些感想，謝啦。」

聽到這句話，所有資深編輯都把視線集中到彰彥身上。比起興奮激動，緊張的情緒更讓彰彥說不出話來。

「只有你給了其他人說不出的感想。呃，你叫什麼來著……」

「他叫工藤，是我們出版社的年輕編輯。是不是說了什麼不得體的話……」

回答的不是彰彥，而是公司前輩。聽到前輩生硬的語氣，彰彥頓時失去血色。要不是芝山大師搖頭說「不是」，他可能已經嚇得昏倒了。

「如果還有其他感想，下次也跟我說說吧。那就先這樣。」

芝山大師瀟灑地舉起一隻手揮揮就走了，身旁那群編輯也堆著笑臉跟上去，只剩彰彥留在原地愣了好一會兒。確實感受到來自資深編輯們無言的壓力，像是在對自己說「菜鳥少來強出頭！」也彷彿聽到他們對自己嗤之以鼻的聲音。芝山大師不是自己負責的作家，是否不該隨便向他表達對作品的感想。難道這是業界禁忌？自己是不是眞的太踰矩了？

雖然後來並未因爲芝山大師這件事受到公司責備，彰彥還是去向公司負責芝山大師的編輯前輩低頭道歉了好幾次，切實感受到手腳不得施展的窘迫。從此之後，彰彥盡可能把公司合作作家的責任編輯搞清楚，也不再未經思考就隨便找作家說話。即使再遇到同樣的情形，彰彥也已懂得做個人情，把話題帶到責任編輯同事身上。

久違地在這類場合遇見家永嘉人時，彰彥打從心底開心。因爲才剛讀過他刊登在其他出版社發行的季刊雜誌上的短篇，內心深受感動。家永是出道文壇二十幾年的資深作家，五十多歲了，和彰彥的父親差不多大。

家永似乎不喜歡派對這種熱鬧場合，過去從沒在這種地方見過他。這次會露面，或許心境上產生了什麼變化吧。或許有人陪他一起來也說不定。彰彥感到機會難得，走上前小聲打了招呼，爲久沒聯絡的事致歉。三年前調到現在這個部門時，家永是前輩交接給自己的作家之一，既然身爲他的責任編輯，就沒必要顧慮任何人。

雖曾引介他在雜誌上發表散文或專欄，最後卻沒合作過書籍。家永的著作中有自己喜好的類型，也有不那麼喜歡的，結果就沒有積極邀他創作了。只是，這次的新作確實打動人心。

一如往常地坦白表明了自己的想法，順便問：「最近是否能撥個時間見面？」家永瞬間露出詫異的表情，但也立刻笑著答應。他戴著黑框眼鏡、身材中等，個性木訥，頭上的白髮頗爲醒目。雖然穿了西裝，不過沒有打領帶，腳上穿的皮鞋看起來也很陳舊。

或許不習慣這種場合吧，他的笑容不太自然，一看就知道不太自在，彰彥不免有些同情。但是，只要作品夠出色，縐巴巴的襯衫和眼鏡上的髒污都無須在意。彰彥單純因爲能見到他而開心。

再次看到家永，是宴會結束後的事。地點在衣帽間前。

「怎麼了嗎？」

只見家永頻頻伸手進褲子口袋裡掏摸，像在尋找什麼。

「喔喔，是工藤老弟啊。不是啦，我把外套寄放在這，卻找不到工作人員給我的號碼牌了。」

號碼牌似乎在哪搞丟了。家永大概是自己一個人來的。不忍心看他慌張無措，彰彥回到會場，幫忙四處找尋。也向飯店人員及主辦出版社轉達了這件事，對方也積極幫忙尋找，卻還是沒找到。原本擠滿眾多賓客的會場，如今像退了潮般安靜，連大廳都不見人影。有些同業彼此相約去續攤，也有當場受邀跟著去吃飯或喝茶的人。當然也有人直接回家，或是回公司繼續工作。

幾乎所有受邀賓客都離開後，彰彥重回衣帽間詢問，即使沒有出示號碼牌，對方還是拿出了家永的大衣和手提包。後來，在報到櫃台桌下找到號碼牌，兩人才在飯店工作人員微笑目送下離開會場。

家永原本一直都很惶恐不安，現在或許是因爲終於放下一顆心，醉意逐漸浮現。搭電梯到一樓時，腳步已經開始踉蹌。勉強走到大廳沙發旁，一坐下就再也動不了。

「已經不要緊了，你還要去續攤吧？快去比較好，我沒事的。」

時間才剛過九點半。手機裡沒有收到需要立刻處理的緊急聯絡。彰彥彎下腰，在家永耳邊說：

「老師，您住在高圓寺對吧？不嫌棄的話，我送您回去吧。」

「不用了，我休息一下再自己……」

「您會在這裡睡著的。搭計程車回去吧，我也會一起。」

「你嗎？」

他似乎很驚訝，抬起幾乎要閉上的眼皮。

「您等會兒還有什麼事嗎？」

「不，沒有啦，不是這個意思。是說……謝啦，剛才多虧你幫忙。不過沒關係了。」

家永一對眉毛下垂呈八字形，搖了搖頭，嘴角泛起的應該是苦笑吧。

「你應該去找書賣得更好的暢銷作家。我很清楚這種事，從很久以前就知道了。沒關係的，不用顧慮我，快去吧。」

他的語氣既不冷淡也沒有苛責，只是傳達出拒絕的意思。是不是不希望被打擾呢？身爲作家，他或許不想讓長久以來都沒聯絡的編輯照顧。可是，這裡也沒有其他人可以拜託了，飯店大廳依然只有小貓兩三隻。

家永的身體朝沙發扶手滑落，戴著眼鏡就這麼睡著了。臉色雖然不難看，但給人很疲儂的感覺。彰彥不顧一切地搖晃他的肩膀喊：「老師。」

「我沒和任何人約，所以不要緊。手頭工作也告一段落了。我陪您一起回去，您應該沒搬家吧？」

「喔，嗯。」

「這樣的話，我手機裡還存有您家的地址，請在計程車上好好休息，到家我再叫您起來。」

彰彥擔心他的眼鏡掉落，將它拿下來塞進自己的西裝口袋裡，然後把兩人的手提包放在旁邊，打算扶家永起身。一邊將手插進他兩邊腋下，一邊對他喊話，用力抱起身體，家永這才勉強清醒，自己站起身。可是，雙腿似乎使不上力，又踉蹌著跌回沙發。

正慌張時，幸好有人伸出援手。是剛才還在同一會場，一起幫忙找衣帽間號碼牌的其他出版社業務。他從彰彥的另一側使力撐住家永，將傾斜的身體扶正，家永終於再次好好站直。

「謝謝你。」

「不客氣，現在怎麼辦？」

「不好意思，可以麻煩你幫我扶他到計程車上嗎？」

「好的，我們走吧。」

飯店人員也從櫃台衝出來幫忙拿手提包。彰彥和那位業務左右攙扶著家永，走出自動門。排班計程車開過來，打開後座車門，兩人勉強把家永塞進車上。

「多虧有你幫忙。」

彰彥這麼一說，飯店人員和那位業務一起笑著回應「路上小心」。這和學生時代的聯誼不一樣，現在是編輯要送喝醉的作家回家。點頭表示「辛苦了」之後，彰彥也鑽進車內。

家永已經睡沉了。彰彥要司機先往高圓寺出發，接著拿出手機查詳細地址。這時碰巧來了一封訊息，傳訊來的男人是相馬出版的國木戶。

「辛苦了。你現在人在哪？如果和貝村先生在一起，請告訴我是哪家店。我傳訊給貝村先生，他沒回我。」

訊息裡提到的貝村，是最近接連推出暢銷作品的當紅作家。他也來參加了宴會，想必和責任編輯們去續攤了。原本自己也該一起去的。先前聽說國木戶去福岡出差，大概是趕回來了，想去續攤露個臉吧。

「我在計程車上，正要送作家回家。」

如此傳送了回覆訊息後，立刻收到「送誰？」的回訊。

「家永嘉人老師，他大概喝太多，睡著了。」

「你人也太好了吧。還有其他人一起嗎？」

「沒有。貝村老師應該是跟星川書店的只津老弟在一起喔。你不妨問他看看。」

「喔喔，謝啦。那我知道了，等我問到在哪家店，再傳訊跟你說？」

國木戸人眞好，儘管他平常講話總是半開玩笑，毫不掩飾不同出版社間的敵對意識。彰彥隔著車窗凝望流逝的夜晚街景，嘟噥了句「也罷」。責任編輯聚集的場合，尤其是圍繞著貝村老師的聚餐，就算遲到也該到場才對。只是，聽著家永舒暢的鼾聲，心情不禁放鬆下來。

「我今天還有其他工作，就不過去了。雖然很可惜，不好意思。」

「好啊，我又沒關係。那就先這樣。」

這個情況下的「好啊，沒關係」，應該是眞的不在乎吧。彷彿聽得見國木戸說「不想去的人就不要去，再見囉」的聲音。彰彥和國木戸擔任責任編輯的作家剛好有幾位重疊，就算不想也難免和他扯上關係。當然，更是經常在像今天這樣的宴會上碰到面。相馬出版比千石社規模小，成立年份也比較短，國木戸老是愛把「你們大出版社眞好」掛在嘴上。聽說他年紀比彰彥大三歲，以資歷來說，在文學部門已經待到第七年，雖然隸屬不同出版社，也算是這行的前輩。

剛才家永也催促彰彥快去參加續攤，說「你應該去找書賣得更好的暢銷作家」。彰彥一直記掛著這件事。出版業是個不斷互相比較誰賣得好、誰賣不好，頻頻計較誰大誰小的世界，三年來看多了這種事，不禁想是不是每個業界都這樣？

從手機通訊錄中找出家永家的地址，在住宅區裡迷路了好一會兒，終於找到那棟小小的獨棟房屋。門牌上寫著「家永」，就是這裡沒錯。包括門燈在內，所有燈光都是暗的，這時間不可能已就寢，看來是無人在家。於是放棄請他家人出來接他的念頭，彰彥拖著睡著的家永下了車，讓計程車司機離開了。

時值一月底，還是寒冷時節。屋裡一定冷到骨子裡了吧，得好好把他送進臥房裡才行。

「抱歉啊，我睡死了。」

接觸到車外寒氣，家永終於清醒，把玄關鑰匙交給彰彥。

「府上都沒人在嗎？」

「嗯，你進來喝點熱茶或咖啡再走。也有酒，喝啤酒也行喔。」

儘管彰彥擅自送他回來，家永似乎沒有不高興。想起他在飯店大廳幾度拒絕的情形，這才總算鬆了口氣。

「打擾了。老師，您可不能在玄關睡著唷。會著涼的，快進屋子裡吧。」

一邊催促著爲了脫鞋，在玄關一屁股坐下卻差點往後仰倒的家永，彰彥自己也走進屋內。

先開燈，不落痕跡地巡視了室內一圈。鋪著木地板的一樓分成兩個區域，一邊是與廚房相連的餐廳，另一邊是三坪左右的起居室。起居室雖然是和室，卻放了沙發、暖爐桌和電視。看來，老師白天都在這裡打發時間。沒看見電腦或資料文件之類的東西，工作室可能在二樓。臥室大概也在樓上。

本想帶從廁所出來的家永回房間，看是要鋪墊被還是扶他上床，他卻搖搖晃晃著走進和室，往沙發上躺。「水。」聽他這麼一說，又沒有其他人可拜託，彰彥只好自己去倒水。雜亂的餐桌上放了速食麵、袋裝零食、香蕉和蘋果等食物，還有面紙盒和報紙等雜物。流理台倒是整理得很乾淨，並未堆積髒碗盤。彰彥從倒扣在瀝水籃裡的餐具裡選了一個透明玻璃杯來用。

「抱歉啊，大小事都麻煩你。」

家永津津有味地喝光了水，才像終於活過來似地吁了口氣。

「您感覺好點了嗎？」

「嗯，酒量不該這麼差的啊。今天到底是怎麼了呢。大概是因爲跑去參加了不習慣的宴會吧。再說，昨晚幾乎沒睡。」

「可能是身體壓不住疲倦了。」

彰彥接過空杯，想起放在外套口袋裡的眼鏡。取出來後，看家永隨時可能又睡著，就不把眼鏡交給他，直接放在暖爐桌上，正好瞥見桌上厚厚一疊紙張。

「這是書稿嗎？」

「嗯？」

「我不能看對吧，是幫其他出版社寫的？長篇小說嗎？」

家永一邊忍住呵欠，一邊含混不清地回答：

「是還沒決定嫁入誰家的書稿啦。就爲了幫她找個好女婿，才會跑去自己根本不習慣的場合參加什麼宴會。結果卻沒半點希望，還落得現在這副德性。眞不知道我到底在幹嘛。」

「還沒決定要在哪裡出版嗎？」

「是啊。」

「可是，老師您怎麼都沒向我提？」

家永哈哈大笑，笑得前仰後合。

「我不會做那種無理要求，放心吧。今天只是厚著臉皮出門看看，我大腦的螺絲可還沒鬆到會去拜託你們家。」

「這話怎麼說呢？」

「什麼怎麼說……」

家永大大嘆了一口氣，閉上眼睛。

「老師。」

「沒什麼好說的吧，可悲啊。」

彰彥挺直背脊，朝第一張稿紙右側的標題望去。

《白花三葉草綻放時》

是彰彥喜歡的類型。心深深受到療癒，充滿難以言喻的幸福滋味。家永這個作家擅長用詩意的筆觸描寫角色身邊人際關係的對立、誤解與崩壞。就算結局帶點苦澀，卻始終留下一股甜美的餘韻。儘管他沒得過獎，但也留下入圍好幾次知名文學獎的堅實成績。

然而，家永嘉人活躍文壇的最高峰已是十幾年前的事了。有段時間出版品數量增加，品質卻參差不齊，評價瞬間一落千丈。讀者很快地流失，他又改往時代小說或警察小說之類的領域發展，可惜稱不上成功。或許是接受出版社要求，寫了自己不想寫的東西，反而扭曲文筆原有的味道了吧。

即使寫了接近過去風格的作品，卻又非常平庸無味，感覺少了一點什麼。正開始覺得感受不到他的魅力時，又被最新推出的短篇撩撥了心弦。以偏鄉村莊爲舞台，用優美細膩的筆觸描述了一場婚禮的前後始末。

如果是那樣的作品，彰彥就會想要，希望盡情浸淫在那樣的作品中。

「那我可以讀一下這個嗎？請讓我讀。」

「喔，可是啊，反正又不可能在你家出書。」

「爲什麼？」

他是沒有自信嗎？難道這部長篇和日前的短篇作品沒有相通之處，又回到最近那種乏善可陳的樣子嗎？既然如此，雖然遺憾，還是抽手比較好。從期待到失望，彰彥說不出更多話來，家永已開始發出規律鼾聲。看來還是不敵睡魔的侵襲。

把脫在走廊的大衣和掉在沙發前看似毛毯的東西撿起來，蓋在他身上，彰彥自己也鑽進暖爐桌，把開關打開。

不讀讀看也不知道是好是壞。這份書稿和已經被評論過的作品不一樣，是一個尚未面世，連山珍還是海味都不確定的未知數。

有幸拜讀這樣的書稿，令彰彥內心自然而然掀起一股激動。

2

出乎意料的是，這份書稿寫的是以夜校爲背景的故事。會說「出乎意料」，是因爲就彰彥所知，家永的資歷及過去的作品都和學校無關。原本看到《白花三葉草綻放時》這書名，想像的是更抒情，更能喚起某種鄉愁的故事。

然而，在這冷得刺骨的三坪大起居室裡，穿著大衣，只有腰部以下鑽進暖爐桌，一邊呼氣溫暖指尖一邊翻閱的這疊稿紙中，描繪的卻是比想像中更現實的故事。犀利直指社會問題，連人性陰暗面都寫得鉅細靡遺。不過，整體而言仍保有家永向來特有的纖細筆調，同時以不過度天眞的情節收斂故事，賦予書中角色深度及厚度。

主角是個曾在學校任教的中年男子。步下講台後，以公務員身分從事教育相關的行政工作，因爲人手不足，又被派往中學夜校當老師，面對久違的教室、講台和學生。這些白天必須工作，只能到夜校求學的男女學生們，爲主角開啓了前所未見的新世界。

彰彥自己也只從電視節目的專題報導看過關於夜校的事。公立的中學夜校，招生對象是因各種原因錯失受教育機會的人們。最近，對許多不具日本國籍，只會講簡單日語的人來說，夜校也成爲寶貴的學習場域。

家永這次的作品中正出現了這樣的學生。儘管受著歧視與貧困之苦，不受世人理解，仍每日到校受教。其中有一個名叫阿好的越南少女，故事的主軸就放在主角與她的互動上。主角回答問題時的日語之美，學校附近流過的河川景緻，以及少女澄澈的眼眸，在在打動閱讀者的心。

故事進入中段後，彰彥已經忍不住把掉在榻榻米上的面紙盒拉過來，抽了好幾張面紙按壓眼角。除了睡在身後沙發上的男人，這裡沒有別人，可以不用擔心被人看見，盡情爲最後一幕哭泣。阿好的笑容與背影閃過眼底，腦中浮現主角蹲在河邊野地上的身影，鼻腔深處哭得好痛。

最後，彰彥像個孩子般地把額頭抵在暖爐桌板上，雙手塞進暖爐桌被裡，盡情沉浸在故事餘韻中，之後才抬起頭來再次凝望那疊稿紙。

這是什麼樣的緣分啊！

眼前有一份還未決定在哪裡出版的書稿，內容激起超乎想像的感動，而自己是個在出版社工作的編輯。不只如此，隸屬的還正是文學部門，從事將優秀書稿化爲作品，引薦給世人的工作。

調整版型，決定封面，送往通路，排列於書店店面，讓誰來買下它、閱讀它。這整個過程與自己的工作息息相關。而在那之前，主導書稿潤飾的人也是自己。選擇封面設計，煩惱封面要用照片還是插畫，和設計討論書名的字型與顏色……完成之後，還會是第一個親手拿起成品的人。

「太好了。」

嘴角泛起一絲微笑，同時發出安心的嘆息。只要立刻表達合作意願，這本書就不會被別人搶走。只差一點就與自己無緣的作品，災厄與幸運隨時都可能降臨，今天自己是勉強走了好運。

擔心這一切該不會是在作夢吧，彰彥轉過身，朝躺在沙發上的中年男人望去，只見他正發出安適的鼾聲。有著明顯斑點與顯眼皺紋的睡臉沒什麼好看，但現在彰彥卻對他報以發自內心的敬愛視線。有些擔心家永著涼，重新爲他蓋好毛毯。

「老師。」

動作或許太過矯情，不過彰彥還是把手放在他的手臂上說：

「讓我們一起把這份書稿編輯成書吧，一定會成爲您出色的代表作。非常感謝您寫下了它。」

看來今晚能作個好夢了。一股暢快的疲倦感油然而生。睡前再讀一次吧。彰彥再次鑽進暖爐桌，愛憐地將那疊稿紙擁入懷中。

□

隔天早上醒來時，正好是朝陽從廚房窗外照進來的時刻。家永依然在背後的沙發上裹著毛毯沉睡。看到這一幕，彰彥先是鬆了一口氣。畢竟，萬一書稿在自己睡著時被別人談走，事情可就嚴重了。

站起身來借用洗臉台，因爲屋內實在太冷，只好擅自打開暖氣。和室那邊的雨戶關著，室內光線昏暗，只有廚房這側的落地窗簾縫隙間透著陽光，不用開燈也夠亮。

和昨晚看到的情景相同，餐桌上堆滿食品雜物，流理台的瀝水籃上倒扣著餐具。地板上有燒酎酒瓶，裝在塑膠袋裡的米也直接放在地上，還隨意擺放著顏色看起來特別深的梅酒容器等東西。掛在拉門框下的都是男人的上衣，披在椅背上的也是灰色的羊毛衫。彰彥赫然發現，這裡怎麼看都是男人獨居的家，感受不到有人同住的氣息。

話雖如此，餐具櫃裡看得到花朵或兔子圖案的杯盤，洗臉台旁也放著粉紅色的牙刷架。就算現在是一個人住，以前這個家一定還有別人。堆成一座小山的週刊雜誌上方，孤零零地擱著一顆橘子，感覺有點寂寥。

忽然想喝熱咖啡，問題是，朋友家也就算了，但這裡是自己負責的作家自宅，可不能做出這麼厚臉皮的事。話說回來，在這裡睡著就已經不應該了吧。

想早點告辭，彰彥往手提包裡翻找，想摸張紙出來寫紙條。這時，家永扭動身軀，睜開眼睛。

「老師，您早。」

立刻向他打招呼，家永還抓不準焦距的眼神朝這邊看過來。

「我是千石社的工藤，昨晚陪您搭計程車回來。」

「喔喔，是你啊。」

家永摸索著起身。

「我馬上就要告辭了，昨晚在您的暖爐桌裡睡著，眞是不好意思。」

「別這麼說，我才不好意思。很冷吧？」

「老師您也是，現在感覺還好嗎？我等等就告辭，請您做好保暖，好好休息。」

和昨晚一樣，彰彥爲不好意思的家永倒來了一杯水。

「我拜讀了那部長篇作品，寫得實在太好了。以夜校爲故事舞台的設定就先不說了，故事的深度與美感眞令我大受感動。」

「喔喔，是嗎？謝謝你啦。」

「您昨天說，這部作品還沒決定要在哪裡出版是嗎？這樣的話，拜託您一定要將它交給敝出版社，由我來擔任責任編輯。」

彰彥跪在榻榻米上，膝蓋併攏，以最大限度的敬意低頭行禮。爲了替這份書稿找到出路，作者甚至出席了自己不習慣的宴會場合，看到有人主動爭取出版，家永應該要很高興才對。彰彥現在的心情，就像約互有好感的對象出去，而且還是要一起去聽好不容易才買到票的音樂會。抱著這種心情抬起頭一看，家永卻皺著眉頭，表情僵硬地別開視線。

「請問——」

是自己表達方式有問題嗎？家永難道不認爲這是正式的合作邀請？

「老師？」

就在剛才，聽到自己深受作品感動時，他還笑著道謝了，爲什麼現在又露出這麼爲難的表情。倉促之間快速思考，將想到的可能說出口：

「當然，我們一定會盡量滿足老師您的希望，有任何想法都請儘管提出。關於裝幀設計、發行數量或銷售價格等等，您是不是有什麼想法？還是希望能先在雜誌上連載？這樣我也一定會負起責任確保版面——」

「工藤老弟。」

家永一邊嘆氣，一邊喊了彰彥。

「你在說什麼啊。」

「我的意思就是……」

「別說了。聽到你稱讚我的作品，我很高興，但這份書稿終究是與你無緣。把這件事忘個一乾二淨吧。」

「啥？」

彰彥情不自禁地發出失禮的質疑，急忙伸手摀住嘴巴。

「對、對不起。」

「昨晚眞的很謝謝你，多虧有你幫忙，也眞勞煩你了。對了，至少得請你喝杯咖啡才行。你也想喝點熱的吧？」

家永從沙發上起身，起初步伐還有點踉蹌，走了幾步就恢復正常。往廚房一站，開始啓動咖啡機。彰彥跟上去，不死心地再次開口說明《白花三葉草綻放時》是如何撼動自己的心，從架構到筆法，從登場人物的描寫到細微情節的設定又是多麼出色，充滿魅力。說著說著，忍不住都要落淚，聲音也哽咽起來。對方明明是個剛睡醒，連臉都還沒洗的中年男人，自己做的事卻和追求妙齡女性沒兩樣。

家永將煮好的咖啡倒進馬克杯，遞給彰彥；再把桌上雜物往旁邊推，清出空間放上自己的杯子，要彰彥坐到僅有的兩張餐椅中的一張。

見家永做出「總之先坐吧」的動作，彰彥也只好乖乖坐下來。拜暖氣之賜，屋內的空氣漸漸溫暖起來。朝柱子上的時鐘一瞥，才剛過早上七點。家永說趁熱喝，彰彥也就先啜飲了一口咖啡，夾雜激動與焦急的急切心情稍稍冷靜，只是緊張的情緒依然無法放鬆。

喝了半杯咖啡，重新正襟危坐，再次朝家永低頭拜託。

只聽見他像是嘆氣的聲音。抬頭一看，家永露出虛弱的微笑，但散發的絕對不是劍拔弩張的氛圍。

「還是……您有其他屬意的出版社？」

「不、不是這樣的。」

「既然如此，那……」

「我問你，你到文學部門幾年了？」

感覺像是被人看穿，或者說正好戳中彰彥的弱點。

「今年春天正好滿三年。」

「這樣啊，那應該還有很多不懂的事吧。」

「老師。」

家永別過視線，盯著廚房角落的燒酌酒瓶看。彰彥往和室裡的暖爐桌望去，咬著嘴唇凝視那疊白色稿紙。**家永是在暗指我經驗不足嗎？所以不願意把作品交給我？**

「我是可以把作品交給你啦。」

聽他說出與自己所想正好相反的話，彰彥不禁大吃一驚。

「眞的嗎？」

「是啊，不過，有件事一定要請你答應。」

「是，不管什麼我都願意，請說。」

家永報以苦笑。

「請絕對不要拿走書稿之後卻置之不理。如你所見，我也老大不小了。要是那份書稿被冷藏在你的抽屜裡好幾年，那可受不了。如果不能出，就老實說不能出，盡早給我回覆，可以嗎？」

想都沒想到他會這麼說。

「聽你說那份書稿寫得很好，我眞的很高興。因爲你是寶貴的第一號讀者。拜你之賜，我好像也獲得了勇氣。這樣就足夠了。拜託，就算難以啓齒，也一定要通知我，讓作品也能擁有第二號讀者。」

彰彥低下頭，凝視餐桌上的木頭紋路。

「工藤老弟，只要你能答應我，一旦不能出書就立刻放手，那我就把作品交給你，不會拿去其他出版社。這樣你覺得如何？」

「好的。」

要是被當作把作品擱置幾年都出不了書的無能編輯，那可就誤會大了。不過，家永可能曾經有過幾次這種不愉快的經驗吧。只獲得口頭承諾，書稿卻從此石沉大海。確實有那種把話說得天花亂墜的編輯。

自己和那種人不一樣，不過現在就算再怎麼辯解也沒用，最重要是先取得那句「不會拿去其他出版社」的承諾。

「一定會通知您的，請把作品交給我。」

信賴關係就從今後開始建立。家永看似鬆了一口氣，從推到餐桌角落的雜物裡挑出一個透明塑膠袋。

「要不要吃點什麼？肚子餓了吧？」

從塑膠袋裡拿出克林姆麵包和波蘿麵包，而這也才讓彰彥想起昨晚出了會場，搭上計程車後就沒再吃過東西了。專注於書稿，根本沒空覺得肚子餓。

好久沒吃的克林姆麵包美味得不輸任何高級料理。

□

用甜麵包和香蕉塡飽肚子之後，彰彥半強迫地要求家永把《白花三葉草綻放時》的書稿檔案交給他。要是家永改變主意就傷腦筋了，於是請他馬上打開筆電，當場確認已把書稿檔案寄到自己的信箱。

這下就不用擔心書稿被別人搶走了。

帶著想哼歌的心情離開家永的家，朝車站走去，準備踏上回家的路。彰彥在東京都裡租房子，房租雖然比較貴，但交通比較方便，一旦有需要，立刻就能搭計程車到東京車站或羽田機場。身爲編輯，他經常需要和作家碰面討論、出門蒐集資料或是聽講座，外出機會很多。

他租的是一廳一室的小套房，廚房或浴室等設備都比學生時代住的公寓像樣許多。不過，書本、資料和換洗衣物不斷增加，離優雅自在的生活還差很遠。

回到家，淋浴之後清爽多了，給自己泡了杯咖啡，打開電腦檢查信箱。大彰彥三歲的姊姊寄來附上照片檔案的電郵，似乎是帶她去年底出生的老二去神社御宮參拜【註】的照片。正月回老家時，彰彥正式包了紅包慶祝她順利生產，大概是順便爲此道謝吧。

照片裡姊姊抱著嬰兒，身穿西裝的姊夫站在一旁。此外，還有已經四歲的大女兒和孩子們的祖父母、外祖父母也一起合照的照片。地點大概在神社內，姊姊穿著淡紅色和服。

電郵裡說，媽媽要我轉告你，雖然工作時間不定，但也要好好注意身體，好好睡覺，

譯註：日本在新生兒滿月或滿百日時前往神社參拜的習俗。

好好吃東西。

要是知道自己昨晚縮在暖爐桌裡只睡幾個小時，早餐吃的還是克林姆麵包的話，媽媽一定會大皺眉頭。照片裡的母親臉上掛著客氣的微笑，父親也笑得眼角都下垂了。和姊夫的雙親相比，彰彥姊弟的父母看起來年輕許多。他們兩人是高中同學，二十二歲結婚，隔年就生下了姊姊。

父親是獨生子，在眾人的疼愛中成長，聽說當年婚禮非常豪華。老家在神奈川縣那個放眼望去盡是農田的鄉下地方，祖父卻任職地方企業，還擔任高層董事。祖母是家庭主婦，賢妻良母就是用來形容她的詞彙。他們建立起一個稱得上比較富裕，但也非常平凡的家庭。

誰也想像不到，這樣的家庭竟也會有崩壞的一天。三十幾年前，也是在這麼一個大安吉日舉行了姊姊的御宮參拜。那天，父母和祖父母臉上想必都展現了毫無一絲陰霾的笑容，就像再往前回溯幾十年，爲父親舉行御宮參拜那天一樣。

彰彥用游標點了點電腦螢幕上大大映出的照片，將它們全部收起，喝了口冷掉的咖啡。從椅子上起身，走到窗邊掀起窗簾。看見的風景卻和腦中浮現的不同，令他有些吃驚。

他原本想像的，是閃著粼粼波光的河面和一旁延伸的河堤。那是從家永小說裡的中學望出去的景色。就像親眼目睹一般，這個場景就這樣烙印在彰彥的腦海中。

而他實際看見的並非河川，是高速公路，且不管怎麼看，也看不到長有白花三葉草的那片空地。

□

走出家門，吃了午餐，抵達公司已經下午一點多。彰彥隸屬千石社文學局的第二書籍編輯部，一般稱之爲「文二」。「文一」是純文學編輯部，「文三」是歷史小說編輯部，而除了這兩類之外的所有文學類作品都交給文二。從青春小說到推理小說、戀愛小說到家族小說、經濟小說……橫跨多種領域；往來的作家人數眾多，編輯數量也多。

以文學部門來說，《小說千石》、《文學千石》和《千石》這三本文學月刊都有獨立編輯部。除了純文學的《千石》之外，另兩本雜誌的編輯部都和「文二」在同一樓層。

除了分成書籍和雜誌之外，因考慮到與創作者也就是作家之間的聯繫，也以類型作爲分類。月刊雜誌的編輯負責作品在雜誌上刊載時的相關作業，連載結束後，集結成書時的相關作業就移交給書籍編輯部。換句話說，同一部作品會有兩個編輯，一個是雜誌編輯，一個是書籍編輯。像千石社這種規模等級的出版社，通常都採用這種分工形式。

未經過雜誌連載，書稿直接印製成書的形式稱為「全新創作」。這種作品就沒有雜誌編輯，只需要書籍編輯。這次家永的書稿正屬於這種。

彰彥第一個商量的對象，是自己隸屬部門的總編。這位矢野總編年過四十，一頭黑得出奇的頭髮梳成三七旁分，雖然有張瘦削得帶點神經質的臉，個性倒是比長相和氣，很好說話，也不會擺架子。不囉唆可以說是這位上司最大的優點。

矢野總編一天到晚出差，眼前最大的難題是怎麼攔住他。這天一看到總編，彰彥立刻單刀直入地說「有事想找您商量」。因此，矢野總編參加完總編級以上的高層社內會議，回到座位之後，特地把另一個晚餐會議前的時間騰出來給彰彥。

「眞難得啊，你竟然會專程來找我商量，這還是你第一次這樣要求吧？」

辦公室角落有個用隔板隔起的區域，放置著一套沙發與茶几，設置成簡易的會客室。現在兩人就在這裡相對而坐。

「要是你臉色難看一點，我可能就PASS了，不過，看來是好消息，對吧？」

彰彥盡力擠出笑容點頭，想要提高總編的期待。接著，簡單說明了昨晚碰巧看見一部非常出色的稿子，主題是中學夜校，且能帶來令大多數人產生共鳴的感動等重點。

「喔，不錯嘛。中學夜校是嗎？似乎很有故事。作者是誰？」

「是家永老師，家永嘉人。雖然這位作者最近一直沒推出好作品，但這次的書稿眞的非常出色，肯定能成為他的最新代表作。」

轉眼間，總編的表情出現明顯變化。

「為什麼是家永先生……喔，你接下了他的責編工作？」

身體整個後退，總編靠上沙發椅背，一隻手放在頭頂。

「我還以為是廣川先生或北富先生的作品呢。那邊沒有動靜嗎？」

「北富老師前幾天已經給我提案了。」

「提案？怎樣的內容？」

「主角是專門安裝冷氣的業者，描述前往不同客戶家中發生的小事與遇上的事件，組成短篇連作。因為北富老師說他喜歡家電，我就把話題往這題材帶，結果聊得很起勁，前天甚至還一起去逛家電量販店。」

「幹得好。雖然應該還要一段時間才會交稿，但這樣已經算是邁進一大步了。家電題材也非常好，繼續朝這方向督促前進吧。加油喔，工藤。」

面對表情再度為之一變，露出開心笑容的總編，彰彥點點頭，發出消極的「喔……」之後，總編開始顯得心不在焉，頻頻注意時鐘，彰彥急著再問：

「總編，關於家永老師那件事……」

「既然有你拍胸脯保證，那一定是相當感人的作品。我明白了，有時間會讀讀看，耐心點等吧。」

「耐心等？」

「我有很多書稿要看，還有堆成小山的打樣和書等著我讀。會議和出差也排得滿滿的，不可能現在馬上看。」

「那會是什麼時候？」

總編伸出食指，搔了搔鼻頭，才緩緩開口：

「我就老實告訴你好了，要等到家永先生其他作品大賣的時候。」

「怎麼這樣，難道是要壓著他的作品等嗎？」

「這也是沒辦法的吧？預定要出的書早就排滿了，製作預算也很緊繃，編輯部大家都忙。雖然很抱歉，但誰也沒空顧及家永先生的作品。就說你好了，手頭也還有剛剛提到的北富先生和廣川先生的書稿啊。貝村先生和古志田先生也是你負責的作家。先跟這些人一起做出好書才是你的工作。讓家永先生等吧，不用擔心，只要作品夠優秀，就不用怕它隨時間褪色。」

說完這些，總編就站起來了。

「這件事到此為止。」

輕拍了拍彰彥的肩膀，總編就走回自己的位子，根本來不及請他留步。彰彥一個人留在原地，動彈不得了好一段時間。即使呆站著，腦袋仍是一陣暈眩，忍不住用手撐住。

反正又不可能在你家出書。

腦中浮現家永說的話。

這份書稿終究是與你無緣。把這件事忘個一乾二淨吧。

難道家永早已料到總編會有這種反應，深知無論自己這菜鳥責編說什麼，上面都不會聽，所以才那麼說的？

難怪他起初怎麼也不肯把書稿交給自己，還叮嚀了那麼多次：「不能出就早點說，不要讓作品被埋沒在抽屜裡。」

怎麼會這樣。自己竟然自以爲是地說了滿口大話，好像不只出書，連雜誌連載都有譜。當時家永聽了，一定在心裡悲傷吶喊「夠了」。

衝高的血壓好不容易降下，接著卻感覺從肚子裡冷到手指尖。從辦公室窗戶望出去，天空早已暮色低垂，從暖爐桌裡醒來時看見的朝陽，彷彿打從一開始就不存在。一切都只是場夢。

即使頹坐不動也不會有人出現，唯獨時間不斷流逝。什麼都無法改變。回過神來起身，彰彥拿著連打開機會都沒有的行事曆手帳，回到座位上。辦公室裡已看不到總編的身影，只有幾個同事坐在辦公桌前閱讀資料或看電腦，空著沒人的位子很多，四處桌子都堆滿文件、書籍和雜誌之類的東西，除此之外，這裡就和一般常見的辦公室沒兩樣。耳邊傳來遠處的電話鈴聲。

提不起勁做任何事，就這麼回到自己的座位，從身旁堆成一座小山的資料裡抽出一個牛皮紙袋。裡面是預計下個月發行的小說二校樣，作者剛送回來的。

校樣是用正式版型列印的書稿，校對者與編輯在校樣上找出錯字、漏字或內容前後矛盾之處，再交給作者做最後判斷。當書籍作爲商品出版時，必須以沒有任何錯誤內容爲目標。爲了達到這個目標，校對可說是非常重要的工作。一般來說，編輯部會和作者來回兩次進行初校與二校。

兩星期前寄給作者，現在剛送回來的校樣上，寫滿對錯誤的詳細說明。明明現在得打起精神好好閱讀才對，彰彥的注意力卻怎麼也無法持續，中斷了好幾次。

「工藤。」

聽到有人喊自己的名字，抬頭一看，是同一個編輯部的赤崎惠理子。她比彰彥大三屆，文學編輯的資歷也比彰彥多兩年，是個未婚女性。頂著一頭未燙的鮑伯頭，有一雙大眼睛和大大的嘴巴，總是笑得很開朗，食量很大，能吃苦又有行動力。

「一起去吃點什麼嘛。今天你沒其他要出去辦的事了吧？我剩下的工作也只有等插圖而已。」

看看時鐘，剛過六點半。

「家永老師的事，我聽總編說了，也想和你聊聊那件事。」

赤崎在彰彥耳邊壓低聲音說。姑且不論彰彥原本就好奇心旺盛，她既然說得這麼直截了當，沒有一絲拖泥帶水，讓人聽了也樂於奉陪。彰彥心想就當作轉換心情吧，跟著赤崎走出公司，到附近咖啡廳一看，還有空位，兩人就進去了。

「總編也沒說什麼了不起的事，我只知道工藤你好像找到一份很棒的書稿，只是現在無法馬上出版，大概就這樣吧。」

就算只聽到了這些，她大概也能猜到發生什麼事吧。點了香料炒飯和綜合炸物定食，又縱容自己點了啤酒。

「你是不是不好意思跟家永老師說書稿出版會拖很久？他拿稿子拜託你時，有很堅持要出版嗎？我滿好奇的，但或許只是不必要的擔心。」

「不是老師拜託我。昨晚我第一次得知有這份書稿，一讀之下發現實在太出色，是我自己說要出書，半強迫他把稿子交給我的。家永老師一開始還很猶豫，說在千石社應該出不了。」

「哎呀，是這樣啊。」

赤崎一副「什麼嘛」的表情，喝了一口剛端上桌的啤酒。

「看你無精打采的樣子，還以為是在煩惱家永老師的事呢。」
「老師和我說，不要讓稿子沉眠在抽屜裡，要是不能出就放手。」
「既然如此，你還不快點和老師聯絡。人家也很明理啊，只要推說是總編不答應就好了啊。」
「這樣稿子會被別家出版社拿走。」
彰彥沒有伸手夾取眼前的食物，只是一股腦地啜飲啤酒。他發現赤崎毫無反應，朝她瞥了一眼，只見她露出看見稀奇事物的眼神，一邊大口咀嚼著沾了塔塔醬的炸蝦。
「老師又沒拜託你什麼，你卻擋著人家的路，那他不是太可憐了嗎。就當作這次沒緣分，放棄吧。既然作品這麼好，能在別間出版社出書也是好事一樁。」
「別人會出嗎？」
「有彈性的公司當然會出吧？像是懂得隨機應變的中型出版社，把書稿帶去應該有希望。」
「為什麼我們公司就不能隨機應變呢。」
原本開心穿梭在蝦子、花枝與沙拉之間的赤崎，停下手中的叉子，把嘴裡咀嚼的食物吞下後說：
「我說工藤啊，你應該也很清楚——這話聽起來或許過分了點，但對現在的千石社來說，家永老師的書稿就是『謝謝再聯絡』。眞是的，別讓我說這種話嘛。要是之後他爆紅，我們再去向他邀稿就好。很遺憾，我們公司的門檻就是這麼高，程度不夠的作家是不可能在我們這裡出書的。」

彰彥的視線落在斜前方裝滿水的杯子上。

因爲對方是書賣不好的作家，所以不被放在眼裡。就算書稿再怎麼出色，只要作家目前的評價還太低，公司就不會出他的書。要是在其他出版社出的書拉高了他的評價，就再重新討論是否值得與他合作。只要通過公司裡的審核，認爲他夠格了，再去接洽也不遲。

嗯哼。

「眞無聊。」

「啥？」

「我覺得這眞是……無聊透頂。一部作品能不能出書，難道不是取決於書稿內容的好壞嗎？家永老師的作品充滿打動人心的魅力，和他近年來的作品表現明顯不同。我希望能出版這本書，讓更多人看到這部作品。內容才是決定作品能不能出書的門檻吧？」

赤崎一手拿著叉子，扭動身體做出誇張的動作，連眼睛都閉了起來，戲感十足。那姿勢就像尾牙抽獎抽到整箱青汁飲料一樣。

「誰說作品內容不重要了？是兩者都重要！身爲作家的名氣和作品的品質，兩者缺一不可，唯有這樣才配得上千石社。家永老師自己也很明白這點啊。工藤提出出書要求時，他不是遲遲不肯答應嗎？這就是證明。他一定也希望日後有機會在千石社出書，但那只是『日後有機會』的話，不是現在。工藤你就別再唱獨角戲了，早點放棄那份書稿吧，改當他的書迷就好。」

以抱起整箱瓶裝飲料的氣勢一口氣撂完狠話，赤崎喘了口氣，用紙巾擦擦嘴角。

彰彥也喝了口水潤喉，點了點頭。

不是不懂赤崎的意思，她說的彰彥大概都能理解。總編的想法應該和她差不多吧。甚至家永本人也是。就算現在遭到小覷，連自信之作都在千石社吃了閉門羹，但是別說生氣，只要日後名氣大了，看到千石社厚著臉皮上門邀稿，家永或許還是會欣然答應。

這就是老字號出版社的實力嗎？自己任職的似乎就是這麼一間抱著老大心態的公司。這一點，無論是外人還是自己人都無法否認。

腦中浮現另一家出版社的編輯國木戶的臉。想起他經常語帶嘲諷的那句「大出版社眞好」，現在彰彥終於明白，其實國木戶已經忍耐著沒說得更難聽了。要是自己站在相反立場，肯定會扯對方後腿扯得更露骨。不，說不定他早就這麼做了，只是自己沒發現而已。

「看來有很多複雜的事情呢。」

一聽到彰彥感嘆地這麼嘟囔，赤崎立刻向前探身。

「當然啊。我們家有我們家的面子要顧，也有自己的行事作風得維持。不過，我可眞沒想到會和工藤你聊起這種事，畢竟你做事總是一副掌握要領的樣子，按照自己的步調完成工作，經手的又都是人氣作家的書。沒想到你會這麼積極推薦一個過氣作家的作品，太令人意外了。」

「我只是幫交接到自己手上的作家出書而已。」

當然，不可諱言的是，他們剛好都是人氣作家。

「要是聽到總編親口拒絕，或許能放棄得更乾脆吧。」

「我想問妳一件事。」

「什麼？」

「有什麼辦法能讓總編先讀家永老師的書稿呢？」

赤崎露出訝異的表情，接著睁大那雙大眼睛，身體誇張地往後仰。

「什麼方法都好，請指導我這個後輩吧。眞的完全沒有辦法了嗎？我至少要知道這個。」

「既然這樣，那和總編談個交換條件呢？例如，要是你能拿到北富老師的書稿，他就得讀家永老師的作品。」

赤崎口中的北富，就是已經談到要以冷氣安裝業者爲主角寫小說的那位作家。

「當紅作家像是北富老師或貝村老師，他們好像都很欣賞你，也可以拿這點威脅總編，說如果他不讀家永老師的作品，你就要辭去這幾位老師的編輯職務。只不過，這兩種方法都是險招，無論談條件還是威脅，最後都有可能要了自己的命。」

「謝謝妳。」

有些事眞是不問不知道。

「我會努力看看的。」

「我告訴你，千石社不會出這本書的。就算總編讀了書稿深受感動，也同意你著手進行，但接下來還有上面高層的會議等著。這個提案不會通過的，那邊絕對不會同意。而就在你做這些事的時候，半年、一年一轉眼就過了喔。那樣家永老師豈不是太可憐了。就是因為不想落得這種下場，他才會事先那麼叮嚀你的吧？」

得把赤崎這番話好好記在心上才行。懷抱著這樣的心情，彰彥點點頭。就算過了總編那關，接下來還有其他難關等著。赤崎說的沒錯。現在已經不是出書如流水的時代，出版之後賣出去多少才是最重要的。銷售業務部一定一絲不苟地緊盯數字，除了家永過去在千石社的出版成績之外，還包括他在其他出版社的銷售量，想也知道不會給什麼好臉色。

要是不能與業務部取得共識，這本書就出不成。最近也有不少編輯部通過的出版企畫，因為業務部不看好銷售量而闖關失敗——有時只是延後發行，有時甚至不得不在碰釘子之後取消出版計畫。

□

和赤崎吃完飯後，彰彥回到公司，總算得以收起洩氣的心情。現在只能把眼前的工作陸續完成，就算只當了三年的文學編輯，編輯成績仍然是唯一的武器。

以前所未有的專注力看完打樣，也積極敲定隔天開始與北富及貝村等作家的討論。訂花送到插畫家的個展會場，劉覽各家雜誌的書評報導，再寫完新人作家寄來的短篇小說的感想，也幫總編準備好他要的源平合戰資料，發現桌上有一張留給自己的紙條。

看來是自己離開位子時打來的電話，同部門的另一位前輩幫忙接聽了。得知打電話來的是家永時，彰彥表面不動聲色，卻是心跳加速，驚慌失措。

從自己在家永家玄關低頭致意，表示一定會和他聯絡那時算起，已經過了整整兩天。一方面得對事情毫無進展打馬虎眼，另一方面也因談話內容有不能被別人聽到的部分，彰彥再次從位子上起身，拿著手機到走廊上回電給家永。

「不好意思，應該由我主動聯絡您才對，卻拖了這麼久。」

電話一接通，彰彥立刻這麼說。不過，家永回答的語氣卻不低落也不冷淡。

「沒有啦，既然還沒有結論，就先這樣沒關係。」

彰彥鬆了一口氣。

「其實是這樣的，有件事那天忘了和你說，心想還是早點讓你知道比較好，今天才會打電話過去。」

「什麼事呢？」

「書稿裡不是有一首白花三葉草的詩嗎？你還記不記得？」

「當然記得。是描述雨下在枯萎的白花三葉草上，不久再次開出白花的那首詩吧。」

「嗯嗯，就是那個，說來丟臉，那不是我自己創作的詩，也沒得到作者許可，就擅自放進去了。後來想想，這樣還是不太好吧？不如乾脆拿掉它。」

靠在走廊窗邊，彰彥壓低聲音，加重語氣說：

「那首詩意義重大，是整個故事的關鍵，具有象徵整個故事的意義，拿掉之後要換一首相似的詩嗎？」

「不，我是想換個不一樣的情節……」

聽見家永嚅嚅囁囁的聲音，彰彥內心大喊「ＮＯ」。要是修得不好，很有可能毀掉現在這部小說連細節都相當完美的主題。

「寫那首詩的人是誰呢？我們來取得對方同意吧。只要出書時加上詩作出處，應該就沒問題了。您知道那首詩的作者是誰嗎？」

「嗯。」

「那太好了。由我來和對方說吧。」

「你去嗎？」

「是啊，我來與對方協調。」

「是我女兒。」

咦？

「對我失去耐性，離家出走的女兒。那首詩就是她寫的。」

腦中閃過放在餐具櫃裡的碎花圖案茶杯，還有洗臉台上的粉紅色牙刷架。這些東西曾令彰彥聯想起走在河邊步道上的越南少女。

□

家永指定的店，是高圓寺車站前小巷子裡的小酒館。

掀開門簾，拉開拉門走進去，店裡的人立刻注意到彰彥，用視線表示「就在那邊」。坐在最裡面一張小桌子旁，看似等了很久的家永舉起手。

自己已經比約定時間早到了，沒想到他來得更早。

「讓你特地跑這趟眞不好意思。」

家永歉疚地這麼說，彰彥一邊回應「不會啦」，一邊露出圓滑的笑容。脫掉外套入座，店員正好拿濕毛巾上來，就順便點了啤酒。

「這裡的燉牛筋很讚喔，還有沾味噌醬的蒸蘿蔔和醬泡炸茄子也不賴。」

桌上已經有一盤配生薑吃的炸甜不辣。家永點的也是啤酒。

「不錯耶，都點來吃吧。」

直接點了家永說的那些菜，再用端上桌的啤酒潤喉。兩人先是交換了些無關緊要的閒聊，像是白蘿蔔的品種、著名生薑產地、醬油廠商的相關知識或沙丁魚丸的作法等等。

彰彥老家在神奈川縣的鄉下。一聽他說那是個放眼望去只有田地的地方，家永就笑彎了眼角說「那可眞不錯」。家永自己是長野縣人，母親依然健在。只是自從來東京上大學後，就愈來愈少回去了。

「我也難得回老家啊。明明只要想回，當天來回也不是問題。不過，父母大概覺得沒消息就是好消息吧。」

「生兒子都是這樣，不夠體貼又神經大條。啊，不該連你也拖下水。」

「沒事沒事，我只有一個姊姊，她一天到晚都在叨唸我。」

彼此露出苦笑，把啤酒換成了熱燗，也是該轉移話題的時候了。照理來說，現在得向家永報告拿回書稿的後續才對。畢竟當初答應過他，不能讓這件事不了了之。

然而，要是現在告訴他目前一點進展也沒有，但結果也只能說聲「對不起」。總編還是不給任何機會，甚至感覺得出他刻意不讓彰彥把話題帶到這件事上，看來打的是讓這件事自然淡去的算盤。雖然不想讓總編得逞，但也想不出下一步該做什麼才好。

一如赤崎所言，要是拿到其他出版社，《白花三葉草綻放時》或許早已準備出書。自己卻連能不能獲准出版都不知道，頂多只能說些謊話撐過眼前場面，用含糊不清的話語籠統帶過。

一方面認爲這怎麼想都太狡猾，一方面又有另一個自己叱喝著：「說任何漂亮話都沒關係，先爭取時間就對了。」究竟要放棄那份書稿，還是不能放棄，這是彰彥目前所面臨的抉擇。

察覺到自己一臉嚴肅地盯著燉牛筋，彰彥不由得心頭一驚。就算說謊也好，現在得對家永說：「放心吧，一定沒問題。」要是不想放棄那份書稿，就絕不能表現得垂頭喪氣。

抬頭一看，家永也以手托腮，看向遠方。

「老師？」

輕聲探問，他才「啊」了一聲，轉回視線。

「怎麼說呢，我在想一件有點難以啓齒的事。」

這句話讓彰彥非常有共鳴。自己也是啊，眞想直接對他說「今天就先這樣吧」。

「什麼事，請儘管說。」

「說的也是，今天就是爲了和你說這些，才特地請你百忙中過來的嘛。」

身爲一個人，家永比自己耿直好幾倍。

「關於上次提到那首詩的事。」

「是。」

「有次我看到雜誌裡夾著一本筆記本，詩就寫在那上面。總覺得跟自己正在寫的故事很搭，也沒想太多就放進去了。要是一般的父女，頂多說聲『可以用嗎？』、『可以啊』。但以我家的狀況，根本沒法好好溝通，連問聲『可以用嗎』都辦不到。」

原來如此。彰彥只能點頭。看到彰彥反應不大，家永這才又說：

「我女兒很討厭我。」

這種時候，說什麼打圓場的話都是多餘吧。彰彥再度靜靜點頭。

「我和她媽已經離婚，算算是七年前的事了，當時女兒大概高二，畢業後在家裡住了一陣子，不過最後還是離開了。」

「令嬡她……」

說到一半，又把話呑回去。然而，明知失禮，終究還是直截了當地問了。

「離婚時，令嬡是跟您啊？比較常聽到的都是女兒跟媽媽。」

「嗯，說來話長，總之萬惡根源還是出在我身上，這點我自己也承認。你是前途光明的年輕人，完全不用擔心這種事，但我這種沒用的人卻很可悲。你也知道寫小說能賺多少錢吧。做這行的眞可說高低落差都有，話雖如此，我就是那個低的。妻子對這樣的我失去耐性，而且還不只是失去耐性，她有了別的對象，就這樣離家，跟別的男人走了。這麼一來，女兒就不會想跟她一起走了吧。如果是年幼的孩子也就罷了，當時她又正好是最難討好的青春期。」

彰彥恍然大悟。一邊喝著涼掉的酒一邊說這些話的家永，完全是個名副其實的落寞中年男子。放進「妻子跑了」這個彰彥最新得知的背景裡，這樣的人物設定依然毫不突兀。不過看來，女兒也無法認同母親的作爲。

「就算我再沒用，也希望能讓女兒上大學，學費總想得出辦法籌措。畢竟在這個業界待久了，還是能拿到一些工作。像是幫評審篩選新人獎參賽作品啦，這類案子我接了很多。可是女兒就是不願意，她好像自己一邊打工一邊存錢。滿二十歲時，連振袖和服【註】

註：振袖是年輕女性穿著的和服，特色是袖子很長，特別是二十歲成人式，女性大多會穿振袖參加。

都不穿就和我說再見了。」

「她現在人在哪裡？」

「應該在東京吧，住哪裡我就不知道了。非常偶爾，她會像想起還有這個家似地回來一趟。大概還是會擔心，怕自己的父親孤獨死在家裡吧。」

聽著家永說的話，彰彥想起在高圓寺那個家裡過了一夜的事。屋裡雖然明顯散發著一股只有男人獨居的氛圍，但絕對不是個亂七八糟的家。洗乾淨的碗盤也有好好倒扣在瀝水籃上，可見家永是腳踏實地認眞過日子的人。

雖說作品風格未必等同於作者人品，但以家永來說，還是可以在他身上找到許多與過去作品相符的特性。當然，《白花三葉草綻放時》也是。

尤其是作品中那個不起眼的中年教師，雖然爲人笨拙又優柔寡斷，基本上個性還是溫厚純良。總站在學生立場著想，隨著學生際遇眞情流露悲喜。就算對方年紀比自己小或國籍不同也一樣。他會出於義憤奔走，也會受到無力扭轉的事態打擊，感嘆自己力有未逮。

正如眼前的家永，雖然與彰彥交情尚淺，卻願意毫不掩飾地說出內心話。這就表示他也將彰彥視爲獨當一面的人吧。**你和我是對等的**，這就是他與人的相處方式。或許是個性問題吧，實在很難想像這樣的他怎麼會被女兒嫌棄。

不過，或許正是親密的家人，才有無法接受的地方吧。所以彰彥這麼提議：

「關於那首詩，只要老師您同意，我可以試著去和令嬡說說看。」

家永低垂著視線，動起一度停下的筷子。把冷掉的蒸蘿蔔分成兩半，抿緊雙唇不說話。

「我可能太多管閒事了，可是我認爲那首詩在作品裡很重要，隨便處理掉也不太好。我希望讓更多人閱讀這部優秀的作品，那首詩是妝點這部作品的重要元素。只要這樣好好說明，說不定令嬡會出乎預料地欣然同意。我會以令嬡的心情爲最重要考量，盡可能達到目標。」

「喔，嗯……」

家永頭也不抬，回應的語氣也並不熱烈。見他似乎需要深思熟慮，彰彥又加點了熱燗酒和湯豆腐小鍋。

「老師，要不要吃點熱的？」

不知不覺中，店內已坐滿了客人。吧台旁坐著身穿西裝、看似剛下班的上班族，漲紅了臉激動地發表言論。席間不時傳出笑聲。還好聲音不大，不到令人顰眉的程度。

「我女兒討厭我。」

家永低聲重複了這句話。雖然很想對他說「您想太多了」，但要是把這話說出口，那才眞是多管閒事。

「我是個沒用的人。」

家永一臉嚴肅，說得像是在懺悔。彰彥拿起端上桌的燗酒勸酒。將透明酒液注滿乳白色杯。家永凝視了杯中物好一會兒才喝。

「還是說，我想太多了？」

「欸？」

「就像你說的，別把事情搞得太複雜，說不定她一下子就同意了。」

原來他指的不是沒用的自己，而是詩啊。老實說，不用扯到人與人之間的複雜問題，彰彥鬆了一口氣。

「由我來聯絡，跟她見個面看看吧。我會盡量用自然的態度，若無其事地像是執行一般編輯業務一樣——」

「嗯，也好。如果是你，那孩子也不能太失禮。說不定只會用自以爲老成的語氣說『無所謂啊，這種小事不用來問我啦』。」

這天，家永第一次露出毫無陰霾的笑容。彰彥也笑著從滿滿湯汁中撈起溫熱的豆腐，裝在小碟子裡遞給他。冒出的蒸氣霧濛了家永的眼鏡。

「再請您把令嫒的聯絡方式告訴我。」

「對喔。不過，我只知道她工作的地方。」

「她有在工作啊。」

「她在車站大樓裡工作。」

家永說了一個山手線上的站名。

「工藤老弟，就算是你，應該也沒去過那種地方吧。我女兒工作的地方，是美甲沙龍。」

「美甲？」

「就是做指甲啦，指甲。」

家永放下筷子，用左手指尖戳了戳自己的右手手指。其實，他不用這麼解釋，彰彥也知道美甲是什麼意思。

只是沒想到會聽到這個詞彙。雖然不知道自己原本的想像是什麼，但還真沒想到會是這個職業。她會願意見面嗎？彰彥第一次興起了退縮之意。

□

用家裡電腦上網，查詢車站大樓，連到樓層店舖簡介，一下就找到家永女兒任職的美甲沙龍。似乎是間叫「芙洛莉亞美甲沙龍」的店。

從店舖介紹的照片看來，店內氣氛類似美容院。白色牆壁搭配淺色系地板，米色桌子和亮粉紅色椅子以寬鬆的間隔擺放於室內，營造出高雅氛圍。如果是美容院，應該還會擺上大面鏡子，美髮師也會站在客人背後打理髮型。只是這裡做的是指甲，客人和美甲師相對而坐，進行指甲上色或打磨指甲等服務。

一看價格，彰彥大吃一驚。如果還要加上亮晶晶的裝飾，十隻指頭都做好的話，差不多要一萬日圓。其中還有要價將近兩萬的裝飾。沒想到美甲這麼貴。

明明就不是自己要去做指甲，何必這麼認真煩惱價錢的事。只是，想到要和在裡面工作的人接洽，或許由需要做指甲的人——也就是女性出面比較好。彰彥面露難色，抿起嘴唇思考。

前提是不透過家永介紹，由彰彥自行接洽。過去也曾有過好幾次採訪接洽的經驗，只要禮貌周到地自我介紹，再說出公司名字，對方多半會放鬆戒備，願意接受採訪。

雖然幾乎所有人都欣然答應，但也不是沒有被拒絕的例子。曾經遇到絲毫不肯通融的人，直接吃了閉門羹，也遇過採訪當天臨時取消的。這種時候，只能趕緊動腦，找尋靠得住的人商量，盡快決定替代方案，才能勉強度過難關。只是，這個方法這次可不適用。

眞要說起來，這次的任務也不是採訪邀約，不是這個人不行、換個人就好的狀況。

再說，從家永陰鬱沉重的表情看來，他和女兒的關係似乎鬧得很僵。自己和他女兒接觸時，一定要小心再小心，要是草率處理，恐怕會產生嚴重的後果。愈想愈覺得這不是打通電話就能輕鬆解決的事，以致於一想起就忍不住嘆氣。

他開始留意起公司女性同事的指甲，這才發現其中一位接待櫃台小姐做了淡粉色撒細緻亮粉的指甲。常進出公司的女記者也做了豪華美甲，彰彥估計那大概得花上兩萬圓，忍不住想上前搭話。同一個編輯部的赤崎則沒對指甲做任何事。

既然如此，乾脆請她潛入那間美甲沙龍暗中調查吧。原本當眞這麼打算，但是話到喉頭才轉念一想，要是這麼做，就得把事情始末告訴她，這可事關家永的隱私。

「爲什麼偏偏是美甲啊，至少來個美容院的話，就算男人也可以去光顧。」

到了隔天，彰彥還是坐在自己位置上苦思。就在這時，總編走了過來，敲敲他的肩膀，又努了努下巴示意「去走廊」。一到走廊上，他把彰彥推進電梯，特地下到二樓的咖啡廳。

這還是第一次。彰彥完全想不出原因。腦中浮現手頭負責的作家，一邊回想工作進度，一邊點了杯熱咖啡。

「我要跟你說的不是別的……」

總編啜飲著端上桌的熱咖啡，開口這麼說。

「就是家永先生的稿子啦。那個啊，我看完了喔。」

這出乎意料的狀況，令彰彥啞口無言。還以爲自己聽錯了。

「可是總編不是說很忙，暫時沒空看嗎？」

「沒錯啊，我是很忙。等一下還要去關西出差，參加爲芝山老師舉辦的晚餐會。後天福岡有家新書店開幕，我也被拜託去露個臉。說我忙得要死可不是謊話。只是聽說你怎麼也放不下這件事，教我怎能不好奇呢。」

到底是怎麼回事。是誰對總編說了什麼嗎？大概是因爲自己露出疑惑的眼神了吧，總編再度開口：

「Red Wolf 威脅說若放著你不管的話，可能會發生很慘的事。你這陣子確實一臉走投無路的樣子，還動不動就嘆氣，不是嗎？」

Red Wolf——原來是赤崎啊。

「工藤，我話先說在前頭，不准做出讓上司髮際線後退的事喔。就算拚命挖掘優秀書稿是編輯的工作，也不能不講理。想推動車子前進，車輪也得好好嵌在軌道裡才行。用蠻力從側面硬推是會翻車的，到那時候車子也會變成廢鐵，不是只有你自己受傷了事。」

「是。」

赤崎和總編說了什麼，彰彥大概已猜到，例如威脅他要放棄手頭負責的作家，或是拿其他書稿當交換條件之類的。

最近自己經常嘆氣，其實是爲了美甲沙龍的事，赤崎和總編好像誤會了。

「不好意思，讓您擔心了。」

「從沒想過會有爲工藤煩惱的一天，這次還眞的是被你擺了一道。」

「非常抱歉，可是，所謂煩惱……其實我只是找到一份出色的書稿罷了。」

「是是是，我知道了。所以啊，就是要來跟你說說家永先生的書稿。」

總編故意用吊人胃口的語氣說。

「我終於懂你的意思了，那份稿子眞的寫得很好。」

「就說吧！」

「等等，你已經不是小孩了，別只爲了這種事高興。突破我這關，只不過是邁向順利出版的第一步。不用我說你也該知道，接下來才是百攻不破的關卡。編輯部這邊是可以通過這個案子，但是接下來就沒人掩護你前進了喔。那部作品確實是來插隊的，出不了也是沒辦法的事。至少我會這麼想。」

「總編。」

「這是沒辦法的事吧？我們公司還有其他肯定會比那部作品更暢銷的作品，那些作品才是公司的掌上明珠。身爲出版人，把那些明珠看得更重是理所當然的事。我有說錯嗎？工藤。」

雖然很想反駁「兩者都應該看重」，彰彥還是忍住了。乖乖垂下視線。

為什麼要將作家或作品分等級呢？真是莫名其妙。依照等級給予不同的待遇，乍看之下雖符合邏輯，但說穿了只是想省事吧。

正因為每位作家、每部作品都不同，要是無法都用心對待，就會跟不上作家和作品的腳步。這三年來，彰彥都是懷著這樣的心情一路前行。其中當然有不負所望、帶來喜悅的優秀作品，也有苦惱過後不得不拒絕出版的書稿。

只要跨越自己設定的那條界線，不管哪一部作品，都有可能脫胎換骨，也正因如此相信著，才能投入淬煉作品的過程。這也令彰彥深深了解自己的責任有多重大。實在無法輕易說出作品等級不同就要改變待遇之類的話。

「總編願意放行，我真的非常感激。下次的出版會議也會想辦法過關。」

「交給你囉。不過，你手上還有貝村先生和北富先生的稿子，也不能忽略他們喔。只有這點一定要注意。」

貝村的長篇小說是講述保險金殺人事件的推理小說，已經連載了一半，可說漸入佳境。完成之後，或許有希望拿下知名文學大獎。北富的家電系列雖然才要開始寫，但也是與過去作品不同，看得出作家野心的一部作品。

儘管兩部作品在雜誌連載時都另有編輯，但彰彥總能第一時間拿到剛出爐的熱騰騰書稿，作家也會事前將故事大綱寄來，要求聽他的意見。兩者都是不能鬆懈的作品，和家永的作品相比，更是不同次元的工作。

「難得有這機會，請讓我聽聽您看完《白花三葉草綻放時》的感想。總編覺得怎樣？」

「不愧是讓你卯足了勁的作品，看來能成爲引起廣大迴響的名作喔。把主題放在人心的交流，降低了作品門檻。年紀較大的讀者想必會對中年教師的角色有所共鳴，年輕人則比較接近夜校生的想法吧。現實社會裡本來就有各式各樣不同的立場，這部作品正好提醒讀者：因爲立場不同而斷絕人與人之間的聯繫，會多麼可惜。」

「可惜？」

彰彥反問，總編揚起一邊嘴角。

「無論教師還是學生，在書中都有所收穫，不是嗎？家永先生是個浪漫主義者呢。不過，作家大抵都是這樣。」

總編露出意在言外的笑容，凝視白色咖啡杯的眼神，和剛才說「出不了也是沒辦法的事」時已經不同。第一次聽彰彥提起這件事，他立刻站起來，毫不猶豫地轉身，用肢體語言完美表達「不會再給一次機會，就當我沒聽說這件事」。

然而，現在他卻是一副不設防的模樣，臉上的表情，就像想起某些令他懷念的回憶。

彰彥不禁心想，如果當初第一個讀到這份書稿的人是總編，事情會變得怎麼樣？

「想成爲雨，是嗎……」

總編忽然如此低喃。

「這份心思已經透露在作品中了啊。不愧是資深作家，眞是高明呀。」

說不定，他不會告訴公司裡任何人關於這部作品的事，而是悄悄把書稿交給其他出版社編輯。

等到出書之後，他一定會到書店裡看著陳列在架上的封面，輕輕伸出手。總覺得，這很像總編會做的事。

□

那天晚上，彰彥前往與山手線上某車站相連的大樓。高樓層有餐飲店和書店進駐，彰彥也曾來過好幾次，卻完全不知道這裡有美甲店。

這是以女性爲主要客群的購物大樓，入駐商家多是女性服飾店和雜貨飾品店。從地板顏色到牆上貼的海報，無一不充滿絢爛的都會風格。搭乘手扶梯通過各樓層，終於抵達「芙洛莉亞」美甲店，就在書店的下一層樓。

確認樓層分布圖，發現最角落有一間提供「放鬆服務」的店，彰彥立刻恍然大悟。簡單來說，應該就是美體按摩店吧。至於自己要找的店，則在那間店隔壁。

這層樓還有其他以女性爲主要對象的家具家飾店、專賣橄欖油的店（看起來似乎是這樣，也可能不是吧），以及販售有機化妝保養品的商店。大樓營業到九點，現在是八點，樓層裡有看似剛下班，獨自前來的女性，也有與朋友結伴來的人，每個人各自逛著自己感興趣的店。拿起商品打量的動作悠閒平靜，上前接待的店員也盡量小心，不打擾顧客。

大樓內並不冷清，但也不擁擠吵雜，散發一股洗練沉穩的成熟氛圍，逛起來很舒服。不知是否爲錯覺，無論顧客或店員，漂亮的人很多。不過，除了一起上門的情侶之外，很少看到年輕男人，單獨閒逛的更只有彰彥一個。心知肚明自己根本格格不入，但總不能就這樣退縮。

總而言之，就當先觀察狀況吧。彰彥走到「芙洛莉亞」店門口。有著玻璃隔間的明亮店內看起來很像美容院，又像果汁專賣店，給人光潔明亮的感覺。大概還很新吧。店內四處擺放著觀葉植物以遮蔽視線，所以還不容易看清楚店裡的狀況。

彰彥的目光停留在放置於入口處的價目表上，正想靠近時，兩個女人從店裡走了出來。一位是顧客，一位是出來送客的店員。顧客似乎在趕時間，匆匆離去，留下穿著白色洋裝的女人。洋裝好像是芙洛莉亞的制服。

彰彥和女店員四目相接，這下想退也無路可退。就算別開視線繼續往前走，再過去也只有美體按摩店，然後就到底了。若是默默轉身離去，反而更啓人疑竇。萬一眼前這位店員就是家永的女兒，豈不是留下最糟糕的第一印象。

女性露出業務用的笑容，做出「請問有什麼事」的表情。彰彥下定決心對她點了點頭，從上衣口袋裡取出名片夾。

「抱歉，打擾您工作了，請問這裡有一位家永小姐嗎？」

爲了表示自己絕對不是可疑人物，快速遞出名片。接過名片，女店員狐疑地低頭檢視，一看到公司名稱，表情就不一樣了。

「千石社？不會是那間出版社吧？」

這種時候，還眞得感謝自家公司這塊眾人皆知的老字號招牌。

「我們這裡是有姓家永的工作人員啦。」

太好了，她還在這裡工作。另外，眼前這位短髮女性似乎也不是她。會是哪位呢？雖然很想盯著玻璃隔間瞧個仔細，但這會妨礙人家做生意吧。短髮女性很快地補充：

「她現在有客人喔。出版社的人爲什麼要找她？你們認識嗎？」

「有點事想請教她，才會突然來打擾。眞是不好意思，可以麻煩您轉告她嗎？不會給貴店添麻煩的。」

「是可以，不過……」

「在這邊等也不好意思，我會在樓上美食街那層樓等。請轉告家永小姐，可能會耽誤她一點時間。」

「沒辦法馬上過去喔。」

「我會在樓上等到打烊為止。晚一點來也沒關係。」

女性看了看名片，又打量了一下彰彥的臉，這才點頭。

「我只負責把名片交給她，她會不會去，我就不知道了。」

「非常感謝，有勞您幫忙了。」

禮數周全地低頭道謝，直到確定女性走進店內，彰彥才轉身。離開時的態度也很重要，有時拖拖拉拉不走，反而會令人起戒心。回到手扶梯邊，逕直搭往美食街樓層。美食街營業到晚上十一點，美甲沙龍營業時間到九點，只要撐到十點，就知道今天這趟有沒有成果了。如果她沒現身，就必須想其他辦法才行。可是，到底還有什麼辦法呢？

在手扶梯附近找了張長椅坐下，從包包裡抽出印有公司名稱的牛皮紙袋，這樣至少可以當作辨識的記號。

看到那張名片，剛才的女店員只有一點疑惑，家永的女兒肯定會有更不一樣的反應。就算對彰彥的名字沒印象，也一定聽過千石社這間出版社。她是小說家的女兒，馬上就會察覺今天彰彥來，爲的是與她父親有關的事。

另一方面，可見她在職場一定沒提過父親的職業。靠自己的雙手建立起自己的世界，一個和小說性質完全不同的世界。彰彥腦中閃過在電腦螢幕上看到的無數美甲圖片。

紅色、黃色、藍色、粉紅、白色、黑色、金色。還有花朵、星星、彩虹。

那是一個沒有文字的世界。在一公分見方的小小指甲片上，日復一日地塗抹色彩，畫上米粒大的圖案。她選擇了這樣的工作，比起暢銷書，她或許對服飾店面擺出的衣服更有興趣。換成家永老師和自己，肯定連圍巾和領巾的差別都分不出來。

她在滿遠的地方生活，爲什麼會變成這樣呢？就算家永老師的語氣總有著過多的自我貶低，但她離家不回似乎也是事實。即使在離高圓寺不遠的地方工作，也靠自己養活自己。

她會是怎樣的人呢？雖然好奇，但手上什麼都不做卻教人坐立難安。彰彥從手提包裡拿出一份列印稿。這不是家永的作品，是另一位作家的短篇連作集。這幾天就算想讀也讀不進腦子，現在看的地方，已經反覆看過好幾次了。

看完一個段落，正查看手錶時，感覺到有人走近。

是位纖瘦的小姐。中等長度的頭髮，其中一邊塞在耳後。有著細細的鼻梁與小巧的嘴巴，細長的眼睛看起來像是單眼皮。膚色白皙，可歸類到小臉的那一邊。雖不是特別漂亮的美女，但仍保留些許少女氣息，長相頗爲可愛。

急忙收拾腿上的文件起身，一眼瞥見她手上拿著自己的名片。

「您是家永——冬實小姐嗎？」

她維持著僵硬表情點頭。想從那張臉上找尋與她父親相似的部分，但看不太出來。

「不好意思，突然跑來，還勞煩您特地上來，非常感謝。」

「你是千石社的編輯？」

「是的。敝姓工藤，是家永老師的責任編輯。」

她——家永冬實別開視線，嘴上像是一邊嘆氣一邊說：

「家父怎麼了嗎？」

無奈的語氣。

「是身體出了什麼狀況？還是向貴公司借錢了？」

「不、不是的。」

彰彥趕緊搖頭。

「老師身體很好，今天來是有事想拜託您。」

「有事拜託我？」

冬實的表情愈來愈難看。彰彥勉強牽動臉部肌肉微笑：

「站著不好說話，如果您有時間，要不要找個地方——」

「不，不用了。有什麼事在這裡告訴我就好。」

感覺就像鼻尖撞上了倏地關起的門。如果自己是蝸牛，一定會馬上躲回殼裡一個小時以上才出來。可是現在彰彥已經沒有退路。幸好小腿肚頂著的那張長椅足夠供兩人坐，也還空著。

「不然，我們坐這說好了。」

不改臉上微笑地如此說完，彰彥把讀到一半的書稿放回手提包裡，率先坐了下來。冬實左右張望，大概認爲站著不好看吧，也在長椅邊上坐下。

「我想拜託您的，是和老師新作品有關的事。作品名叫《白花三葉草綻放時》，現在預定交給我出書，正在進行準備中。這是一部非常優秀的感人作品，我希望能讓更多人讀到它。我聽老師說，作品裡使用了小姐您寫的詩，今天是來徵求您的授權同意。」

「我的詩？」

「對，就是這個。」

彰彥從手提包裡抽出一張影印紙，遞給冬實。她一看就變了表情。原本一直堅持冷淡抗拒的態度，轉換成著實吃了一驚的樣子。

「怎麼會有這個東西。」

「這是小姐您寫的詩吧?」

「對,可是爲什麼……」

驚訝之後,她依然堅決不露出任何笑容。挺直背脊,從肩膀、手臂到指尖都在用力,看起來就像正拚命忍住什麼似的。

眞要說的話,她手上那張紙印的只是 首非常樸實又簡單,充滿小女生品味的詩。想來應是國高中時代寫的吧。如果是害羞或生氣,甚至做出不高興的反應,都還好理解,但她卻震撼得緊抿著雙唇顫抖,這反應未免太過頭了。

終於,她才如低喃般地詢問彰彥:

「那到底是個怎樣的故事?」

「您說《白花三葉草綻放時》嗎?故事背景是高中夜校,主角是老師,故事描述主角與學生之間的交流。」

「這樣的話……就不對了。」

什麼不對?和什麼比起來不對?

雖然想問,又不能問。現在她一定只是不小心吐露了心聲。

重新打起精神,換彰彥主動開口:

「事出突然,您一定也很困惑,但是,這首詩是這部作品的重要元素。因爲實在太符合這部作品的內容了，我非常希望能以目前的形式出版。能不能請您答應授權使用呢？當然，現在就能提供您書稿或是於出書前提供打樣讓您過目。」

「看家父的小說？那就不用了。家父怎麼說？啊，不用告訴我也沒關係。要是今天來這裡的人是他，我一定會更驚訝。工藤先生——沒錯吧？幸好來的人是你。」

這時，她臉上才初次出現笑容。只是，那侷促的笑容一點也無法縮短兩人的距離。彰彥不放棄地追問：「您意下如何？」

冬實的視線落在紙上，沉思了一會兒之後，猛地抬起頭。仰望天花板的神態就像察覺忽然下起雨來的人。瞇著眼睛的側臉，彷彿正承受細細的雨滴打上臉頰，周遭空氣瞬間變得濕潤。

那有點哀傷又有點懷念的不可思議情感流入彰彥內心。總覺得，自己對這樣的雨也很熟悉。儘管被雨打濕了身體，仍駐足原地不動，凝視原本乾燥的地面顏色漸漸濡濕改變。那是幾歲時的事呢？

希望自己小得比雨點還小，甚至想滲入地面。

「可以不要現在回覆嗎？」

冬實這麼說，彰彥點點頭。

「我會寄信到名片上的電子信箱回覆，明天，或者後天。」

「那我等您。」

大概料想得到她的答案了。她站起來，點頭致意後離去。步伐不停，也不回頭。彰彥無法挽留她。

隔天晚上，寄來的信上這麼寫：

請不要刊登那個。不好意思，麻煩了。

內容簡短。她並未歸還印了那首詩的影印紙。這麼說來，白花三葉草被雨淋濕的那一幕，現在依然在她身邊吧。

3

穿過新宿車站南口窄巷，走了好久還是遲遲走不到，一下右轉一下左轉，正在擔心是否將永遠這樣徘徊下去時，「ｂａｔａ」的招牌映入眼簾。

推開門，走進店內。站在吧台內側的兒時玩伴河上朝彰彥投以一瞥，隨即撇了撇嘴角，彷彿聽得見他說「搞什麼，是你啊」的聲音。好歹也是以客人身分上門的，說聲「歡迎光臨」不爲過吧。不過，彰彥想起上次來時他說的話——

「反正你來我們這裡時，通常都沒什麼精神。」的確，今天的彰彥或許也沒什麼精神。之所以覺得「ｂａｔａ」那麼遠，大概是自己走太慢的關係。

熟門熟路摸到吧台邊，彰彥脫下大衣外套，坐上椅子。才剛將手提包塞進腳下空間，細長的啤酒杯已經放在眼前。注入常點的海尼根，還默默一如往常地送上洋芋片。

店內桌邊已坐了不少客人，只在這時段來打工的學生店員正在收拾客人離開後的桌面。

「河上。」

「嗯？」

聽到彰彥一開口就喊了自己的名字，河上一副嫌麻煩的樣子，只挑了挑眉。

「說點你聽了會開心的事好啦。」

「幹嘛？忽然這麼說。」

「就在幾天前被女人拒絕了，而且毫不留情。」

「你說誰？你？」

原本不感興趣的聲音忽然來勁，還興奮得連臉色都變了。真是好懂的傢伙。

「嗯。不過，是工作上的事啦。有件事得拜託我負責的作家的女兒，去了對方工作的場所。結果她沒給好臉色，斬釘截鐵地拒絕了。」

嘴上說著「什麼嘛」，河上的眼角還是明顯高興得下垂。

「那位作家的千金幾歲？工作地點在哪？他們沒住一起喔？」

「她和老師處不好，說是二十歲左右就離家自立了。現在大概二十四、五歲吧。」

「是喔。不錯嘛，詳細情形說來聽聽啊。」

也不知道是從哪個方向得出「不錯」的結論，只見河上變魔術似地迅速端出一盤醋漬白花椰菜，接著好像還要在熱騰騰的鍋上煎手工香腸。不然，乾脆讓他用食物釣自己上鉤好了。

家永的名字和住址姑且略過不提，只鉅細靡遺說了拿到他的書稿，以及為了取得作品中的詩的使用授權而拜訪家永女兒。反正就算說得再詳細，河上也不知道是誰。事實上，和冬實之間的對話很短，她的反應也很乾脆。

「原來是美甲師啊，最近很流行嘛。」

「這次我才知道，費用比想像中貴呢。」

大口嚼著河上端上來的香腸，蒜味濃厚的肉汁噴出來，差點燙傷嘴巴。皺著一張臉喝下冰涼的啤酒，又點了一杯。

「沒想到你竟然會去找美甲師小姐搭訕，哎呀，沒能躲在柱子後面偷看這一幕，眞是太可惜了。你們當編輯的，要做的工作可眞多啊。」

「多著呢。我有個前輩爲了完成作家想看煙火的要求，前一天晚上就得先去長良川河堤占位子。還有人幫作家在大雪天裡前往東北拍礦坑遺址的照片。至於我，則是在新宿的牛郎俱樂部坐檯，臉上還化了妝。」

「欸，眞假，我怎麼沒聽說。」

「我沒跟你說過嗎？那次是陪作家去蒐集資料，在店經理和牛郎們的慫恿下，爲了不破壞當下氣氛，只好照辦了。只要能讓作家融入現場氣氛，問出現場工作者的內心想法，穿上輕佻的花西裝還算是小事一樁。這一切都是爲了寫出好作品。」

第二條手工香腸不是香草口味，而是嗆辣的西班牙香腸。這個口味和啤酒也很搭，刺激味蕾的辣味令人聯想起那個鏡球閃爍的原色夜晚。在前輩牛郎命令下協助彰彥換衣服的，是一個自稱二十歲，花名「夢來」的男生。

那個笑起來會露出可愛虎牙的男生比手畫腳，誇大地述說看到彰彥就讓他想起國中時的某某學長。說他們隸屬於同一個社團，對方很照顧他。還說那個某某學長比誰都帥氣，也比誰都溫柔，成績還非常優秀，從小學起，周遭的人就認定他一定會上東大。

可是——話才說一半便吞回去，夢來就此閉口不提那位學長的事。他好像是「啊哈哈」地笑著帶過，也可能是雙手一攤說了「就這樣啦」。彰彥沒有多追問。

第一次踏進牛郎俱樂部，那裡的一切對彰彥來說都稀奇刺激，昏暗的空間與上門的顧客、休息室裡窺見的牛郎神態，以及店經理高高在上的態度，甚至所有氣味與觸感都烙印腦海。只是，即使不是刻意翻出那天的記憶，直到現在，彰彥還是偶爾會想起夢來脫口而出的「可是——」。

從打盹中醒來打哈欠時，站在轉乘電車的月台上時，站在街角等待紅綠燈轉綠時，或是在踏進便利商店瞬間的炫目燈光下。

那句「可是——」對自己而言，一定就是小說了。不盡然是好事，也不全是壞事。既深又淺，既薄弱也強烈，總是不停變動，看不到盡頭，既認真又輕浮。愚蠢，笨拙，軟弱。但又很頑強。這樣的人所走過的路，就是自己想看的小說。

「然後呢？你壯烈失敗的事，已經向作家大人報告了嗎？」

「嗯。剛才來這裡之前打電話說了。明明該道歉的是我，家永老師卻很愧疚地安慰了我。還說『就算不是你去，她也不可能答應』。或許眞是如此吧，但我還是很不甘心。」

「是喔。」

「老師說打算把詩拿掉，改寫稿子。」

「那不就沒問題了嗎？」

河上說得很簡單，彰彥其實只能點頭說「也對啦」。但是，他的頭和下巴卻像是被固定住似地動也不動，取而代之的是用皮鞋尖輕踢吧台牆壁。

「其實還想再堅持一下試試看。可是對方是年輕女生，我總不能太纏人吧。」

桌席的客人點了餐，河上將事先準備好的蔬菜放上耐熱盤，撒上滿滿的起司。放進烤箱，設定溫度與時間。

同時，嘴上發出刻意的「是喔——」

「你也不是第一天這麼死纏爛打了，只是這次對象是女人，倒有點稀奇。」

「別說這種話，什麼女人不女人的。」

「逝者不追不是你的原則嗎？記得你嘟噥過，大學時代的朋友都說『工藤從不追求什麼』。我聽了雖然滿意外的，但仔細想想，你確實沒有哪個女朋友交往得比較長久。好像每次都是莫名其妙就在一起，然後又莫名其妙分手了。沒有女朋友你也無所謂。最近幾年身邊完全沒女人的影子，你也好像一點都不在乎。應該覺得一個人還樂得輕鬆吧？」

眞希望他不要把別人的人生講得這麼隨便。然而，即使試圖反駁，最後那句話還眞難反對。恐怕被他說中了。

這幾年，每天都能按照自己喜歡的方式行動，毫無壓力，日子過得自在和平。有女友時總在看對方臉色，往往努力配合還得不到回報，換來的不是生氣就是鬧彆扭，最後不是被失去耐性的對方狠甩，就是像斷了線的風箏般慢慢失去聯絡。

不是自己不追回，因爲遇到的都是這種除了放棄之外別無他法的狀況啊。

「站在我的立場，是很希望你對女人也能發揮死纏爛打的個性啦。加油啊，工藤。我這麼說是在爲你打氣喔，現在就過起枯竭的人生還太早了吧。」

「少多管閒事。都說不是女人了，是我負責的作家的千金。」

「好好喔，千金耶。」

眞是雞同鴨講。托著下巴轉頭，看到桌席的一群女客正聊得開心。桌上攤放著宣傳手冊及雜誌，似乎在討論旅遊的事。這群女客與冬實年齡相仿，她是否也會像這樣和女性友人一起談笑吃喝呢？

腦中只閃過她慍怒的表情。實在無法想像。

「說了這麼多，其實作家千金還是擔心她爸爸的吧？很貼心的女兒啊。她一定是擔心爸爸的身體，爲了問清楚才去和你見面的吧。」

「欸，可是她也有問『是向貴公司借錢了嗎』。」

「對爲人子女的來說，這種事或許本來就該擔心。」

一句「沒什麼好擔心」在嘴裡反芻。事實上，當天她確實來得比想像中早。自己原本做好要等很久的心理準備，在那張長椅上坐下來閱讀隨身攜帶的書稿，只讀了一個短篇，她就現身了。那是幾點的事呢？或許工作一結束她就趕來了。

可能之後還有事也說不定？不，如果是這樣，也可以乾脆放彰彥鴿子啊。沒有事先聯絡的不速之客，還自顧自地指定碰面地點，素昧平生的，說是強人所難也不爲過。她根本沒有義務赴約吧。可是，她還是帶著彰彥的名片去了美食街樓層。印象中，她似乎有點氣喘吁吁。正如河上所言，冬實開口第一句話問的就是父親的身體狀況。

「講什麼借錢的事時，是不是故意用怨恨的語氣？」

「嗯？」

「被突然造訪的編輯嚇到，以爲父親發生了什麼事，所以急急忙忙趕來了。」

或許是自己想太多了。可是，如果眞如河上所言，那冷淡的態度確實給人不太一樣的感覺。她的確表現得有點生氣不耐煩，但也可能是在氣自己還擔心父親。

冬實心目中的家永老師是個什麼樣的人呢？家永老師對女兒又抱持著何種心情？

一聽到冬實拒絕授權，立刻提出抽掉那首詩的建議。然而，將小說改寫爲沒有那首詩也能成立的內容，需要耗費相當的時間與精力。原本的內容不只感動彰彥，甚至讓總編看過之後改變主意，作家本人一定也很滿意才對。作品中這麼重要的元素，眞的能輕言改寫嗎？此外，爲何將洽談授權的任務交給彰彥這種年輕編輯，這點也令人費解。如果家永老師自己直接拜託冬實，結果說不定會不一樣。

不，老師早就知道結果會是這樣了。明知一定會失敗，還是請出年輕責任編輯，想拿死馬當活馬醫。所以他才會在電話那頭道歉。

「那首詩到底是怎麼回事……」

「詩？」

「是不是有什麼意義啊。」

家永一定明白箇中意義。即使死馬也要當活馬醫，是他奮力一搏的方式。

「簡直就像一條看不見的線。」

彼此互不鬆手，相互拉扯。

「喂，你是怎樣啦，從剛剛就一直喃喃自語那些意有所指的話，我完全聽不懂。」

「喔喔，抱歉。我吃點什麼好了，來點餐吧。菜單呢？」

「既然如此，不如交給大廚決定。跟你說，我們正好進了不錯的食材喔，再不弄來吃會壞掉的，我親自爲你下廚秀兩招吧。收據抬頭會好好寫上千石社的，放心啦。」

不等彰彥回應，河上一個轉身打開背後冰箱門，從裡面拿出不知道是龍蝦還是牛肉塊等食材。要是沒吃完，這些菜大概就會成爲工讀生的「員工餐」了。

站在吧台裡的人比平常還來得有幹勁，看著整間店裡活絡的氣氛，彰彥再次想起車站大樓裡的情景。雖然洽談失敗，不過自己身爲傳話人的任務應該算是圓滿完成了。

因爲，這就確定了那對父女即使分隔兩地，但手中還各自握著線的兩端不曾分開。

□

插畫家在位於新橋的畫廊舉行個展。無論雜誌插畫或書籍封面插畫，都仰賴這位插畫家許多，所以彰彥也找時間去露了個臉。

在入口處簽完名，走進展場時，裡面已經有人了，是相馬出版的國木戶。國木戶手上有爲數不少的暢銷作家，編輯過熱賣十萬本以上的暢銷作品，也經手過入圍知名文學獎的話題作品，最近甚至有人稱他「相馬的王牌」。若從隸屬不同公司這點看來，兩人本應是競爭對手。不過，在宴會等場合圍繞作家身旁時，相處倒也和諧愉快，還曾一起擔任與作家聚餐時的籌備幹部。

國木戶基本上不會搞小動作，也不會主動誹謗別人或說人壞話，是個平等待人的紳士。看到不習慣某些場合的彰彥手足無措時，他還會出來打圓場。給的建議通常有建設性，想必對自己身爲編輯的才能也充滿了自信與自負。

只是，他對大出版社似乎有些意見，對千石社的人更是特別嚴苛。聽他兜圈子挖苦人是家常便飯，一個不小心就會被整得很慘，是個不可鬆懈以待的對象。

在畫廊裡巧遇時也是，彰彥裝作若無其事地寒暄，聊些不痛不癢的話題，三兩句話之後就和國木戶道別了。之後去向插畫家本人打過招呼，慢慢欣賞完展覽品，離開會場時，國木竟然等在出口。

雖然內心狐疑，也只能隨國木戶走出會場，就這麼一路並肩走到車站。怎麼會這樣，他找自己有什麼事嗎？儘管有所警戒，國木戶卻什麼也沒說，只約彰彥去喝咖啡。

「發生了什麼事嗎？」

「不，沒什麼啊。沒有任何你擔心的那種事。」

走進馬路邊的自助式咖啡店，國木戶買了杯飲料，走向沒有椅子的吧台區，把手提包放在腳邊。那個手提包脹鼓鼓的，看似裝滿打樣、書稿等文件。彰彥也一樣，只把手提包放在腳邊，沒有脫下外套。緊張並未緩解。

「請說吧，到底有什麼事？」

「嗯，是這樣啦，前不久聽到有關你的傳聞，想確認到底是不是真的，又不到需要特地找你出來的程度，想說哪天有機會再問問吧，今天就正好巧遇了。」

「傳聞？」

「聽說你找到一份有意思的書稿？」

握住紙杯的手不禁用力，杯子晃了一下，在液體灑出來之前勉強止住。

「你聽誰說的？」

「赤崎小姐啊。原來是真的喔？」

國木戶露出游刃有餘的笑容，彰彥對著腦中的赤崎狠狠罵了句：「這個大嘴巴！」

「在田添老師的演講活動上遇到她，準備簽名會的等待時間聊了一下，結果聊到你的事。我說你這人就像畫在樣板上的模範生，赤崎小姐卻說『倒也沒那回事』。按照她的說法，你某天忽然宣稱自己找到一部感人大作，堅持想出書，不論總編怎麼拒絕都不放棄。她還說沒想到你和外表不一樣，這麼頑固又不討喜。」

「意思是說我沒大沒小吧。」

「有什麼關係，要是被赤崎小姐說你討喜，那才要傷腦筋好不好。」

國木戶一陣大笑，彰彥只能啜飲咖啡回以：「或許吧。」他說的是前幾天一位叫作田添眞琴的女作家的活動，千石社派了赤崎當代表，相馬出版則由國木戶負責。

雖然共通的作家只有田添老師，但他們兩人都是在文學領域耕耘多年的編輯，很了解對方，幾乎可以想像他們站著聊天的模樣。國木戶向來討厭老大心態的千石社，站在他的角度，無論採取何種形式，會去頂撞前輩或上司的人反而討他喜歡。

「工藤老弟啊，這次我對你刮目相看了。只會唯命是從的人多無趣啊。聽說那份書稿是家永老師的作品哪，眞的那麼出色嗎？這是你第一次這麼拚吧，竟然會那樣直接找頂頭上司談判。」

「之前也一樣啊，只要遇到對的稿，我都是這麼拚，沒有什麼不同。」

「可是，這是你推薦的作品第一次被上司駁回。我有說錯嗎？」

確實如此。

「是這樣沒錯，可是總編最後還是同意了。」

「這我也有聽說。說老實話，我還眞嚇了一跳。矢野先生竟然會收回曾經說出口的意見，可見那部『好作品』不是普通的好。工藤老弟，你找到一份能讓矢野先生回心轉意的書稿了呢，眞了不起。」

被國木戶捧上了天，彰彥反而不知該用什麼表情面對，只能不置可否地低下頭，視線往下。

「謝謝。」

「怎麼？這麼不起勁。連矢野先生都不得不認同的作品，肯定非常感動人心。必須讓這部作品問世，讓更多人讀到才行。這麼說沒錯吧？」

「是。那是部非常好的作品。」

「我很期待唷。雖然家永老師至今還沒遇到推出暢銷作品的好運，其實他是能寫的人。只要題材、架構與文體搭配得好，他能寫出兼具強大中心思想與纖細豐沛詩意的作品。你找到的那份書稿，一定是在各方面都取得了良好平衡，令人讀來暢快淋漓的作品吧，我想成為受大眾歡迎的暢銷書不是夢，這或許會是一部抓得住讀者話題的作品。」

國木戶咧嘴一笑，彰彥這才終於露出笑容。因為國木戶的語氣聽起來不是調侃也不是嘲諷，似乎是真心那麼認為。他並未實際讀過《白花三葉草綻放時》，說出的形容卻字字中的，證明他確實詳讀過家永老師的其他作品。

「很高興聽到國木戶先生這麼說。尤其是抓得住讀者話題的作品這部分，真的如你所說。」

「嗯，明明書裡寫的不全是美好的事，卻構成了一部美好的作品，對吧？」

「您真內行，我看完之後，痛快地哭了一場呢。」

國木戶瞇起眼睛點頭，將手輕輕環繞在彰彥肩上，親暱地拍拍他。

「所以說啊，工藤老弟——」

手依然放在彰彥肩上，國木戶說：

「這次你要想清楚，好好做出決定。把那份書稿交給我吧。剛才我不也說過，這本書必須讓更多人看到才行，遺憾的是，這事在千石社是辦不到的。難得的感人作品將會就這樣被打入冷宮。拿到我們出版社就不一樣了，我們會負起責任，以最適合的方式推出這本書。這樣絕對比較好。你別擔心，我會做出一本很棒的書，一定會送到讀者手中。你要是眞的爲作品著想，就該接受我這個提議才對。」

他在說什麼啊。彰彥愣到了極點，盯著國木戶的臉看。

「我怎麼可能答應這種事，你瘋了嗎？」

「別這麼說嘛，我這是很積極正面的提議啊。既實際又明瞭。你們公司不可能爲家永老師出書。說得更正確一點，他們連看都不會看一眼。要成爲話題作品更是不如作夢比較快。我只是在建議你別做這種糟蹋作品的事罷了。」

「會出書的，我會好好——」

「你眞的以爲自己能說服矢野先生上面那些比他麻煩千百倍的高層？如果你眞的這麼想，那就太天眞了。我不如挑明了說吧，家永老師沒有任何讓高層點頭的條件。他們只會在他身上貼張『過氣作家』的標籤了事。家永老師在你們公司的立場比毫無背景的新人更不利。我的判斷絕對不會錯，他們連討論會議都不會爲他開。我們公司雖然也有類似狀況，但是和大出版社比起來，至少還有通融餘地。我們公司還願意讓編輯冒險，挑戰運氣。那部作品只有在我們這裡才有機會，你應該也很清楚才對？」

很不甘心，卻說不出話。默不吭聲只會讓國木戶以爲自己默認，但彰彥又能反駁什麼。冷靜想想自己公司的狀況，忍不住想笑。

他說的沒錯。千石社最討厭的就是賭一部作品會不會大賣這種事。根本不用做這麼危險的事，公司裡其他肯定暢銷的書稿要多少有多少，正可說是「沒蛋糕吃就吃巧克力」的世界。

「工藤老弟，趁現在把作品交給我，也是爲了家永老師好。這樣作品才有活路可走，這不是最重要的嗎？」

「請等一下。」

「我當然會等，又沒叫你現在給答案。我也不打算從旁強奪。你去和上面好好商量，也問清楚家永老師的意願，連你自己都能接受這個做法時再來和我說就好。好好想想吧。」

輕拍了拍彰彥肩膀，國木戶拉攏大衣領口，伸手拿起腳邊的手提包。彰彥也跟著拿起自己的手提包，感覺它重得像裝滿石頭。

收拾紙杯，走出自動門，微弱的冬日陽光下，一心爲了跟上國木戶而移動雙腳。他似乎提到哪裡的梅花開了還是沒開之類可有可無的話題，彰彥也記不清楚了。最後——

「突然跟你提這件事不好意思啊。」

國木戶露出爽朗的微笑，消失在通往地下鐵車站的階梯下。彰彥穿過ＪＲ票口，爬上月台，在冷風吹拂下眺望成群的高樓大廈。

等一下要回公司，還有工作等著做。現在這時間總編或許還在。國木戶要自己找上司商量，可是，不用問也知道總編會怎麼回答。

「這樣啊……」

低聲發出喃喃自嘲。國木戶一定也想像得到答案是什麼。儘管嘴上好心溫柔地說「連你自己都能接受時再跟我說」，其實他早就確信千石社的人一定和他意見相同。

不是從旁強奪，只是自家公司沒辦法出了，所以去拜託人家而已。他連這藉口都幫彰彥準備好了，根本是認眞想搶走這部作品。

□

該找誰商量好。

總編雖然在位子上，彰彥卻假裝沒看見，朝業務部走去。幸好自己也有事要請業務部幫忙——受上個月剛出版新書的作家古志田所託，向業務部拿一些自製的促銷宣傳品，說是要送給住家附近的書店使用。

下到三樓，探頭一看，熟識的業務部員工看到彰彥就問：「怎麼了嗎？」那是位名叫鈴村的年長女性員工。彰彥告知來意後，她很快就準備好一套ＰＯＰ展示板等宣傳品。

「古志田老師的書好評如潮呢，看來今後銷售還會繼續動起來。眞令人期待。」

「太感謝了。」

聽鈴村這麼說，彰彥臉上滿是笑容。

「封面設計得很好，聽說有不少人光看封面就掏錢了。現在似乎是這樣的時代呢，一本書得先在書店店頭引人注目，客人才會伸手拿起來看。工藤你雖然年輕，但正好擁有現代年輕人的品味，對我們業務來說幫了很大的忙。今後也要做出很多年輕人喜歡的書喔。」

古志田美保的書是以看得見死者的女孩爲主角的短篇連作集，封面乾脆採用簡潔的銀色底，再用作品中具有象徵意義的緞帶畫出流暢的曲線。

趁著鈴村心情好，彰彥一邊左顧右盼，一邊移動到辦公室角落。內心思索著是該偵查敵情好，還是先打點關係好。要是不先下手爲強，恐怕眞如國木戶說的，家永的書稿根本無法通過接下來的會議。

可是，一提起家永的名字，原本因爲古志田的書而笑得嘴角上揚的鈴村，表情轉眼蒙上一層陰霾。即使彰彥壓低聲音說明這是近年罕見的感人大作，連總編都說ＯＫ了，自己也會想盡辦法努力，鈴村的反應還是很不樂觀。

「難喔。總之半年內想出是不可能的事喔。頂多看能不能納入明年的出書計畫。在那之前，家永老師自己也必須有所表現才行，例如入圍哪個文學獎啊，或是過去哪部作品被拍成影視作品等等。非得先從這裡開始不可。」

「我想盡可能早點出書，因爲已經答應老師要回覆他出版時間了。」

「是他硬要你出書的嗎？」

鈴村語氣爲難，彰彥趕緊搖頭。

「不是的，是我拜託他把作品交給我的。家永老師自己也知道在我們公司要出書很難。」

「那就好。工藤你也眞是的，不能說那種得意忘形的話啊。我們業務現在都要從各個方面觀察市場，仔細思考，經過一次又一次討論才能決定要不要出一本書。希望編輯能夠信任我們的專業。編輯部要盡情發揮創意，自由做什麼書，我們都很歡迎。只是大家各有各的職責，就彼此信任吧。大家都得做好自己的工作才行。」

一方面點頭同意，彰彥還是想再加把勁，重提了一次家永的事。

「我知道從他最近的成績來看比較為難，但要是不積極的話，會被其他出版社搶走的。要是在其他出版社大紅了，不是很可惜嗎？」

「等他大紅之後，再請他幫我們寫稿呢？」

說了和赤崎一模一樣的話。

「就是現在這份書稿才好，世上獨一無二的作品。絕對不可能請他再寫出類似的東西，就算寫得出來，我也不想要。」

「工藤。」

聽到鈴村發出指責的聲音，一股強烈的挫敗感油然而生。若繼續這樣下去，也只會吃閉門羹而已。連每個月的固定會議都排不上，只是不斷地浪費時間。已經答應家永不會讓事情變成這樣，剩下的只有放棄一途。國木戶的臉閃過腦海，彷彿聽見他說「我就知道」的聲音。

「如果工藤這麼看好這部作品，似乎可以想想辦法就是了。」

「咦？」

「你分發到編輯部，差不多三年了吧？這段期間你也做出不少暢銷書，有拍成影視作品大紅的，也有入圍知名文學獎的。從消費者年齡層來看，毫無疑問獲得了不少年輕讀者。」

是要我繼續這樣乖乖地待在舒適圈裡工作就好的意思嗎？

「既然你都那麼說了，也強烈展現想硬推的決心，那麼你自己或許也會成爲判斷出書與否的條件之一。比起作品內容，比起作者的知名度，身爲編輯的你本身具有更重的分量。」

難以判斷她這番話的眞意，彰彥歪了歪頭。鈴村先四下打量，確定周遭無人才說：

「最近我們公司的風向也有點改變了，不能再是那麼死板的千石社。現實狀況就是不得不認同新的作法，無法再一味抗拒年輕人的意見。所以我才說家永老師這件事不是絕對不行——或許。」

「眞的嗎？」

「我都說『或許』了。現階段就算進到會議討論，頂多得到一句『考慮看看』。光靠你的成績不足以做出判斷。即使我站在你這邊也一樣。得再加上個什麼說服人的點才行。」

「還是有希望出版嗎？」

眞是意想不到的答案，偏偏這話自己絕對不該說的。

「以目前的狀況還是沒希望的喔，必須拿出個夠分量也更有意思的話題來才行。」

原本以為自己被不管怎麼敲打、怎麼踢或推也難以撼動的牆壁，從四面八方圍住。「絕不放棄」、「絕對要出書」這種話，就連自己也覺得聽起來不過是小孩子耍賴。嘴上說要努力，卻不知道該怎麼努力，連該往哪個方向跑都不確定。

可是現在，似乎看到移動牆壁的希望了。

□

關於具體的「決定關鍵」，鈴村舉的例子有入圍文學獎或拍成影視作品。可是，對最近沒有作品問世的家永來說，一來沒有入圍文學獎的作品，二來，期待過去的書被拍成影視作品，無異於希望天上掉下禮物。

其他還有什麼提高知名度的方法嗎？想了好久還是想不出來。放棄對家永本人的期待，從身為編輯的自己著手去想，過去自己做出了哪些成績呢？

必須能打動手握決定權的人。彰彥本身擁有的優勢，就是與人氣作家之間的關係了。比方說，請暢銷作家幫忙推薦家永的作品，或是與家永來一場對談，再把對談內容寫成報導，一舉提升知名度。

這些方法才剛想出來，彰彥自己就嘆氣否決了。無論利用別人還是被利用，對作家來說都是不光彩的事。更何況作品本身又不是沒實力，一定還有其他更好的方法才對。

和平常煩惱時一樣，從一個工作移動到下一個工作的半途中，彰彥繞路去了一趟書店。

雖說是臨時起意，但那裡卻正好是家永冬實工作的車站大樓。擔心頻繁出沒會被當成跟蹤狂，彰彥打定主意除了書店樓層之外，不去其他樓層。不過，自從那次之後，像這樣造訪這棟大樓也已經是第三次了。要是河上在這裡，一定會從鼻孔噴笑吧。

搭上手扶梯，迅速通往上方樓層。抱著找尋想找的人，卻又不想找到的心情，當電梯快要經過「芙洛莉亞」美甲沙龍那個樓層時，就算沒那個意思，內心還是緊張起來。想再和她見一次面。見了面之後，想和她談談授權收錄那首詩的事。彰彥還是沒有放棄。她今天也在那間有著玻璃隔間的明亮店內，握著客人的手，對著指甲舉起用像筆又像刷子的工具嗎？

被後面的人推著迴轉，離「芙洛莉亞」那層樓愈來愈遠了。到達書店樓層，下了手扶梯，再往前走幾公尺就是自己的地盤。

擺在入口附近的展示牌背對著結帳櫃台，上面陳設著眾多色彩繽紛的書籍。從旁邊經過，走進店內，一台展示花車上擺滿了千石社的新書。不是用不同的書，而是用同一本書堆成一座小山。

書名彰彥有印象。最近公司內部的暢銷書快報已經由這本書蟬聯冠軍寶座好一陣子了。看到書店對待這本書的慎重，感受得到即將大賣的前兆。新書編輯部現在一定也卯足了勁。

懷著好心情沿著通道前進，平常固定的路線是先逛放新書單行本的平台書櫃，今天卻往放女性雜誌和興趣實用類書籍的書櫃走去。忍不住朝站在附近的女客看了一眼。

之前已經收到冬實拒絕授權使用的信，彰彥也回信表示理解，但仍寫下「希望能再找機會拜訪您」、「深切期盼還有再次見面的機會」等字句。之後沒再收到回信，不過，應該可以再寫一次電郵給她吧。

這麼思考著，從文庫本書櫃前走過時，聽見年輕女性的聲音：「哎呀，我說小家眞是的。」

「對啊，一般人才不會知道咧。」

「是嗎，妳沒聽過『這本推理』？」

「沒聽過、沒聽過。」

「那，『ALL』呢？」

「咦？那什麼？說到ALL，不就是all night，熬夜一整晚的意思嗎？像是通霄唱卡拉OK的時候就會說『唱ALL』吧？」

兩位女性顧客站在文春文庫的書櫃前。其中一人彰彥很熟悉。她今天戴了髮箍，看似制服的洋裝上加了一件深藍色的羊毛衫。大概正值休息時間。

察覺到呆站著不動的彰彥，戴髮箍的女生轉過頭。果然是冬實。兩人四目相接，彰彥微微點點頭，當作打招呼。她看起來似乎很驚訝，身旁另一個女生用唱歌也似的語氣說：

「下次我們去唱通霄嘛。那我先走囉，沒關係沒關係，我只是要繞去襪子店看看，小家就逛妳的書店逛到盡興爲止吧。」

調侃地笑了笑之後，和冬實一起來的女生就消失在購物人群中。留下來的冬實站在原地動也不動，凝望著眼前書櫃。彰彥下定決心，朝她走去。

第一句話該說什麼才好呢？正在找尋適當用詞時，她的手伸向書櫃上的文庫本。拿起放在平台書櫃上的其中一本書，朝彰彥轉身。

看到那本書的封面，彰彥說：

「門井慶喜先生，是剛拿下『ALL讀物推理小說新人獎』的作家吧。」

冬實嘴角與臉頰輕輕動了動，這還是第一次看到她露出這種表情。在美食街碰面那次，她從頭到尾都是一臉慍怒，也毫不掩飾自己的不耐煩。

或許是因爲才剛和自己的朋友在和諧的氣氛下談笑過吧。配合冬實手中那本《天才的價值》文庫本，彰彥也從附近書櫃上抽下另一本書。

「原本以爲姓『乾』的人不多，最近好像不少呢。」

彰彥手上拿的，是乾胡桃的《愛的成人式》。她這麼回應：

「你也讀過《迴》嗎？」

她說的是乾路加的作品。

「那本書很有意思呢。從第一篇的〈受吸引〉就令人折服。還有〈完美的蛇頭龍之日〉也是。」

「沒錯，這部作品的作者是乾綠郎。」

「他也上過『這本推理』。」

彰彥點點頭，微笑的眼角下垂。她也報以羞赧的笑容。話題從「ALL讀物」的新人獎，串連到她朋友口中「一般人才不會知道」的「這本推理小說了不起！」導覽書了。

「上次很不好意思。」

冬實順勢這麼說。聽在彰彥耳中，眞是感慨萬千，他一邊注意著不要表現得太過誇大，同時也眞心誠意地回答：

「我才要向妳道歉。沒有事先聯絡就突然跑來拜訪，說我沒常識也不爲過。眞的非常抱歉，我有在反省了。」

「請別說什麼反省。那時我也是嚇到了，不只上次，只要扯到家裡的事，我一向表現得很沒用。」

彰彥搖頭說著「不會啦」，心裡想的是前幾天在高圓寺小酒館裡的場景。一臉認眞又苦惱的家永也說自己是「沒用的人」。這對父女明明就很像。

「很高興能再見到妳，而且還是在書店裡相遇。」

「我偶爾會來，眞巧。」

「我是經常會來。發呆的時候，煩惱的時候，沮喪的時候，想找尋什麼的時候，想和誰見面的時候……總覺得答案就在書店裡。」

把手上的文庫本放回書櫃，彰彥緩緩環顧店內。

「想都沒想過自己也會成爲做書的人。」

「請問……」冬實開口。

「你剛才說的，是成爲編輯之前的事嗎？經常來書店的事。我還以爲是成爲編輯後，因爲工作關係才常來。」

「喔，對啊。不，就職之後也常來喔，因爲工作的關係。不過，和工作無關的時候更多。很奇怪呢，忍不住就會想起以前的自己。」

感覺自己開始語無倫次，但也猛然驚覺原因是什麼。

「或許是因爲我正和寫下那首詩的人說話吧。都是家永老師的小說害的。作品背景設定為高中，把我拉回上大學之前的那個自己了。」

「所以，那個時候的你只要有煩惱或沮喪時，就會來書店？」

「是的。只要待在五花八門的書櫃間，心情就能夠平靜下來。感覺就像逃進書店裡。就算沒有成為編輯，我應該還是會不時來逛書店吧。書店真是個好地方。」

冬實看彰彥的眼神，像是在看比自己年紀小的男生。她聳了聳纖細的肩膀說：

「你不是自己想成為編輯才成為編輯的嗎？更別說是千石社，要很努力才進得去吧。」

「嗯，是啦。不過進去之後才知道，這份工作比我想像中棘手多了。」

以若有所指的視線看了冬實一眼，她反問：「咦？」

「你現在該不會是在說我的事吧？」

「我現在遇到兩件棘手的事，妳的事是其中之一。上次的提議，妳能再考慮一下嗎？拜託了。」

「另一件事是什麼？」

「這個嘛——」

腦中陸續浮現出業務部鈴村、編輯部赤崎、國木戶和總編的臉。不如老實告訴她吧。她或許熟知業界嚴苛的內情，也明白自己父親目前的作家地位如何。

正要開口說明時，一位書店店員從旁走過，雙手捧著一疊彰彥熟悉的千石社文庫本，不知要拿去哪裡。彰彥的目光追隨店員，看到她和同事開始裝飾放了文庫本的活動檯面。

腳步自然朝那邊走去。不到幾公尺的距離。冬實也跟了過來。

放在那裡的文庫本是古志田美保的《水藍色車站》。以郊外私鐵車站爲故事背景的短篇連作集，是一本溫暖人心的出色佳作。古志田現在正好是彰彥負責的作家，不過這本書的單行本，是四年前由另一位前輩擔任責編時出版的。

文庫本出版於一年前，首刷大約兩萬本吧。之後應該增刷了兩、三次。銷售成績絕對稱不上差，以千石社文庫來說，算是勉強及格。

也因爲這樣，古志田仍與千石社保持良好關係，也在這裡出版了新的單行本。話雖如此，稱不上話題作品的《水藍色車站》爲什麼能在眼前這個檯面上布置得如此氣派體面，這可大大勾起了彰彥的好奇心。檯面上放著立體紙模型電車及月台，連鐵軌都有。

這是怎麼回事呢？

「裝飾得好漂亮，承蒙貴店關照了。」

忍不住向店員搭訕，彰彥取出名片，交給身穿圍裙的書店店員，臉上盡可能堆出討喜的笑容。

接過名片的女店員看見公司名稱與隸屬部門，以爽朗的語氣說：「哎呀！」

「您是千石社的編輯呀？」

「這裡擺出這麼多敝公司的文庫本，眞是謝謝您。」

「是啊，我們每天都很努力賣書喔，因爲那個嘛……妳說對不對？」

兩位女店員看了彼此一眼，還互相推來推去，笑得很開心。

「拜他之賜，書店樓層氣氛都熱鬧起來了，工作得很開心，銷售量也有所成長。」

「你們千石社有很厲害的業務呢，眞可說是超級業務員。」

「我們都稱他千王子。千石社的王子。至於是黑王子，還是白王子，每個人意見不同就是了。附帶一提，我覺得就算是黑也沒關係。」

她在說什麼啊，最近流行的笑話嗎？自己眞是跟不上流行。

「敝公司的……王子？」

「是啊。你不認識嗎？」

「不會吧，千石社沒有王子就玩完了喔。」

「剛才有在新書區看到他，應該等下就過來了吧。啊，在那裡，在那裡。」

她們的視線前方出現了一個年輕男人，腋下挾著看似訂單的白紙，手上提著黑色手提包，外型當然也可以只用一句「中等身材」帶過，但偏瘦的體格在西裝襯托下看起來很有品味，正踩著優雅步伐橫過書店。

看到他的臉，彰彥心想：「啊，王子？」沒錯，他確實叫這名字，應該是「若王子」吧。

與其說是綽號，其實就是他的姓氏。對方也注意到彰彥了，驚訝地睜大眼睛，露出毫無心機的笑容。

「工藤先生。」

寒暄的聲音清朗響亮。之前陪作家巡視書店時，和若王子見過幾次面。沒記錯的話，他進公司大概四年左右吧，是比自己晚三年進公司的後輩。

彰彥不輸給對方地露出微笑。正想大方打聲招呼時，忽然想到，剛才店員們說了什麼來著？超級業務員？沒有王子就玩完了？

那是什麼意思？在被書櫃包圍的書店賣場，久違碰面的其他部門後輩看起來莫名地從容穩重。只見他完全融入書店氛圍，彷彿宣告著這裡就是他的主場。

□

彰彥知道他姓「若王子」，只是忘了叫什麼名字，不過這姑且不提，書店店員會開玩笑叫他王子，似乎也不是什麼奇怪的事。

畢竟這個年輕人長相俊美得不輸偶像明星。四年前他剛進公司時，大家都在傳今年來了個超可愛的新人。後來知道是男的時，沒有人不表露失望遺憾之情。彰彥第一次看到他時，也不得不承認傳聞果然沒說錯。端整的五官、雙眼皮下的眼睛又大又亮，從頭頂到腳尖散發一股時髦的氣息。

雖然千石社最近女性員工比例愈來愈高，公司裡還是以抱持傳統老舊價值觀的男人居多，可說是一間以男人爲主的公司。「長得好看的男人一點意思也沒有，如果是女人，至少還能拿外表當武器」，這類近乎性騷擾的發言在公司內部橫行無阻。正因如此，聽說這個漂亮的新人一進公司就被分發進了業務部。

之後，至少彰彥沒聽說過任何關於他的不光彩流言，前年春天也第一次和他在工作場合碰頭了。那次，適逢自己負責編輯的作家出新書，彰彥陪著作家拜訪各大主力書店拜碼頭。應書店要求，也請作家提供簽名書。那間書店正好位於若王子負責的區域，身爲業務窗口的他自然陪同前往。

對彰彥而言，那是調到文學部門好不容易剛過一年的時期。雖然自己是早進公司三年的前輩，但是和若王子相比，幾乎沒有巡視書店的經驗，反而是隸屬於業務部已兩年的他，辦起活動來頗有架式。

一方面配合編輯部的要求安排當天行程，一方面在各種場合表現得機靈俐落。種種狀況都讓人感受到他和書店關係良好，面對作家時的應對進退也很得體。徹底扮演稱職的幕後角色，不卑不亢的態度也不討人厭。那些說他靠臉吃飯的揶揄不知何時開始已不再傳入耳中。除了大家對新進員工的興趣持續不久之外，他的工作表現還真是教人無可挑剔。

後來和他也一直維持見面時會點頭打招呼的關係，不過從來沒有親近交流過。今天這麼久違地在書店巧遇，老實說，不得不佩服他驚人的成長。

和彰彥打過招呼之後，若王子和店員一起著手布置促銷平台書櫃。圍繞在他身邊的都是女性，個個笑得瞇起眼，發出振奮的語氣，看起來雀躍得不得了。一句句的「希望能大賣」、「加油喔！」、「交給我們吧」，聽起來都像是長了翅膀似地輕快。

然而，他始終保持低調又不失謹慎的態度，絲毫沒有助長女性歡心的嫌疑。布置起來也很細心，不時修正擺放的高度和角度，處處留意細節。

不，做到這種地步，只能說「幹得好」了吧。俊美的業務固然能提高書店店員的工作意願，但他也盡責地達到推銷自家書籍的職責。身爲業務，這可說是最正確的工作之道了。很不錯。

話說回來，什麼「超級業務員」啦、「千石社沒有王子就玩完了」啦，這些評價到底又是怎麼來的？是不是過譽了？

正在訝異時，身旁傳來「請問……」的聲音，彰彥這才回神，瞬間鐵青了臉。好不容易有機會再見到家永的女兒冬實，自己卻被別的事給吸引了。

「不好意思，我發呆了。」

冬實似乎不介意，輕輕搖頭說：

「那個人是千石社的員工？」

「對。看他和書店店員交情好像很好，我有點好奇。」

「只要能和書店店員交心，工作起來也會比較順利吧，像是書本就會被擺放在顯眼的地方。」

「是啊，妳說的對。是這樣沒錯……」

後退幾步，站在書櫃後方看著宣傳平台書櫃的布置工作。冬實也順勢跟過來。

「這就是所謂的超級業務員嗎？」

懷著某種難以認同的心情，彰彥喃喃低語。冬實像是察覺他內心的想法，輕輕一笑：

「我倒是覺得沒錯。因爲，這間書店裡，千石社的書總是特別醒目喔。無論是雜誌還是新書或文庫本，都擺放得很漂亮。我還想過這間書店是不是有特別偏愛千石社的店員呢，原來是負責的業務窗口這麼可靠。」

「這樣啊……」

明明來過這裡好幾次卻沒察覺。彰彥暗自焦慮，轉移視線觀察起店內。市面上有整理得很整齊的書店，也有擺放雜亂的書店。可是，不同出版社的書在同一間店裡通常不會產生差別待遇。

彰彥當然也注意過自家公司的書在架上的數量是否充足。的確，無論是新書或文庫本，千石社的書在這裡都很齊全，入口附近最顯眼的角落也常堆滿了千石社剛出版的話題新書。

「還那麼年輕卻有這麼好的工作表現，眞厲害。」

冬實的讚賞溢於言表，彰彥只能點頭，臉色卻有點難看。同爲男人，大概興起了競爭心理吧。這樣太不成熟了。彰彥如此告誡自己之後，轉換了心情，想起另一件事。

那是業務部的鈴村小姐無意間透露的話——「不能再是那麼死板的千石社。無法再一味抗拒年輕人的意見。」

「她說的該不會就是若王子吧？」

聽彰彥這麼一說，冬實露出疑惑的眼神。

「我們公司業務部各種難搞，除了確定會暢銷的書，要他們點頭答應出書可難了。但聽說最近有人扭轉了風向，我在猜該不會就是他吧。」

視線再次朝展示平台書櫃望去，那裡又加了一座新的立體紙模型，展示區看起來更豪華了。站在心滿意足地欣賞展示區的店員當中，臉上掛著欣喜笑容的若王子特別引人注意，甚至連路過的客人都忍不住對他投以一瞥。他也不吝發出「請過來看看」的邀請，不一會兒工夫就匯聚了人潮。

「工藤先生。」

「是。」

「照你剛才所說，千石社只願意出確定暢銷的書，那家父的書沒問題嗎？我一點也不認爲他的書會大賣。」

「啊，關於這件事……」

被意想不到的對象猝不及防地踩了痛腳。因爲毫無防備，只能老實低頭道歉，將尚未正式決定出版的事全盤托出。

「我就覺得奇怪，千石社怎麼會願意爲現在的家父出書。」

「不，現在正努力推動這件事。總編也答應了，剩下的只要再通過一、兩場會議，就能具體確定何時出版。無論如何我都會加油，請再給我一點時間。」

「不用勉強喔，只是浪費時間而已。反正也許會有哪間出版社願意撿去做，請別介意。」

「沒這回事，那眞的是非常出色又感人的作品。我一讀就迷上了。千石社如果還是間出版社就該出這本書，否則就太奇怪了。」

「你——」

冬實沒有把話繼續說下去，只用冰冷的眼神注視略顯激動的彰彥，嚇得他匆忙舉起一隻手。

「不好意思，所以……那個……」

「你是千石社的編輯，對於生活不如意的作家而言，你們是掌握他們生殺大權的人。站在你這個立場的人，請不要在連能否出書都不確定時，就輕易說什麼感人大作、不出書太奇怪之類的話。」

張開的手握拳放下，冬實像是要逃避彰彥似地別開視線。

「假設出書的事泡湯或中斷，對編輯來說，只不過是眾多書稿之一吧？反正只要說聲『很遺憾』就沒事了。」

兩人站在書櫃前，大概幾十秒之後，冬實以一股像是在說「別追來」的強大氣勢轉身離開。

直到再也看不到她的身影，彰彥才重新拿好手提包，腳步緩慢地走出書店，來到手扶梯旁，卻沒有搭上，而是沿著旁邊的牆壁往前走，走到一半終於停下來。

靠牆站著，認眞陷入思考。是哪裡出錯了呢？與冬實重逢，也在和諧氣氛下相談甚歡，甚至聽到她爲上次的事道歉，眼看就要和解。那可不是自己的幻聽。

爲什麼會變成現在這樣？狀況甚至比上次更糟。她雖然不滿意身爲小說家的父親，似乎也同時對出版社抱持著根深柢固的不信任。或許曾經看過好幾次父親和出版社之間的往來，留下不好的回憶了吧。這是非常有可能的。

都怪自己太粗心。她一定也不是故意說那些話的，但現在話都說出口了，冬實一定比自己更受傷。彰彥深感愧疚，從沒想過會讓她留下討厭的回憶，也不願意做出這種事。

心底湧上一陣苦澀，不經意地往前看，有個人正站在數公尺外。彰彥先是愣了一愣，隨即察覺那是若王子。他似乎剛結束工作出來。兩人視線相交，他一臉不好意思的表情。該不好意思的是自己吧。

看他好像想就此離開，彰彥追上前去。

「工作結束了？」

「是啊，對。」

「能借用你一點時間嗎？有話想和你說。」

「和我？」

若王子嘴上如此反問，同時舉起手錶查看，看似很在意時間。彰彥馬上指了指樓上。

他可能還有其他巡店工作，雖然想約在車站外，但還是趁被拒絕之前約他到美食街的咖啡店吧。

□

「剛才看到工藤先生和一個女人一起在書店裡，難道是你的——不，其實我沒有打算問這麼無禮的問題。」

兩人都點了熱咖啡。端上桌時，若王子開口這麼問，大概太好奇了吧。

「不是喔，完全不是那回事。那是我負責的作家的女兒啦。因爲有件事想拜託她，目前正在協調中。」

「原來是這樣啊。看起來感覺不錯喔。」

「中途爲止都還不錯啦。」

若王子對彰彥投以安慰的眼神，可能碰巧看見冬實瞪視彰彥後離去的那一幕了。

「今天也協調失敗，不管怎樣都不順利啊。」

「眞沒想到會看到工藤先生露出那種表情，畢竟你向來給人做什麼都完美又從容的印象。」

「我嗎？怎麼可能！」

「和印象中好像不一樣呢，可是事實就是那樣。」

要眞是事實該有多好，那樣自己就不會靠在手扶梯旁的牆上不知所措了。

「我既不完美也不從容啦，而且還有很多傷腦筋的事，也正想找你商量。」

猶豫著該怎麼開口。不過，想到對方是很快就能進入狀況的男人，彰彥決定毫不保留地說出這段時間發生的事。包括碰巧看見家永的書稿，如此出色作品卻遭總編刁難，以及好不容易通過總編那關之後，接下來還有出版討論會議的事。要攻略出版討論會，是一項艱難的任務。

「所以我才想在業務部裡找個盟友，希望你能幫我這個忙。」

若王子表情嚴肅起來。那張俊美到會令人搞錯性別的臉，這時多了一絲男子氣概。

「幫忙的意思是？」

「希望你在業務部的會議上幫我推薦這本書。」

「爲什麼找我？」

「我聽鈴村小姐說，最近我們公司風向變了，無法忽視年輕人的意見。她指的應該就是你吧。剛才書店店員也說了喔，她們說若王子你是超級業務員。眞可靠，請務必助我一臂之力。」

爲了討好對方，彰彥盡可能表現爽朗乾脆的模樣，同時不忘訴諸熱情。不知何時低垂視線的若王子似乎在思考什麼，難以從他的表情讀取內心想法。

「工藤先生。」

過了一會兒，他才規規矩矩地用穩重的聲音喚了彰彥。

「不好意思，這個忙我不能幫。很抱歉，無法回應你的期待。一來家永老師我不熟，也沒讀過他的作品。再者，我無法推薦自己不懂的東西。」

「書稿我馬上就能給你，你讀一下。眞的是很出色感人的作品。等一下回公司就印出來放在你桌上——」

若王子伸出一隻手，制止彰彥往下說。

「不用了。給我也不會讀的。」

「爲什麼？」

「這句話才是我該問的吧。爲什麼我非讀那部作品不可。想讀什麼是我的自由啊，沒道理接受強迫。再說，我也沒義務支持家永老師。不好意思，這整件事既與我無關，也沒有吸引我的魅力。」

一時之間，彰彥只能不斷地眨眼。細思對方拋過來的話，身體莫名一輕，臉上大概失去血色了吧。

雖有心理準備對方可能會面露難色或推辭，沒想到會是這樣——

「工藤先生是前輩，當然也可以硬擺前輩架子強迫我讀。」

「你等一下。」

「剩下的，大概就是這杯咖啡了。你會請客吧，然後要求我還這杯咖啡的人情幫你的忙，是嗎？請不要這樣，我沒那麼廉價。」

臉色因為失去血色而變得鐵青，熱血卻在體內暴衝，身體一陣搖晃。

拚命忍住動搖的情緒與身體，瞪視著眼前這個男人。若王子彷彿就等彰彥這一刻的反應似地，忙不迭地露出微笑。不愧生著一張五官端正的臉，他笑起來就像花朵綻放般光彩動人。一邊嘴角不自然地上揚，透露出一絲惡意，憑添令人厭惡的氣勢。

「業務和書店的關係也一樣啊。要是業務跟書店的人說『千石社出了書，這是打樣你拿去看，看完幫我寫促銷海報，推薦詞也要想好，還要把書擺在最顯眼的地方』，誰聽得進去啊？書店不可能乖乖照辦吧。可是千石社過去就是這麼幹的，也以為這套到現在還吃得開。真是給我們業務找麻煩。拜託別把我跟那種人混為一談。」

彰彥小心翼翼地吐出積在胸口的一口氣。輕輕握住抽搐的指尖，轉頭望向別處。

這裡是美食街樓層裡的咖啡廳露台區，眼前通道上是熙來攘往的購物客。有親暱並肩的情侶，有和朋友一起來的人，也有獨自穿過通道的單身客。和他們悠閒輕鬆的情景完全不同，這張桌子旁的氣氛怎麼如此凝重。

聽見杯盤碰撞的聲音。原來是若王子拿起涼掉的咖啡啜飲。就連他也已經笑不出來。

朝彰彥投以一瞥，眼神才剛對上，他又自己轉移視線，把杯子放回咖啡碟上。

大概也能感受到尷尬的氣氛吧。以爲他會發出嘲笑、表露不耐或擺出厭煩的表情。但若眞要形容，噘起嘴的臉上有的卻是不滿，看起來倒像個鬧脾氣的小孩。**搞什麼啊，這傢伙。**

「那我知道了。喝完這杯咖啡你就先走吧，還有急事，不是嗎？我再結帳就好。」

抓起桌上的帳單，故意用手托腮，視線再次朝通道望去。其實想馬上站起來翻桌，要是能任憑衝動驅使自己揍他一頓，心情一定會輕鬆一些。之所以忍住，並非出於理智，而是自尊使然。勉強抓住幾乎不剩的自尊，裝作一點也不在乎的樣子。至少要像個男人，至少要像個前輩。**所以你這傢伙快滾吧**。

聽見挪動椅子的聲音，沒有「不好意思」，也沒有「我先告辭」或「感謝招待」，若王子就這樣走掉了。彰彥吞下今天第二次的協商失敗。

□

完全提不起勁回公司，便走進一間適合久待的自助咖啡店，打開筆記型電腦，回了幾封信。

從外縣市來東京的作家說想當面交回打樣稿，於是待太陽下山後，彰彥動身前往作家住的飯店。在飯店大廳遇到一點也不想遇見的國木戶，看來是相馬出版的人也來找作家開會討論。明明上午才剛碰過面，而且一點也不想再碰到的男人，一天裡竟然遇到兩次，這是一種什麼樣的緣分啊。

今天或許是近年罕見的厄運日吧。

儘管想全力逃離，但有工作在身的彰彥卻無法如願。小心翼翼慢慢走過去，正在談笑的那群人很快就察覺到他。在場的除了國木戶之外，還有他們的總編，以及一個叫手塚的編輯。

雖說自己半途加入，但這確實是作家指定的時間。聽說他之後還要接受別的採訪。無論如何，自己只需要收下打樣就好。其他人也表示理解，並未刻意刁難，很乾脆地把位子讓給彰彥。

看了修改過的打樣，有兩、三個地方想討論，也當場提出了意見，雙方取得協議後結束任務。正好時間差不多了，在場眾人便一起送作家前往下一個工作地點。目送計程車離去後，彰彥嘆了今天不知道第幾口氣。當然不是因爲討論打樣太累的關係。

「怎麼了？看你無精打采的。」

「不，沒什麼。」

「等一下還有工作？沒事的話要不要去喝兩杯？貝村老師在約。」

眞難得，國木戶竟然會找自己一起去。雖然很想這麼說，但想也知道一定是貝村老師的指示。上次他就說過在池袋附近發現一間不錯的店，要彰彥一起去了。

今天實在很想拒絕，但是來自暢銷作家的邀約可不能隨便敷衍。要是眞的有事要忙也就算了，但今天剩下的工作只有看看打樣或確認書稿這類文書業務，沒有其他急事。

彰彥微笑道謝之後，相馬出版的總編就先行離開了，留下國木戶、手塚和彰彥三個人一起前往池袋。因爲還不到與老師約定的時間，就決定不搭計程車，直接搭乘地下鐵。搭電車是無妨，只是今天彰彥無論如何都沒辦法一如往常地談笑風生。若王子的事盤據腦中，或許又經過了一段時間發酵，回頭再想更是莫名感到怒不可遏。

什麼都好，眞想用力踢飛個什麼東西。也想揍人，或是大吼大叫。所有在那間咖啡廳露台上沒能辦到的事，現在都想做，想發洩到盡興爲止。目前還能勉強壓抑衝動，保持平靜，幾杯黃湯下肚後就不能保證會怎樣了。

沒有自信能克制醜態不畢露，所以彰彥說：

「國木戶先生，我今天還是不去了。」

「欸？爲什麼？」

「有點提不起勁，可能會喝得不開心。」

「你嗎？」

他用意外的語氣這麼說時，瞬間讓彰彥想起若王子那張臉。兩人明明長得完全不像，但是聽到白己爲冬實的事沮喪時，若王子也像國木戶這樣露出驚訝的表情。

「難道你還在記恨白天那件事？」

聽到國木戶這麼打探，再次喚醒彰彥的記憶。說要搶走家永老師書稿的不是別人，就是國木戶。這麼一想，這傢伙的臉皮還眞厚。

「啊……那件事啊。」

事情都演變成這樣了，彰彥回應的語氣也變得冷淡。

「你不說我都快忘了，你也跟我講了很多過分的話。」

「工藤老弟，難怪你今天情緒這麼差。」

「我怕喝茫了會失控，那就不好意思了。今日就此告辭。」

「別這麼說嘛，這種時候才更應該喝啊。到底發生了什麼，你竟然會這麼感情用事，可見不是普通問題。」

抵達池袋，不知爲何錯失道別的機會，不得不跟著他們走。彰彥心想這樣不行，硬是在餐飲街中央停下腳步，正想開口說「我看還是……」時，國木戶的手機響了，是貝村打來的。

他說原本打算去的那間店，今天被其他人包場了。彰彥表面上表示遺憾，心中卻盤算著要趁機趕緊脫身。沒想到國木戶一掛掉電話就拉著他走進旁邊的商辦混合大樓。

「現在就是該來杯啤酒的心情啦，喝一杯再走吧。」

「我沒那種心情。」

「有什麼關係嘛，我對你爲何生氣感到很有興趣。」

雖然另一位相馬出版的編輯手塚也在場，但他是個沉默寡言、個性溫厚的人，似乎已經很習慣滿嘴天花亂墜又有行動力的國木戶，站在一旁拍了拍彰彥的背說：「沒關係啦，沒關係啦。」

「偶一爲之有什麼關係，無須在意周遭的人，痛快大喝一場吧。我看你是會累積壓力的那種人，需要放鬆一下喔。」

和手塚不是初次見面，他年紀至少三十五歲，比國木戶大上幾歲。正想反問「怎樣才能無須在意周遭」時，人已經被他們推進通往地下樓層的階梯。那是一間常見的連鎖居酒屋，或許因爲時間還早，店員帶領三人進了半隔間的包廂座位。

保險起見再次向貝村老師確認，他似乎是眞的不來了。雖說這樣比較輕鬆，但自己被塞進最裡面的位子，面前坐了國木戶，旁邊則是手塚，這狀況倒也出乎預料。

連彰彥的份一起點的啤酒上桌，接著順水推舟乾了杯。冰涼的啤酒滋潤了不知何時乾渴到不行的喉嚨。

「說吧，到底發生了什麼事？」

「什麼都沒有啦。」

「事到如今，你就老實招了吧。」

「就算說了，也只是些無意義的壞話和不堪入耳的中傷。聽我說這些東西也沒關係嗎？我只是在生一個態度高傲的後輩的氣罷了。」

國木戶聽了立刻「咦？」了一聲。

「你說後輩，是工作上的後輩嗎？換句話說，就是千石社的人囉？不，等等，那間公司有姿態大到讓你認眞氣成這樣的傢伙嗎？」

「就是有啊，確實有。」

眼前放著以海帶芽涼拌醋味噌做成的隨桌小菜。伸手拿起免洗筷，明明該豎著扳開，這時卻想打橫折斷。一開口便湧出源源不絕的怨言。

「我可是好好地提議了喔，可是那傢伙什麼態度啊，哪有人那樣講話的，吼，眞火大。」

「惹你生氣的人是誰？」

「名字就別提了。」

「你說自己提議了？為了什麼事啊，難不成是家永老師那件事？」

這就是為什麼彰彥討厭國木戶的原因。手塚在旁邊問「什麼事」，國木戶簡單扼要說明起來。事到如今，也不想阻止他了。接著，國木戶向前探身，又問了一次「工藤老弟啊……」

「你那個態度高傲的後輩，該不會是業務部的人吧？」

「為什麼這麼問？」

「這想也知道啊。以現在家永老師的狀況，想在千石社出書，最大力阻撓的一定是業務部。你是想先在裡面找個盟友，對吧？」

被他說中了。但彰彥並未退卻，反而因為想起在咖啡廳露台的對話，身體燥熱起來。

「這麼說來……對方應該是王子囉？」

「咦！」

「我想也是，除了他，不可能還有別人。」

「你們認識他嗎？」

「當然啊。原來你和王子槓上了啊？該怎麼說才好呢……辛苦你了。這可是大事，簡直可說是千鈞一髮呢。」

國木戶把啤酒杯放回桌上，故意攤手誇張地說「哎呀」。

「好險好險。你聽好了，只有一件事，當你在思考如何攻下業務部時，只有一件事最不妙。那就是王子。只要他支持，家永老師的作品就會在千石社出版。不怕一萬，只怕萬一，他就是那個萬一。我早就暗自祈禱事情不要朝那個方向演變。原來你和王子吵架了啊，你說他態度高傲，這就表示你惹怒他了吧？這下太好了，雖然對你很抱歉，但這完全是我求之不得的發展。今天的酒喝起來要特別香甜囉，啊哈哈。」

不明白他在笑哪一點。即使想梳理這番話的內容，思考仍如酒醉後的雙腳打結般糾纏不清。彰彥伸出手指按壓太陽穴。

「你們認識王子喔？」

「是啊。你和他有多少交情？」

頂多就是同一間公司的員工，沒有交情可言。手塚殷勤地幫大家把下酒菜夾到小盤子裡，彰彥就這麼吃了起來，還喝了新端上桌的啤酒潤喉，開始有一搭沒一搭地說起自己和王子過去從未有過稱得上過節的過節，以及傍晚被他拒絕的事件始末。

在書店碰巧遇到他的事。聽店員大肆稱讚他的事。心想這是個好機會，就約了他去喝咖啡的事。

彰彥談起家永的作品有多好，提出希望若王子協助出版的要求。若王子說自己不能推薦沒讀過的作品，彰彥就說馬上可以提供書稿。沒想到他卻對此做出近乎挑釁的回應，那態度只能說是故意找人吵架。

像這樣再次重複若王子說過的話，即使只是隻字片語，也令彰彥內心湧現輕微燥動。

是不是？是不是？是不是？那是理所當然的吧？彰彥腦中重現更不加掩飾的詞彙。

說什麼「你要端前輩架子強迫我讀也可以」，還有什麼「要我還這一杯咖啡錢的人情嗎？」「我可沒有這麼廉價」……之類的。

「那個混帳。」

更不可原諒的是這個。

我可沒有支持家永老師的義務。這件事既與我無關，也沒有吸引我的魅力——

「可惡！」

一聲悶響，手上的竹筷被折斷了。把筷子丟到一邊，握拳敲在桌上，餐桌隨著「碰」的低響震動。不只如此，還用腳跺地。

「工藤老弟，冷靜點，我們都懂。好嗎？總之你先冷靜點。」

身旁的手塚伸長手臂，安慰地拍了拍彰彥的背。

「要拒絕也不用把話講成那樣吧。那傢伙不但瞧不起人，還侮辱了家永老師。他的所作所爲根本就是把作品踩在腳下。」

「好啦好啦，你等一下。所以說這種時候才非冷靜不可啊。爲什麼那個年輕的——

是叫王子來著的吧？他爲什麼會把話說到那種地步？怎麼想都是在挑釁，但他爲何要挑釁？」

「誰知道啊！是那傢伙自己說不熟作品的啊，我只不過說要把作品拿給他看——」

坐在對面的國木戶開口說「工藤老弟」，用手拿起免洗筷紙袋輕輕揮動。

「你啊，一點都不理解王子，也不打算理解吧。自己不去理解對方，卻硬要把自己想拜託對方支持的書稿塞給人家，這樣不是只想占盡好處嗎？」

「占好處？」

什麼意思。彰彥一時之間難以理解。腦袋無法運轉，是否已經開始醉了呢。緩慢深呼吸之後，皺起眉頭眨眼，那片濛霧狀的東西才總算散去，逐漸看清眼前的事物。桌上有幾種下酒菜、分裝食物的小碟子、擦手濕巾、醬油和牙籤。

「什麼意思？」

「我跟你說，即使才進你們公司沒幾年，王子的工作表現也已經好到傳進其他出版社的人耳裡。他是近年來的暢銷書推手啊。跑書店推銷書的業務員很多，我聽說有些人甚至連名字都無法被書店店員記住。即使是努力想出的宣傳企畫，要是什麼都不做就拿去書店，也別指望人家會理你。既然如此，那該怎麼做才好呢？千石社才沒有前輩會教導這種事，大概也沒有能拿來當範本學習的對象吧。王子他一定是獨自好好思考過，再腳踏實地付諸行動。而你呢？爲了讓他讀那份書稿，你做了什麼努力？」

濛霧狀的東西再次飄進腦中。努力？對若王子做什麼努力？想都沒想到會聽到這種話，忽然被這麼一問，彰彥搖了搖頭。

「作品本身就有足夠的力量，只要他讀了就知——」

「你敢把這種話拿去和書店店員講嗎？如果敢，那對方只會跟你說『是喔，好啊』，就沒下文了。現在這個時代，你應該也知道每個月有多少新書出版。希望人家注意到其中一本，除了用嘴巴講，還必須在其他地方努力。他一定每天都在擬定計畫，從錯誤中修正，你完全無視人家的努力，還一副不當一回事的樣子，想到什麼就要拜託人家幫忙，也難怪他生氣了。」

彰彥不認爲自己不當一回事。當然，提出希望對方幫忙的請求是突兀了點。自己也確實覺得只要多少帶點強迫，堅持一下對方就會答應。這種想法或許是太樂觀了。

這麼說起來，若王子的確痛批了千石社的老派作風。「這是打樣你拿去看，看完幫我寫促銷海報，還要把書擺在最醒目的地方。這種話誰聽得進去啊？書店的人怎麼可能乖乖照辦。」難道自己竟在無意中頂著老牌大出版社的招牌，拿千石社向來慣用的招數套用在若王子身上了嗎？

「呼……」

原本向前探出的身體往後靠在牆壁上。

終於發現自己的失策，沸騰全身的怒氣也消散了。

「看來你似乎有點明白了。那麼，你打算怎麼做？承認自己的錯，再去拜託王子一次？」

「怎麼可能，我才不要。」

沒第二句話。

「我不是不認爲自己有做錯的地方，或許也應該道歉。可是，我還是不能原諒他把話講成那樣。」

前面和旁邊同時傳來「喔喔！」的鼓譟聲，連手塚都笑著拍手，這兩人完全是在看好戲。國木戶稱心如意地點頭。

「聽到你這麼說，我就放心了。知道你和王子不會聯手，我也差不多該出馬了。要是我就立刻讀，別把書稿給王子，給我吧。」

「等出了書再請你自己掏錢買。《白花三葉草綻放時》一定會由千石社出版。」

「明明連個門都還沒有。」

「有啦。王子做得到的事，老子也做得到。」

「喔？」

兩人再度異口同聲，雙眼發光，彷彿就要一起彈響手指。這說不定是第一次在他們面前以「老子」自稱。面對其他公司的前輩編輯，要是平常，自己一定會更注意說話時的語氣，現在似乎管不了那麼多了。因爲不只其他公司，現在自家出版社裡就有不能認輸的對象。

□

業務部的工作，是透過各式各樣的促銷活動，達成提升業績的目標。編輯部雖然也希望書暢銷，但主要工作還是在於製作書籍內容。出版社就靠做書的人和賣書的人雙管齊下來運作。

這兩方人馬，對書稿的看法自然也相當不一樣。包括彰彥在內，編輯每天遇到的都是未成熟的書稿，即使不符自己喜好的作品類型也必須面對。這些尚未獲得任何評價，有如未知數的作品是否値得期待，包括未來發展的潛力，都是編輯部要思考討論的事。對編輯部人員而言，閱讀作品是日常業務。

相較之下，業務部的工作是銷售已完成的商品。就算不熟悉內容，只要正確理解商品價値就能展開促銷工作。他們的交易對象是肩負起商品流通任務的經銷商及書店。要他們閱讀如流水般大量出版的每一本新書，根本就是不可能的事。

要怎麼讓經銷商與書店從如流水般大量出版的書中撈起自家商品，最重要的就是引起對方注意，讓他們察覺「這本書不能放水流」，要讓他們認爲這本書夠特別才行。如果希望對方讀一讀，就要事前做好引發對方閱讀欲望的準備。就算自己不讀，也要能明確展示這本書的魅力，使其在眾多商品中看起來特別突出。

和國木戶他們一起喝酒的那天晚上，彰彥久違地思考起業務方面的戰略，也就是如何賣書的訣竅。如果有想攻陷的對象，就該採取配合對方的方式，不再悠哉等待回應，而是主動進攻到底。

終於能夠這麼想了。就當作是一場交易吧，只能自己創造突破點了。

爲此必須做的，是先打探業務部內的狀況。於是從第二天開始，彰彥列出每位業務部同事的名字，仔細衡量誰可能願意提供協助，再從該考慮的各個方面找人商量。總編和赤崎就不用說了，甚至也問了編輯部其他人及同期進公司的別部門同事。

年齡、學歷、部門調動經歷、興趣、口頭禪、個性、工作上的實際成績、平時的閱讀傾向、喜歡的遊戲或偶像……光是蒐集這些情報就已經驚動周圍，也有人皺眉表示疑惑。當彰彥坦白說出自己有想推薦的書稿時，有人聽了更傻眼，或是說著「沒必要做到這地步」，阻止他繼續這麼做。不過，其中也有自願幫忙引薦的人。

滿懷感謝地接受引薦，花自己的錢請對方吃飯。篩選出適當人選，實際對有可能成功的對象展開遊說。其他該做的工作也沒偷工減料，反而投入更多精力，不忘強調自己恪盡職責的同時，也把《白花三葉草綻放時》的提案資料做好。

提案中說明了高中夜校這個故事舞台裡潛藏的種種社會問題，也提點出這是一部超越國籍、充滿人性描寫的作品。還整理了出場角色的人物介紹、情節大綱。此外，更乾脆引用一整段最令赤崎佩服的書中小插曲。

在這裡上課的夜校生裡，有一個越南少女，白天在附近汽車零件工廠工作。這間小工廠欺負她弱勢，經常苛扣薪水。身爲主角的中年教師看不過去，跑到工廠爲她討公道，出來應對的廠長竟然是他過去的學生。

原本想看看對方受的是什麼教育，結果卻是自己教出來的。從前那些用來罵學生的難聽話，這下全都反擊到自己身上。

製作介紹資料這件事，也先取得了家永的同意。但是要對作家坦承「這不是對外的促銷活動，而是必須先說服自己人才行」，需要一定的勇氣，畢竟對家永來說，這可不是聽了會開心的進度報告。

爲了報告此事前往家永家，遞出資料低下頭，他卻說：「其實你不用做到這個地步。」

「要是我資歷夠深，企畫一定早就順利通過。這不是作品的問題，也不是老師您的問題。只要再加把勁就好，請繼續將作品放在我這邊吧。」

「你——」

家永的聲音中摻雜著苦笑。

「眞是個奇怪的男人。」

雖然自己並不這麼認爲，但只要家永沒有不開心就好。

「因爲這部作品眞的非常出色。我不是在賭氣或找不到收手的時機，只是想親手將自己認爲優秀的稿子做成書而已。」

「可是，做這些事很麻煩吧，都是些花時間精力的事。」

「要遇上優秀的作品更難。我現在做的這些資料根本不算什麼，我也不是正牌業務，做這些只限於這本書，只要作品能勝出就好。」

彰彥一開始打的主意，就是做到家永說的「不用做到這個地步」。編輯部的人從來沒有這麼一意孤行過，而就是這點將引人矚目。要是不努力，書稿就沒有出頭天，這關乎作家名聲，那樣太對不起家永了。如果是自己做的事，頂多是被取笑，那就用標新立異來換取關注吧。

有骨氣的業務員大概不會做這種事吧，萬一最後落得一場空，除了換來嘲笑，還會留下污點。

也曾在公司走廊巧遇若王子，當時，彰彥把一直想講的話說出口了。「上次不好意思。」他這麼說，接著把印好的資料交給對方。

若王子收下時什麼話都沒說，這或許値得慶幸。彰彥希望自己能客觀評價若王子身爲業務的工作表現，也自認這麼做了。這次「模仿」了業務工作，終於稍微明白「推銷」這件事有多困難與辛苦。

只是，自己也有身爲編輯的尊嚴，直到現在還是無法原諒他說的那些話。雖然對家永否認了，但自己或許眞的是在賭氣。

「對了，工藤老弟，現在的書稿上，用的還是我女兒那首詩吧。」

「是的，維持當初拿到的稿子原樣。老師您改寫的情形如何？」

「這個嘛……不太順利。」

「如果可以的話，我還是希望不要更動。可是前幾天，碰巧在車站大樓裡的書店遇到令嬡，再次拜託了她，可惜還是沒談攏。」

不但沒能善用難得的機會，還被自己搞砸了。

「你遇到她了啊？」

「不好意思，我都沒跟您說。是在書店巧遇的。」

「從你的表情看來，一定是她說了什麼。該道歉的人是我。其實我也是，昨天久違地被鈴村小姐訓了一頓。」

聽見意想不到的名字。

「您說的是敝公司業務部的鈴村嗎？」

「她是我在千石社的第一任責任編輯。都已經是十幾年前的事了，那時也被她訓得很慘呢。現在想起來還有點懷念。她也這麼說著，最後還笑了喔。」

他們說了些什麼？十幾年前發生過什麼事呢？

說不定可以從中找到冬實頑固拒絕的原因。

問問看吧。已經把書稿交給鈴村了，等她讀完聽取意見時，順便問問當年的事。

「關於家永老師的事，爲了獲得出版同意，現正專心致志努力中，感覺也愈來愈順手。一定不會鬆懈，會再加把勁，也請鈴村小姐繼續支持。」

「今天這封信是想拜託您另一件事。說是另一件事，其實也與家永老師相關。最近我聽說鈴村小姐是老師在千石社初期的責任編輯，想請教一些當時的事。已經獲得老師許可（不過，他的說法是『去問鈴村啦』）。」

「百忙之中打擾眞的很抱歉，只是事關那部作品的命運，還請鈴村小姐撥冗。麻煩了，那麼我等您回覆。」

□

鈴村指定的店，位於有樂町車站附近的一棟商辦混合大樓裡，是一間除了吧台席外，只有兩張桌子的小店。彰彥進門表示與人有約，調酒師就問是不是鈴村小姐，然後請他坐在吧台邊的位子。看來，鈴村小姐是這裡的常客。

與其說是熱愛工作的女強人，她給人的印象更像一般身兼雙職的母親，總覺得約在「家庭餐廳」更符合她的氣質。可是，這種話若說出口就太失禮了。說不定，鈴村小姐也有在這間適合播放爵士鋼琴的店裡獨飲雞尾酒的夜晚。

彰彥喝著裝在玻璃杯裡的兌水酒時，鈴村小姐傳訊來說剛抵達車站。今天她在千葉那邊有個聚餐，之前就說過可能會遲到。接到訊息約莫十分鐘後，就見她一臉心情很好的樣子進來了。原來上個月出版的單行本一上市就賣得很好，今天的應酬對象正是當地的書店經營者，彼此聊得很開心，散會時氣氛和諧。

帶著完成一件大工作後鬆了一口氣的表情，鈴村點了順口的雞尾酒，和彰彥先聊了一會兒最近那些賣得不錯的書。其中一本正好是彰彥編輯的書，氣氛自然熱烈起來。

鈴村拿出在書店拍的ＰＯＰ宣傳板照片，彰彥一張一張看過去，其中也有《水藍色車站》的宣傳展示品。這讓他想起若王子，那天在尷尬氣氛下道別的冬實身影也同時閃過腦海。

「怎麼了？」

「啊，沒事。」

「對了，得進入正題才行。你想問的事到底是什麼？」

趁鈴村點第二杯酒時，彰彥從手提包裡拿出一個牛皮紙袋，抽出裡面的紙張。他查了公司裡保存的文學雜誌期刊，找到十七年前《文學千石》五月號裡刊登的家永短篇小說。這就是那篇小說的影本。

一看到這個，鈴村立刻張大嘴巴，挑高眉毛，做出稍嫌戲劇化的驚訝動作。

「哇，好懷念。你從哪裡拿來的？眞虧你找得到。」

「這是鈴村小姐擔任責編的作品吧？」

「是啊。工藤，你看過了？」

「對，我以前就在其他出版社出版的作品集裡看過。不過，這還是第一次看到刊登在雜誌上的版本。」

「很有家永老師的風格，是一篇精緻美好的短篇作品呢。」

接過影本，指尖撫摸紙面。鈴村今年四十八歲，進公司已二十六年，可說是彰彥的大前輩。當年她第一次跟家永老師打招呼時才二十八歲。

「那是我剛分發到文學部門的時候。正好那個時期，其他出版社也紛紛開始向老師邀稿，所以我一直拿不到他的稿子，拚命想插隊。就像現在的工藤你這樣，發揮窮追不捨的毅力。大概過了兩年才終於拿到這個短篇，修改過後，終於刊登在雜誌上。可是，下一份書稿又花了好多時間，而且還來不及刊登，我就調到其他部門了。雖然有交接給下一任編輯，結果還是被收錄在其他出版社出的作品集裡。對我來說也是心裡的一個遺憾。」

要是他能再提供三、四個短篇，十幾年前或許就能出成一本書了。冬實曾說千石社不可能出家永的書，但其實曾經有過機會的。只是當時家永手上同時進行好幾個連載，就算是千石社邀的稿，要能連續提供幾個短篇也不是容易的事。

「工藤是從誰手上接下責任編輯的？」

「是大町先生。」

「咦？我就是交接給大町的喔。」

十幾年前，從鈴村手中接棒的責任編輯是一位叫大町的男性編輯，後來他也歷經幾個文學相關部門的調動，現在擔任純文學雜誌的總編。彰彥去《文學千石》幫忙時，忽然想起家永這位作者，四處打聽他的現任編輯是誰，最後發現是大町。

現在回想起來，那時千石社早已遺忘了家永這個作家。聽到他的名字時，大町顯得很吃驚，還笑著提議「不然你來接」。看來他對家永是連一點興趣或不捨也沒有，說不定還慶幸能把這爛攤子丟給彰彥。

「幾乎等於和我們公司斷絕往來了。」

即使彰彥沒說，鈴村也立刻理解了當時的狀況，聳了聳肩。

「這樣啊，我想也是啦。逝者不追就是我們公司的作風。」

家永在二十四歲那年出道文壇，是距今二十八年前的事。他先拿下某中堅出版社主辦的文學新人獎，不過那部得獎作品算是相當偏向純文學的小說，既沒有引起太大話題，銷售量也不好。出道後不上不下地低迷了幾年，又接連入圍好幾個知名文學獎，再度受到矚目，接下來便是一段各家出版社競相邀稿的時期。

然而，陸續推出的這些作品都沒有賣出好成績，曾幾何時，家永的評價一落千丈，來自出版社的邀稿也減少了。

「話說工藤你帶這篇短篇來，到底是要問我什麼？」

「您已經讀完《白花三葉草綻放時》了吧。今天要問的事，與裡面出現的那首詩有關。」

那首詩是家永女兒的作品，但是她不肯同意讓書裡使用詩作，事到如今，要把這首詩從作品拿掉也不容易，所以彰彥正為此傷透了腦筋。如此一說明，鈴村就從鼻孔裡發出「嗯哼」的聲音。

「原來那首詩是小姐寫的啊。」

「有些人不喜歡自己從前寫的東西出現在小說裡，堅決反對刊登，那種心情也不是不能理解。只是老師和小姐之間似乎有某種更大的『疙瘩』，關於這點，鈴村小姐是否知道些什麼？」

「這不好說啊……你忽然這樣問。」

「老師一直說都是自己沒用，怎麼問都是這句。」

「很像他會說的話啊。」

嘴邊雖然帶笑，語氣卻不是很乾脆，感受得到鈴村語帶保留。

「關於小姐的事，您是否從老師那邊聽到過什麼？鈴村小姐，您應該和老師聊過這個吧？」

「一點點啦。聽說小姐已經二十四歲了？眞驚人，竟然都這麼大了。聽說她離家靠自己生活，過得還不錯，是嗎？既然這樣就好了吧，她也已經是大人了。能好好走出自己的路是最幸福的事。」

單側手肘靠在吧台上，鈴村彷彿自言自語般地說。明明彰彥問的是「詩」的事，她卻忽然說起什麼「走自己的路」。

「鈴村小姐見過小時候的小——冬實小姐嗎？家永老師的作品刊登在雜誌上是十七年前的事，您應該從那之前兩、三年就開始向老師邀稿了吧。算算差不多是二十年前，冬實小姐當時四歲左右。」

「工藤，每個人都有不想讓人知道的隱情，而那些大多不是什麼開心事，你眞的要問？」

被她冷淡嚴肅的口吻震懾，一句「是」硬生生地卡在喉嚨，發不出來。

「勸你不要知道比較好。」

「可是，拿掉那首詩改寫的方式進行得不太順利，我必須再和小姐協調一次才行。就算只是一點點也好，我希望能多掌握一點他們兩人的心情，要是不介入到這個地步，根本連開口都沒有辦法。如果老師要我別這麼做，我當然會聽他的就是了。」

「我不清楚老師和小姐之間的問題，畢竟很久沒和他見面了。他們兩人關係疏離，導致現在分開生活的原因是什麼，我也不知道。我所知道的只有很久以前擔任責編那幾年的事。」

彰彥點點頭。簡單來說，那是冬實剛從幼稚園升上小學的時候。

「老師有個很棒的太太。工藤應該也懂什麼是糟糠妻吧，這句話正好可以用來形容她。他們在老師出道文壇前結婚，太太陪老師一起經歷了獲得文學新人獎的喜悅，一起爲作品第一次的出版感動，也鶼鰈情深地攜手走過作品銷售低迷的那些年。無論在精神上或經濟上，太太都是老師的支柱。她是一位溫柔又穩重的女子，就連當年還是個自信好強小丫頭的我也無法不崇拜她，雖然年紀比我大，但也不失可愛。老師一看到她就笑盈盈的，非常珍惜妻子。看在我眼中，他們是令人欣羨的一對，相處起來氣氛和諧又彼此尊重，眞可說是理想的夫妻。」

「可是我記得老師已經離婚了。他說太太對他失去耐性，交了其他男人才離開的。」

「那是第二個太太吧。前一位太太不是這種人。」

彰彥忍不住反問：「欸？」鈴村不悅地皺起眉頭。

「我開始向老師邀稿的幾年前，他曾推出過暢銷作品，好像賺了不少版稅。加上在好幾本文學雜誌連載的稿費，有段時間不自愛了吧。迷上風月場所的女人，和對方動了眞情，連孩子都有了。」

「這麼說來……」

「小姐就是外遇對象的孩子。」

完全沒預料到會聽到這種事，不過其實也不知道自己原本預料會聽到的是什麼。一陣天旋地轉的感覺襲來，彰彥趕緊抓住吧台桌緣。以爲自己只是踩進腳踝左右的淺水灘，沒想到一腳踩進這麼深的水裡。

「這或許是常有的事。雖然當著工藤你的面，但我就直說了，男人眞的是無可救藥的生物，一定要盯得緊緊的，一點都不能大意，連那麼老實笨拙又純情的家永老師都這樣。拜他之賜，後來我完全不信任男人，還因此錯過婚期，所以抱怨他個一、兩句也不爲過吧。」

身體逕自搖晃起來，彰彥終於忍不住低下頭，眼前一片黑。

「你也太震驚了吧，眞以爲家永老師是個寡欲端方的紳士嗎？」

「不是的，那個……」

鈴村一副受不了的樣子，用手肘輕輕撞過來。

「工藤。」

「不好意思。」

好不容易抬起頭，等待心中複雜盤旋的情緒散去。爲了掩飾表情，伸手掩住嘴巴。現在最想說的一句話是「等一下」。**夠了，別再說了，我不想再聽到更多，眞想裝作一切都沒聽過，好想回家。**可是說不出口，只能露出自暴自棄的苦笑，嘴角不自然地揚起。

「該怎麼說才好呢，眞是太意外了。」

「話雖如此，我才被你嚇一跳呢。眞是的，又不是小孩子了。」

「不好意思。那我知道了，也就是說當時老師已有妻子，卻還和其他女人交往。」

「對。」

「十七年前的話，冬實小姐應該是七歲？咦？怎麼這麼大了？可是鈴村小姐您那時認識的又是第一任太太？」

彰彥的過度反應讓鈴村皺眉，不過她似乎正好很想回答這個問題，迫不及待地點頭。

「對家永老師來說，或許只是一時花心，也可以說是昏了頭吧。他根本沒有想和太太離婚的意思，隱瞞了自己的外遇，當作一切都沒發生，還是一樣過平常的日子。我就是在這段時間向他邀稿的。要是一直那樣下去，事情可能不會曝光吧。男人外遇是常有的事，但幾乎都沒有浮上檯面就不了了之了，不是嗎？家永老師當時打的也是這種算盤。」

可是，孩子都生了。

「外遇對象自己扶養小孩嗎？」

「沒有啊，她好像和別的男人住在一起。」

彰彥按住鼓譟的心臟，盡可能淡定開口：

「眞的是老師的小孩嗎？」

「嗯，該做的親子鑑定都做了，結果證實是家永老師的親生子。我想，外遇對象一開始就很確定孩子的父親是誰，只是她想和男朋友住在一起，那個男的才是她的眞愛吧。原本或許想拿孩子當藉口逼男朋友結婚也說不定？可是這招不管用，和那男人分手後，才趕緊來投靠『正牌父親』。就是這麼回事唷。在那之前，家永老師好像連有小孩的事都不知道。如果眞是如此，他當時一定也嚇到了吧。」

彰彥拿起兌水酒杯，視線落入杯中。在店內微暗的燈光下，透明液體幽幽晃動。他謹愼地喝了一口，潤潤嘴唇。

鈴村再次拿起當年雜誌的影本。

「就在鬧出那件事時，我正好在改這篇短篇的稿，自然而然也和太太聊了幾次。要是外遇對象沒有小孩，我想她一定更難受。如果能恨家永老師就好了，如果能對老師失去耐性、感到厭倦就好了。可是一切對她而言都來得太突然，當下自己的心情全都消失到不知什麼地方去了。比起憤怒，更多的是悲哀與茫然。當年我也很沒用，只能窩囊地低著頭。雖然想至少說些鼓勵她的話，卻連一個字都說不出口。縱然有心想幫她，但光有心也派不上任何用場。力量太渺小了。對太太來說，她失去的可是一切啊。」

「老師決定認那個孩子？」

鈴村哼了一聲，拿起酒保端給她的水喝。

「有什麼辦法，是自己的骨肉啊。可以的話，他也不願意離婚，原本好像只想領養孩子就好。大概也對太太低頭認錯，太太差點就同意了噢。沒想到外遇對象不退讓，硬是逼老師離婚，要老師把太太趕出家門。那女人做得可明顯了，我也曾不小心撞見那場面。有一次送二校稿去高圓寺老師家，那女人看準老師不在家就侵門踏戶，大搖大擺地要太太煮飯給孩子吃，還說晚上要留在家過夜。故意對孩子說『因爲這是爸爸家，所以沒關係』。臉上寫著『我們母女倆就是有這權利』。」

外遇對象帶上門來的小女孩當時六、七歲大，聽說她和厚顏無恥的母親不同，一臉不安又哀傷地窺看大人臉色。鈴村看到小女孩時，立刻明白太太會怎麼做了。

「現在說起來我都還會想哭，太太是把過去在那個家裡建立起來的一切全都讓給那個小女孩了。高圓寺的家、自己的丈夫，以及構成生活的所有基礎。她不是爲了外遇對象退讓，是爲了那小女孩。」

鈴村從包包裡拿出面紙，按壓鼻子與眼角，緊抿雙唇，像要安慰自己似地點點頭。只是很小的動作。接著，像是爲了緩和過於沉重的氣氛，她又輕聲低喃了一次「這也是沒辦法的事」。

「那位原本的太太，現在怎麼樣了呢？」

「不知道耶，我也有點掛心，前陣子打聽了一下，但是無法聯絡上她。都已經是十七年前的事了啊。竟然過了這麼久了，老師和第二任太太也都離婚七年了吧？說這話很抱歉，但我眞的覺得『果然不出所料』，那段婚姻怎麼想都無法維持長久。」

離婚之後，現在家永和女兒的關係也疏遠了。他獨居家中的身影掠過彰彥腦海。想像那裡曾有一對和睦生活的男女，那時無論廚房、客廳、走廊或盥洗室，空氣一定都更流通，兩人也在那裡建立了一個住起來非常舒適的家吧。這麼一想，毫無色彩可言的冷清室內，轉眼也繽紛起來。

窗簾隨風飄揚，陽光灑落窗邊盆栽，桌上是郵差剛送來的郵件。廚房裡，咖啡機發出微弱聲響，旁邊還有兩個馬克杯、附近西點店的紙袋與笑聲。

失去許多的，或許不只一個女人。

「那些都是過去的事了，和這個短篇不一樣，工藤找到的書稿是現在的作品吧。」

「這個作品，您怎麼看。」

「我覺得很好喔。作品的每一幕情景都自然浮現眼前，刺激各種情感。有痛苦，有哀傷，有懷念，有落寞，有焦慮不安，也有遺憾。哎呀，怎麼都是負面情感。但不可思議的是，作品本身卻很溫柔，彷彿很柔軟……對了，就像從前喜歡過的毛巾布玩偶，現在已經沒有了，想起來時也會感到寂寞，但是從來沒有忘記過，知道自己還記得時，心裡很開心。」

「那首詩，您覺得如何？」

「家永老師為什麼要放上那首詩呢？在作品裡，寫下那首詩的人是越南女孩吧，就算不想，也會令人聯想起小姐。那個有雙不安又哀愁眼睛的小女孩，直到現在還在我心裡。」

鈴村喝光杯中殘留的雞尾酒，先說了一句：「話雖如此……」

「和父親一起生活，到最後她仍沒有獲得幸福嗎？閱讀小說時，讀者可以靠最後那封信沉浸在溫暖的餘韻中，但現實生活中，小姐和老師卻處得不好吧？十七年的時光如果只是加深了兩人之間的鴻溝，那實在太令人遺憾了。」

結完帳，和說要回ＪＲ車站的鈴村在店門口道別。嘴上說自己要去找地下鐵站，其實只是想一個人走走。鑽過ＪＲ的鐵路高架橋，沿著晴海大道往北走。彷彿被漆黑茂密的樹林吸引，彰彥穿過日比谷十字路口。

從有樂門走進公園，走在戶外燈照亮的通道上，經過一、兩張沒人坐的長椅，將步伐悠閒的人們拋在腦後，自己從打理完善的花圃邊穿過。在這個令人暫時忘卻都會喧囂的地方，明明可以走慢一點，彰彥的速度卻一直慢不下來。不只慢不下來，甚至還產生爛醉時呼吸困難的感覺，不住伸手擦拭滲出的汗水。

連風吹動樹梢時發出的摩擦聲與暗處的人影都刺激著彰彥，他現在就像在夜路上迷失方向的小學生。腳步愈來愈快，經過噴水池後向左轉，走出公園。

綠燈一亮，車輛不斷流過身邊。沿日比谷大道往新橋方向走，身處引擎聲與車頭燈的光線中，感覺自己彷彿就要在半空中分解。強忍拔腿狂奔的衝動，走過二丁目十字路口。

回到四角聳立的水泥大廈叢林，才終於決定目的地。那不是跑也跑不到的地方，是連現在的自己也找得到的場所。

一想到這個地方，就再也無法按捺地再次加快腳步。沒記錯的話應該在這附近。憑藉記憶穿梭在不熟悉的巷弄中，轉了幾個彎，掉頭回到抬頭可見招牌的大馬路，又在不安的心情驅使下穿過小巷。

好不容易找到時，喉嚨已經十分乾渴。買了路邊自動販賣機的水，喝了一半，將剩下的半瓶塞進包包裡。再擦一次額頭上的汗水。

進入建築物，時間已過深夜十二點，店內明亮的通道上還有三兩人影。這是一間營業到早上四點的書店。彰彥從堆滿雜誌的平台書櫃走向新書展示架，環顧整個樓層，想找文庫區。按照標示牌往裡面走，終於來到按出版社分類的文庫書櫃旁。

站在狹窄的書櫃間通道，伸出手，彷彿某種儀式。觸摸密密排列的書背，那溫潤又冰涼的觸感，如同剛才潤喉的水一樣沁入心扉。汗終於停了，能夠好好地喘口氣。

目光急切地追逐書背上的作家名。傑佛里·阿徹、約翰·葛里遜、派翠西亞·康威爾、五木寬之、池波正太郎、逢坂剛、岡嶋二人、眞保裕一、乃南亞沙、平岩弓枝——

「放學後」的漢字，是這樣寫的喔。

腦中浮現對方這麼說著時遞出的書。想起這件事，彰彥從架上抽出一本書。是東野圭吾的出道作品。該怎麼說才好呢。對剛上小學不久的孩子來說，再平凡無奇的詞彙依然有些艱澀，每每遇到就會卡住。老師卻絲毫不曾察覺學生這種心情，老是使用那些詞彙，激起了彰彥的叛逆心。

因此才會問：「你知道什麼是『放學後』嗎？」說這話時，表情大概是惱怒的吧。

「就是課上完了回家後的時間啊。」

「那爲什麼不這樣說就好了呢，幹嘛說什麼放學後。」

伴隨苦笑一起遞給自己的，就是這本書。

「字很多又很小，對你來說或許還太早了，長大一點再看吧。這本書得過江戶川亂步獎，那可是很厲害的獎喔。」

「有趣嗎？」

「嗯。」

「小尙，你老是在看書耶。看好多好多，各式各樣的書。」

「是啊。書很好喔，能帶我們離開這裡，前往某個地方。」

這番話似乎與「放學後」有共通之處，彰彥凝視拿在手上那本書的封面，年幼的他皺起眉頭。大概是困惑及不熟悉的感覺所引起的吧，內心隱約湧現一股疏離和窘迫，不知爲何非常不甘心。

「某個地方是哪裡？」

「各種地方啊。每一本書中都有一個『世界』，和現實生活完全不同的地方。就因爲能帶我們去到那裡，書才這麼美好。不然現實裡根本一點好事都沒有。」

□

現在回頭想想，已經能明白自己爲何不甘心。說著「書很好」的他，完完全全否定了現實世界，那個包括自己的現實世界。即使還只是個小學生，彰彥已經能感受到這一點。他的朋友只有書，能拯救他的也只有書。只有讀書時能忘卻現實，只有能讓他忘卻現實的書是他的心靈支柱。

他像這樣踏進的另外那個世界，自己後來也涉足了。做的事乍看相同，但內容完全不一樣。他的現實與自己的現實從頭到尾都不一樣。

把手上的文庫本放回架上，從原本佇立的位置緩緩移動。身體完全僵硬了，左右兩條腿無法順利動作。喉嚨很乾，不過，書店裡禁止飲食。

正嘆口氣時，不經意看見千石社文庫的書架，在作者名第一個羅馬字母爲「A」、「I」與「U」開頭的附近反覆找了好幾次，就是沒有家永【註】的書。想起鈴村說的話。

迷上風月場所的女人，和對方動了眞情，連孩子都有了。

譯註：家永（Ienaga）的拼音羅馬字母開頭爲「I」。

是外遇對象的孩子啊。

閉上眼睛，似乎能看見那個不安地窺看大人臉色的小女孩。彰彥認得那孩子，而且非常熟悉。

出書吧。簡直像是在說給自己高漲的情緒聽。得做成讓人看得到的形式才行。作品裡那個叫阿好的少女寫了詩。乾涸地面上的白花三葉草失去生機，枯萎下垂。多麼希望自己變成雨，落在白花三葉草上。是這樣的一首詩。

讀了這首詩，主角中年教師眨著眼睛說。妳不用變成雨，想變成雨的是我。阿好懷抱夢想來到日本，卻不被日本社會接受。嚐遍辛酸苦楚不說，還弄壞了身體，被迫回國。這個世界連一滴溫柔的雨點都沒有落在她的身上。主角只能咬牙承受自己的無力感。彰彥這麼讀取了主角的感受。

所以，非出版不可。無論如何。

抬起臉，縮下巴。雖然不到抬頭挺胸的程度，但也重新握好手提包，離開文庫書櫃間的通道。濃妝艷抹的年輕女人、相互依偎的情侶、重金屬搖滾裝扮的男人們、衣著邋遢撥弄手機的男人、身穿體面大衣的白髮紳士、推嬰兒車的母親。在人與人的縫隙間，找尋出入口——

「阿彰——」

聽見呼喊自己的聲音，站定回頭，一一確認店內顧客的長相，想從中找尋認識的那張臉。高中畢業後的好幾年以來，一直夢想能夠偶然重逢。東京街頭充滿熙來攘往的人潮，說不定有機會巧遇。

尤其是書店。最新發行書刊展示櫃附近、文庫書櫃間的通道、雜誌架、沿整排牆壁排列的新書書櫃、美術書籍、歷史書籍、寫眞集專區……

想像過無數次，如果找到他要怎麼上前攀談。**《神龍紀元：飛龍騎士》幫你保留著，《亞爾斯蘭戰記》的後續故事你看了嗎？比起《柏油之虎》，《污穢的英雄》果然更好看。我也看了《放學後》和《祕密》喔。**

然而，機會一次都沒有降臨。對自己的興奮期待感到疲倦，曾幾何時習慣了放棄。或許他不住在東京吧，腦中浮現這個說服自己的念頭。爲了盡可能逃離沒有一件好事的現實世界，離開東京或神奈川或許是最好的方法。

那種時候，依然沒有人挽留他嗎？沒有人拉住他襯衫下襬嗎？太多人希望他默默消失，這點他自己再明白不過。

彰彥走向設置於出入口附近的特別專區。《放學後》作者東野圭吾的最新作品在那裡陳列得漂亮又醒目。只要他還健健康康地活著，無論人在哪裡，一定會拿起這本書。

聯繫他與自己的那條線，應該還沒斷掉才對。

□

初次見到家永的書稿是一月底的事，還記得那是個已有零星雪花的寒冷夜晚。從那天起，彰彥展開了為出書奔波忙碌的每一天。二月轉眼就過，現在連三月都過了一半。

從稿子到製作完成一本書的時程原本就很長。作家與編輯得開會討論好幾次，一次又一次地改稿，直到完成整本書的定稿。這時，就要進行公司內部會議，拿到確定出版的同意後，著手安排出版行程。接下來是校對與裝幀的協調，最後交給印刷廠，完成書籍。

出版家永書稿的事是勉強在編輯部內通過，這時若將書拿到與業務部一起討論的會議上，立刻被刷掉的可能性很大，所以彰彥極力避免這麼做。這是彰彥第一次碰到這種狀況，因為隸屬編輯部已滿三年，從未拿到被業務部刁難的書稿。

從前輩手上交接過來的都是暢銷作家，業務部反而常半開玩笑地催促「還不出嗎」、「快點出啊」。其中雖然也有多少令人面露難色的作品，但考慮到作家最近的銷售量，只能說業務部的反應恰當。在業務部「封面和書腰上多下點工夫吧」的激勵下盡力而為，幸好銷售量從來沒有低於預估。

當然，並非經手的作品全部都能出版為書籍，其中也有自己放棄或被總編挑出毛病的書稿。但是整體來說，這三年來彰彥深刻感受到自己的編輯生涯過得非常順利。看看其他人的例子，有的是出版日期一再延後，最後甚至不了了之，有的是一開始就被拒絕而不得不放手，相關嘀咕和抱怨彰彥也聽多了。

家永的書稿應該屬於一拿出來就會被拒絕的類型吧。爲了不淪落到這下場，彰彥小心翼翼地行動。也得避免出版日期遭到拖延，要是被說「知道了，要出也可以，可是得等明年」那就傷腦筋了。

「喂喂，工藤，你什麼時候變得這麼不討喜啦？眼前的狀況是，在你的死纏爛打下，好像快獲得出版同意囉。明年出書應該沒問題。」

「沒有這麼順利喔。相馬出版的國木戶先生很想要走這份稿子，他打算七月出版。這件事我還沒讓家永老師知道，只是從條件聽來，肯定是相馬出版開出的比較有利。」

「先說要出的是我們吧？讓家永先生等等就好，那個人很講義氣，不會有問題的。」

「我答應過他，要是書會被冷藏就放手。要是明年才能出書，豈不是至少半年後的事了。」

彰彥老實不客氣地這樣回應，總編的目光也不友善起來。

「對你來說，討好家永先生比討好我更重要啊？」

「對我來說重要的是小說。我希望親手出版那本書。」

這是在編輯部辦公室裡的對話，在場的所有人都聽得見，不時朝這邊投射視線。坐在自己位子上的總編一隻手肘靠在桌上，用手指按壓太陽穴。

「到底是誰錄用這個白痴的啊？」

聽到他啐出這句話，彰彥忍不住笑了。

「現在不是笑的時候吧？這世上不會有配合員工嗜好的公司，聽你滿嘴大話，其實根本沒有出書的權利。我可不記得有賦予你這種權利。國木戶的工作能力比你好太多，資歷也深，現在就把書稿拿去給那傢伙吧！」

這次，彰彥肩膀一垂，低下頭，站在桌旁不動。

「不會回話嗎？我以上司的身分命令你這麼做喔。國木戶比你更能做出好書，聽得懂嗎？這麼做都是爲了你最重視的這本小說好。」

「對不起。」

「這算哪門子回答？看是要讓家永先生等，還是讓給國木戶做，兩個選一個。」

選哪個好呢？哪個都不好。可是，自己最清楚這麼說有多麼孩子氣。看彰彥沉默不語，總編故意大聲嘆氣，挺起上半身往椅背上靠。椅子發出嘰嘰的聲音。

「你這傢伙有夠麻煩，說那種大話就算了，還以爲自己比國木戶更有才華、更能幹嗎？」

「絕對沒有這回事。只是，對這部作品我無論如何都……總編還記得作品裡出現了一首詩吧？那是家永老師的千金寫的，現在還未獲得她的使用授權。」

「啥？」

「她拒絕了。我猜國木戶先生會朝拿掉那首詩改寫的方向進行，可是我想收錄那首詩。只要確定夏天能出版，我打算再帶著這個消息去說服她一次。」

「拿掉那首詩嗎？是那首提到下雨的詩吧？」

總編朝桌上伸手，捻起原子筆放在指尖上轉了一會兒，又低聲沉吟：

「嗯……原來是小姐的作品啊。國木戶比你成熟，不會死纏爛打，確實很有可能放棄糾結一首詩，寧可想出替代方案解決這問題。可是這樣的話，該怎麼說呢……作品的印象就改變了。」

彰彥窺視著不改嚴肅表情的上司，當四目相接時，總編粗魯地大手一揮說：「好了好了，回你自己的位子去。」那動作簡直就像在趕狗。雖然終於獲得解脫，可以鬆一口氣了，可是話只講到一半就被趕走，彰彥總覺得事情尚未明朗。一回到座位，就見赤崎故意撇撇嘴角做了個鬼臉，總編則和坐在附近位子的部下說：

「結果好像都被人家利用了，是我想太多嗎？還是果真如此？」

被他詢問的編輯聳聳肩，用習以爲常的語氣說：

「不管怎麼說，要是好處都讓相馬拿走的話，確實會很不爽。」

他舉起一本書，書腰上幾個大字映入眼簾——「甫出版即大量加印」。這本書的作者，兩年前在千石社主辦的文學新人獎上獲獎出道，但在千石社出的書連一次也沒再刷，到了相馬出版之後才大紅。

□

這是第幾次參加編輯部和業務部齊聚一堂的每月出版討論例會呢？以彰彥的情形來說，隸屬編輯部第一年時只參加過兩、三次，第二年才開始增加頻率。這是兩個部門主管齊聚商議出版計畫的會議，非主管級的一般員工，只有在負責印量大的書時才列席末座。

因爲是決定具體怎麼出、出什麼的場合，也會有兩邊爭執不下的時候。不過，多數時候只是調整出版時程，沒有「要出」或「不出」的拉鋸。這類議題在前一個會議上就該討論了。

業務部評估編輯部提出的出版要求，做出「是否適合」的判斷後加以回覆。收到回覆的編輯部不是乾脆放棄，就是做出消除業務部疑慮的調整或加強推薦文等條件，再次提出出版要求。每次的對應都不一樣。當然也有例外，那就是編輯直接參加業務部內會議，當場提出訴求。這雖然也是方法，但因爲必須面對非主場的戰鬥，勇於挑戰的人不多。

彰彥豁出去參加了，也聽到許多不想聽的話，但至少勉強換來「也不是不能出」的底限回應。這都拜他在檯面下的種種奮鬥所賜。還有，鈴村提供了很大的協助。好幾次她過來拍拍彰彥的背或手臂說：「幹得不錯嘛。」只是現在還不是開心的時候。問題是發行時間。

原本像家永這種發行量小的作品，責任編輯是不會被叫來參加會議的，只因會議上剛好討論到彰彥負責的另一個大牌作家，所以這天他也列席。這位暢銷作家難得出版未經連載的全新創作，在確認過其他出版社的動向、討論過後，正式決定按照編輯部的要求，於下個月出版。聽說會展開大規模的促銷宣傳活動。業務部長還特別指名責任編輯彰彥，給他打氣了一番。

家永的話題直到會議最後才被提起，發下來的資料上，他的名字已經從今年的出版品中剔除。當業務部開始說明這點時，總編忽然舉起手。

「關於家永老師的這部作品……」

總編和彰彥中間還坐了其他三位編輯，所以彰彥看不到他的表情。

「這裡有個內線消息，有人對昔日風光過的資深作家這部展現企圖心的作品很感興趣喔。說不定會發生什麼有趣的事，爲了能趕得上那件事，還請業務部同意將這本書加入夏季發行計畫中。」

趕上哪件事啊？自己怎麼沒聽說。總編用賣關子的語氣和聲音對業務部長說了些什麼，在場的所有人一片譁然。業務部長則只說了一句：「喔？」

「畢竟是個機會，我們是不想放過啦。」

「原來如此，既然你這麼說，應該有把握才是？」

「我們會努力。」

總編這句話說得莫名有活力，還以半開玩笑的表情往前探身。

坐在他對面的業務部長一臉無奈地搖頭，對其他人說：

「家永老師的書就調整爲今年八月下旬出版吧。」

意想不到的發展。與其說懷疑自己的耳朵，不如說大吃一驚。坐在身邊的前輩伸出手，用手指敲了敲攤開在彰彥面前的資料。

「寫上去啊。」

八月那欄裡，已經填滿其他預定出版書籍的暫定書名，彰彥從中拉一條線到空白處，寫上幾個字。

《白花三葉草綻放時》

凝視這幾個字，怎麼看也看不膩，緊緊握住手中的原子筆。

事。

□

一回到編輯部，總編就開始忙著準備外出。彰彥向他低頭道謝，詢問剛才會議上的

「那是怎麼一回事啊？」

把文件、印章、名片和明信片等東西拿出來又裝進去，同時指示辦公室裡的同事預約餐廳，收下同事拿來請他利用搭機時間看的資料，總編壓低聲音說：

「再過個十年，你也會有機會用上一、兩次的『手段』。」

會是什麼呢？什麼意思啊？

「如果不想害上司變成吹牛皮，你就要好好表現。拜託你囉。」

敲敲彰彥的胸口，抓起手提包和外套，總編朝辦公室外走去。

留下彰彥在原地發呆。剛才會議上坐隔壁的那位前輩對彰彥招了招手。

「總編是在暗示入圍了文學獎啦，故意讓業務部的人以爲已經進入候選名單。所以業務部才會認爲這樣的話也沒辦法。」

「咦？可是……」

都還沒出書，就算傳出無憑無據的謠言，現在也根本還在前一個階段啊。前輩嘴角含笑，使了個眼色。

「入圍的是哪個獎項，背後做了什麼交換，業務部都不可能要我們當場說明的。最後究竟有入圍還是沒入圍，都得等幾個月後才知道。到時候要怎樣自圓其說都行啊。所以總編才說這是『手段』。」

手段、戰略、相互試探……還是說，這根本就是虛張聲勢？比起正面談判，這是採用了孤注一擲的賭注方式嗎？或許該說是狸貓鬥狐狸吧。看是要做好萬全準備、徹底打點好關係，還是若無其事地吹牛皮。這個世界還有許多自己不懂的事。回到位子上，彰彥捲起剛拿到的資料，敲了自己的腦袋好幾下。

□

「所以你到底是來幹嘛的？」

店打烊後，彰彥對正在準備明日食材的河上說了前幾天的事。算準招牌上打烊時間前來，撂下一句「有話要說」就賴著不走。等工讀生洗完碗盤，打掃好店內離開後，只剩下兩人獨處時才開口。

關於家永小說的事，之前已經說過了，所以河上露出「喔，又是這個」的表情。不過，從鈴村那裡聽到的內容，以及家永女兒冬實的身世，河上聽了一定也會聯想到什麼才是。說到一半，他驚訝地「欸？」了一聲，之後又「嗯嗯」點頭。接著便默默切洋蔥、洗香草、從冰箱裡拿出肉來醃，又數了數雞蛋還剩幾顆，再把菜刀和砧板整理好才從吧台裡走出來。

裝了冰塊的玻璃杯放在吧台上，再注入傑克丹尼，然後自己在彰彥身旁坐下。

「我只要聽你說話就好，是嗎？」

「不是喔。」

「我想也是呢。」

最後的「呢」特別用力，河上故意抬高下巴挑眉。結束一天的工作，而且還是站了一整天的工作，他一定很累吧。強迫他陪自己說話，就算河上面露不耐也無可厚非。嚴格說起來，兩人認識這麼多年，並不是沒有被敷衍或冷淡對待過，只是這點雙方都一樣。男人之間的交情就是這麼回事，只要這麼告訴自己，說些醉話發洩就輕鬆多了。不過，現在不是喝醉酒的時候。

「你不是有話要說，快說吧。」

「嗯。」

「你說那位小姐不是正宮的小孩，是外遇對象生的，這我已經知道了。然後呢？」

「這種事很常見嗎？」

「喂。」

隨著譴責的語氣，河上瞪了彰彥一眼。

「你現在跟我閒聊這些幹嘛，今天不是爲此而來的吧？」

「我在想，能不能再見一次面。不是說鈴村小姐喔，是冬實小姐。我好想和她見面，拜託她授權使用那首詩。老師的書已經確定會在我們家出了，剩下的問題就是那首詩。那個……你覺得我該怎麼做，她才願意答應？沒辦法一次又一次死纏爛打地去拜託，寶貴的機會只有一次。我想聽聽你的意見。」

河上單手放在頭頂，閉上眼睛，上半身朝沒人坐的位置傾斜，像要逃離彰彥身邊似地拉開兩人之間的距離。這孩子氣的舉動讓彰彥有點火大。

「我認眞在講，你好好聽啦。」

「跟我講那些做什麼，又不是國中生或高中生，你都幾歲了？」

「什麼啦，夠了喔。不要講得這麼曖昧，今天只是剛好對象是女性，就算對方是男性、小孩或老人，我也一樣會這麼拚啊。我認爲這些話得當面跟她說才行。」

自己都這麼認眞了，眞希望河上不要亂開玩笑。

「吼，你每次一說想見面什麼的，我都覺得好難為情。」

「河上。」

「所以啊，那位作家老師自己怎麼說？按照你上次說的，小姐拒絕了授權，老師好像也沒說非用那首詩不可吧？可見要不要堅持使用這首詩，老師並不在意啊。現在正式決定要出書了，你想再問小姐一次，那就去問。可是這時候，如果老師已經說沒關係了，當然得就此打住吧。」

「咦？」

彰彥瞪大眼睛，盯著身邊的兒時玩伴看。

「剛才你說得好像這是什麼最後的機會，不是這樣的吧？老師在小說裡放小姐寫的詩，該怎麼說才好呢，這也是他第一次的挑戰，或者說是一種嘗試吧。就算放棄這個作法，也不代表沒有其他的路可走。或許只要逐步清除障礙就好。這對父女之間發生過許多事，關係鬧得很僵，不是嗎？親人修復關係需要時間，你這個局外人不要再插手了。」

腦中吹進一陣冷風。內心深處充滿熱情的部分倏地冷卻，寒意盤旋不去。

「我想你可能是有身為編輯的堅持啦，希望能盡可能拿出最好的東西。但是，做任何事都有其界線。」

「老師他——」

「如果老師拜託你再協商一次的話，你再去做這件事就好。難道不是嗎？他本人都同意了，即使再捨不得、再可惜，還是得把別人寫的詩拿掉才行。」

河上的語氣莫名老成，還給了一個「好了啦、好了啦」的安慰笑容，令彰彥無言以對。只要點頭說「說得也是」就好，事情就會圓滿結束，理智也很清楚該這麼做。可是，別過頭，捏緊放在桌面的手心。自己今天來這裡，不是爲了講這些口是心非的話。

「你說的我懂，我確實是局外人沒錯。可是，我不要拿掉那首詩。」

「是喔——」

「拿掉就沒意義了。」

斬釘截鐵地說完，正好對上河上窺探的視線。河上無精打采地「喔」了一聲，轉頭看前方。

「爲什麼？」

「一方面也是爲了老師。我猜或許是先有那首詩，之後才有那個故事。老師雖然說是因爲覺得跟自己正在寫的故事很搭才拿來用，但我總覺得是以那首詩爲中心發展出整個故事的。所以我不想拿掉詩。多實小姐怎麼看待這件事，眞的只有她自己能決定。我要是能幫忙清掉一點外圍障礙也就很好了。或許會被無視，但是唯獨老師最初的心情，我很希望能保留下來。」

「你還眞重感情哪。難道你手頭所有的工作都像這樣一一揣摩作者眞正的心情之後才進行嗎？這是編輯工作的一部分嗎？」

「不——」

忍不住脫口而出。心虛似地眼神四處游移，坐立不安地扭動身軀。因爲家永的《白花三葉草綻放時》打從一開始就是特別的書稿。因爲它不容易出版。因爲作品中使用的詩不是家永自己寫的。彰彥確實有著想做這本書的合理理由，但也不只如此。

「『不』是怎樣？」

是怎樣呢？

「爲了表達自己的心情而寫小說，實際上做起來比用說的困難許多喔。作品的完成度也有驚人水準，眞的很厲害。我想把這部作品做成書，就算老師說拿掉那首詩也沒關係，我還是要放進去。」

說完這番孩子氣的言論之後，彰彥抬起頭。凝望空蕩蕩的廚房，眼前浮現深夜的書店。聽到冬實的身世後，自己的震撼超乎想像。一路走到這裡，看到的光景令彰彥憶起過去的種種場景。之所以會用孩子氣的語氣說話，或許因爲和「他」在一起時的自己總是幼稚的。他永遠走在自己前面，率先往前，知道許多自己不知道的事物，看過各種東西，有過各種感受。每次他跟自己說話，對自己笑的時候，自己一定都會抬頭仰望。這個動作默默潛入意識之中，使得自己對他的追尋成爲必然，就像選擇了與書相關的工作一樣。

「到最後，我執著的還是小尚。人家都說三歲時性格已定，活到百歲也不變。小時候的事，好像在腦海的某個角落生根了。」

話題忽然轉移，彰彥一句毫無脈絡的嘟囔，河上卻瞇起眼睛回應得很順。

「我也忘不掉啊。他眞的很酷，現在回想起來，沒有比他更帥的男人。」

「不只你受到他影響，我也希望自己有朝一日再遇到他時，已經長成能夠獨當一面的男人，得到他的認同。我一直這麼想，那是個快樂的夢想。但是同時，我也一樣不想見到他。這話對你難以啓齒，可每當我看到醉倒路邊的傢伙，或是穿著破爛蹲坐暗處的人時，都會膽顫心驚地想『該不會是他吧』。看到新聞報導哪裡發生事件時，也總忍不住確認一下加害人與被害人的名字。他現在在哪裡做些什麼呢？要是他過得非常悲慘，我的人生觀可能會就此改變。」

雙手交疊在吧台上，再把下巴放上去，河上蜷起身體這麼說。雙腿踢啊踢的。

「我是不是太誇張了，一切都是你害的啦。」

「沒事的，一定沒事的。我猜。」

「你說沒事就沒事喔。眞懷念啊，阿良與阿彰。」

會這麼叫兩人的只有他。而且只有「阿良」在時，他才會叫彰彥「阿彰」。好久以前的情景鮮明復甦。

從家裡拿出機器人或怪獸玩具，假裝地球防衛軍與來自宇宙的侵略軍戰鬥，他正好從旁經過，就停下腳步，教了他們「皇帝」、「提督」、「軍師」和「將軍」等有模有樣的頭銜。也曾幫太空船取名，用枯枝在地上畫出行星基地的圖案。那時的他，穿的是白襯衫與偏黑的深色長褲，應該剛放學回來吧。

忘了是什麼時候的事，撞見菸盒從他書包口袋裡掉到河堤草地上，把兩人嚇了一大跳。小尚豎起食指說「不要告訴別人喔」，還是小學生的兩人看傻了眼，像誓言忠誠的小兵頻頻點頭。

「如果是書的話，他或許會看到。上次你這麼說時，我不是笑著回說不可能嗎？可是，聽到老師與小姐那段過去，我忽然覺得，好希望他看到這本《白花三葉草綻放時》。」

「工藤。」

隨性伸懶腰的河上，上半身猛地往前坐起來。

「這樣說不就好了嗎？如果只是想執行身爲編輯的職責，那我會勸你夠了，因爲這早就超過一個編輯該做的事。但若是有話想說的話，就用你自己的詞彙說。」

「自己的？」

「應該有吧？剛才你不就已經說了？」

那是極爲私人的隱情與情感，就算說了也只會造成負面效果。總覺得會被當成可疑的傢伙或自私的人，令人退避三舍。想尊重家永的心情是事實，原本也打算用這個原因堅持到底。

「我如果是她，在大出版社工作，看似高學歷的男人說的話，是連一個字也不會相信的啦。尤其什麼『爲了妳爸爸』之類的話，更是當場搬石頭砸自己的腳，她聽了一定會很討厭你，對你避之唯恐不及。」

「現在就已經很討厭我了。」

「看來已經是避之唯恐不及了啊。從現在開始，絕對不准再講任何裝模作樣的話。」

雖然不記得自己講過什麼裝模作樣的話，但在書店惹怒冬實是事實。

彰彥抱頭趴下，也才發現對現在的自己而言，這是再自然不過的動作。換句話說，因爲對自己沒有自信才來這裡，擔心冬實會更排斥自己而焦慮不安。愈是不安躊躇，愈凸顯彰彥對這部作品的心意有多強烈。

如果只是單純的工作，他早就公事公辦了吧。就是因爲有工作之外的什麼，才會令他這麼苦惱。

「振作點啊。我會幫你祈禱能夠見到她。去讓她打一巴掌吧。」

「才不要咧。別說這麼不吉利的話。」

「啊，你還眞怕了嗎？」

河上拍拍彰彥的背，彰彥嫌棄地甩開，而他卻只是咯咯笑得很開心。

□

想了好幾種方法。例如請老師找個藉口安排見面機會。或是乾脆請身爲女性的赤崎去冬實工作的美甲沙龍，想辦法搭話。或者拜託鈴村陪同，三人一起見個面。

雖然不到抱佛腳的地步，但也只能這樣抱別人的大腿了。至於自己能做的事，除了多跑幾趟那個車站大樓，賭看看能否再次巧遇之外，頂多就是寫一封手寫信寄到冬實工作的地方。還有，上次收過她的電子郵件，也可以再回信。再做也就只是這些了。

深思熟慮哪個方法更有效果，打算小心翼翼嘗試。然而，一旦拿掉「這麼做是爲了老師」的部分，彰彥就立刻走投無路。就像赤手空拳被放逐到陌生土地一樣，手上沒有任何能用的武器，只能靠自己的雙腳走動，做自己能做的事。這麼一想，或許也沒有什麼好後悔了。

勉強說服自己，彰彥寫了電子郵件給冬實。雖然這是希望最渺茫，也是成功率最低的方法，但也無可奈何。寄手寫信到她工作的地方有點太刻意，想想還是把這個念頭推翻了。郵件中沒有明確提及「小尙」，只是寫著：自己希望某人能夠讀到這部作品，雖然是非常私人的理由，但很希望能把妳的詩放進書稿中出版，想再好好拜託妳一次，請告訴我妳方便的時間。

幾天後，收到冬實的回信。儘管字裡行間仍透露著猶豫，她還是提出了一個平日的日期。應該是她休假的日子吧。她說那天要去看朋友的個展，地點在目黑附近，不介意的話可以約這天。

彰彥在回信中提議地點與時間，終於約好四月中旬見面，地點是目黑區美術館內的某座涼亭。約定當天，彰彥在那裡看自己帶來的文庫本時，察覺附近有個人影佇立。抬頭一看，冬實就站在綠色籬笆間。

上次在書店那麼尷尬地道別，即使透過電子郵件約定好再次見面，但是她眞的會來嗎？彰彥總有些半信半疑。闔起手上的書站起，走到冬實身旁低頭致意。她今天穿及膝裙，上身披著一件適合春天穿的薄荷綠色外套。

「工藤先生今天休假嗎？」

她客氣地這麼問，彰彥手足無措地回應「是」。換作平常，他一定回答得更明確，更有朝氣，但「平常」指的是工作的時候。

「沒問題，現在是工作和工作之間的空檔，屬於我自己的時間。今天謝謝妳來。」

「上次很抱歉。我說了很多過分的話，一直想著得再見一次面道歉才行。」

冬實表情生硬，視線低垂。彰彥率先邁步，領著冬實向前走。目黑區美術館旁就是目黑川，沿岸鋪設有完善的人行道，其中一旁種著整排氣派的櫻花樹。櫻花盛開的季節一定很美吧。現在已是滿樹綠葉，交錯的樹枝疊成了拱頂，走在樹下，還能欣賞透過樹葉灑落在朱紅人行道上的陽光。

「上次在書店那件事，我才應該道歉，說了那種未經深思熟慮的話。要是我又說錯什麼，請儘管發怒。啊，這麼說也不對喔，聽的人會不愉快很久吧？對了，在書店和妳分開後，我還在那裡被我們公司的業務狠狠教訓了一頓。」

「業務？是做那些展示布置的人嗎？」

「對。關於老師的書出版一事，我直接請他提供協助，因爲我想在業務部裡找個盟友。結果他一開口就說出高傲的話，我和他吵起來，差點演變成互毆呢。」

大概聽得莫名其妙，走在身邊的冬實歪了歪頭。

「是我不對，沒站在業務的工作和立場想，一味地想把自己的想法強加在人家身上，他當然會生氣了。『因爲作品好，所以我想出書，必須出書，你一定要幫這個忙。』講這種話是行不通的，只是在強迫別人接受而已。說來丟臉，我一直沒有這種認知。在出版社工作七年，分發到文學部門整整三年，老實說，我從來沒碰過自己覺得很好卻被上司打槍的書稿。我完全沒察覺自己在工作上有多順風順水。」

「工藤先生——」

說著，冬實停下腳步。彰彥以眼神表示「怎麼了嗎」，她就一邊別開視線一邊說：

「我猜你大概是那種沒經歷過挫折的人。非常優秀，不管是升學考試還是面試工作，應該都順利錄取第一志願吧？」

停步的位置正好是橋頭，彰彥便邁開步伐打算過橋，她也跟了上來。

「還有太多比我優秀的人啊。不過確實，我一直都按照自己的志願在走，不管高中、大學或就業。」

「好厲害。」

站在橋中央，兩人靠著欄杆說話。濁綠色的河水滾滾流過。

「這種人我第一次看到，優秀、有能力，專心一致地朝目標前進，而且都達成了。就像一年到頭走在陽光下。」

她笑得甚至可說是豁達，或許因爲和彰彥還沒熟到可以語出嘲諷吧。站在彰彥的立場，其實也無從否認起。自己總能通過第一志願的考驗，這是不爭的事實。和河上一直同學到國中，高中才分開來讀，也是因爲自己考上縣內數一數二的升學高中。不只如此，彰彥的家境還算富裕，祖父又是地方上的名紳。

靠在欄杆上仰望天空，遠方飄著白雲。那邊大概有風吹過，和現在吹拂自己臉頰的是不同的風嗎？

「爲什麼像你這樣不知挫折爲何物的人，會想出版我爸的書呢？」

「我才不是不知挫折爲何物的人呢。令尊的作品不留痕跡地深入受過挫折的人心中，如一陣暖流滲透人心。請允許我出版這部作品。」

「不是已經要出了嗎？你信上寫了啊，八月出版不是嗎？」

「請讓我放入那首詩。」

「那個……好吧。繼續執著下去我也覺得沒完沒了，但那是我十幾歲時寫的東西，只是塗鴉罷了，直接刊登出來會很難爲情啊。爸爸明明可以隨便改編一下的，不行嗎？應該可以吧？換個別的詞彙和比喻。」

彰彥沒有回答，視線從天上慢慢往下移動。左右兩邊人行道旁種植了茂密的行道樹，再過去就是高聳的大樓都市叢林。彰彥平靜地、輕柔地問：

「執著什麼？」

「我有個喜歡的人，那首詩就是想著那個人寫的。所以就算拙劣，就算幼稚，對我來說還是很重要的東西。無法輕易說：『好啊請拿去用。』不，其實也已經無所謂了，這樣一個人鬧彆扭，讓我覺得自己像個白痴。」

老師有老師的心意，她也有她的。對特定「某人」的心意，肯定希望誰也不要去觸碰，不要別人粗魯無禮地一腳踩進她的內心世界，所以才會那樣變臉生氣。

「我也有一個始終放在心上的人。過去，我自己的心情從來不曾和做書這件事產生連結，但是那個人是個愛書的人，他或許會在書店裡拿起我做的書。如果那本書是《白花三葉草綻放時》，不知該有多好。對我來說，這是現在最希望讓他看到的作品。」

「就是你在郵件裡提到的那個人嗎？」

點點頭，從靠著的欄杆上起身，再次往前走，走進和剛才相反方向的人行道，往中目黑車站方向前進。左手邊是那條幾乎滿溢的滾滾河川。

「那個人現在過得怎樣？」

「我不知道。最後一次見到他時，我還在讀書，後來家人應該有告訴他我進了千石社。」

差點脫口而出：「小姐妳呢？」後來又改口說：「冬實小姐呢？」她搖搖頭。

「我的『那個人』啊……」

「是。」

「是爸爸的第一任妻子。」

一陣風吹來，掛在樹葉陰影處的殘櫻隨風飄落，花瓣裊裊飛舞。張開手心想接住，花瓣卻避開了手，直接掉落地面。她說十幾歲時喜歡的人，原本還籠統地以爲是班上男生之類的對象。

「我媽媽趕走那個人，自己住進高圓寺的家。那個人離開得匆忙，有些東西沒帶走。有一次，她到家裡來，想拿回自己的東西。不巧爸爸出門不在，媽媽對她態度很差，像盤查犯人般地不讓她進家門。她留下寫在紙上的地址，請我們找到東西的話寄給她，媽媽也立刻把那張紙丟了。可是我知道，那些東西根本就放在二樓的櫥櫃裡，所以從垃圾桶裡撿回那張紙，猶豫不決了很久，最後偷偷拿到便利商店寄給她。就從那時候開始，我們偶爾會見面。」

「妳們見面了啊。」

「我收到一封沒署名的信，裡面是圖書禮券。我立刻察覺是她寄的，爲了道謝，擅自去了紙條上的地址。當然是瞞著媽媽，也沒告訴任何人。那時她在伊香保溫泉的土產禮品店工作，說是親戚開的店。我很差勁吧？我爲什麼會做那麼過分的事呢？」

或許她希望彰彥反問「妳做了什麼」，但就算她沒說，彰彥也很清楚。腦中閃過那個一臉凝重搭上電車的十幾歲女孩身影。從大都會到近郊，房屋間隔愈來愈大，田地愈來愈多，綠意愈來愈濃，望向車窗外的她的側臉浮現迷惘與不安。那時她哪有餘力思考對方的立場。

想想眞是不可思議，每次都好像親眼目睹過去的冬實一般，想像中的畫面歷歷在目，彷彿自己也在場似地，心頭一陣激動。

宛如蝴蝶的白色花瓣停在她的頭髮上。彰彥捻起花瓣，放在自己的手心上給她看。風吹過來，花瓣又飄遠了。

「她現在還在那溫泉地嗎？」

「國二時我再造訪，人家說她已經不在那了。於是我一時之間不知如何是好，腦中忽然一片空白，逃離似地跑回來。印象中店裡的阿姨好像有叫住我，只要我肯問，或許也會把聯絡方式告訴我。阿姨說不定本來就想這麼做的。可是我太沒用了，從此與她失聯。」

低著頭的她肩膀微微抖動，彰彥輕拍她的背，引導她走到河邊圍欄旁。從包包裡拿出面紙，塞到她手中。

「不好意思。」

「不會……」

想說點什麼，應該說點什麼比較好。有這份心，但說不出口，只能站在她身邊。從以前就一直是這樣，要是把心裡想的事直接說出口，一定會很老套廉價，既幼稚又魯莽。別說傳達到對方心裡，搞不好還會破壞好不容易擁入懷抱的東西，不由得戒愼恐懼。要是能拿出更不一樣的東西就好了。

比方說唱歌或演奏樂器，畫畫或攝影，如果是運動員那就是體育競技，或者費盡心思種出的花，海底撈上來的貝殼，親手做的料理，想帶對方去看的景色，想讓對方聽的歌曲——

啊，原來如此。

「所以才用詩表達嗎？因爲無法去見她，所以寫下了那首詩，是這樣嗎？」

冬實抬起臉凝視彰彥，不知是否因爲眼睛有點濕潤，那目光令他聯想起深山裡的泉水。就是如此專注的眼神。

「要是我說錯了，很抱歉，但我認爲那首詩表現了想傳達也無法傳達的心情。」

「這個嘛——是啊。」

轉移視線，她往前一步，俯瞰河面。

「我的立場是趕走別人的那一方，就算被討厭也是理所當然，她卻對我那麼親切溫柔，忍不住就依賴起她來，厚著臉皮去找她好幾次。所以，當人家跟我說她已經不在那邊時，我才第一次察覺她可能不想見我，不希望我去，整個人大受衝擊。很好笑吧，這種事早就應該知道的，但我眞的沒想過要讓她難過，也沒想過會給她添麻煩。」

「因爲妳無法不去吧？」

聽了彰彥這句話，她只轉過半個頭，身體像逃避什麼似地壓在欄杆上。

「我有一點類似的經驗。」

「……工藤先生也有？」

「我的情形不是無法不去找對方，而是無法不掛心對方。就是剛才提到的那個『想讓他讀到這本書』的人。說不定他早就忘記我了。要是知道我這麼執著於他，大概還會被討厭吧。然而我就是擅自記掛著他，擅自不知所措。我是個躊躇不前的沒用之人，和我比起來，冬實小姐要率直多了。妳不需要爲自己情不自禁去找對方的心情自責。老師寫的小說也是一樣。希望妳不要爲自己無法成爲雨的事怨嘆，因爲溫柔的雨正落在妳身上。」

飄落河面的花瓣發出歌聲般的沙沙聲響，被河水帶往不知名的地方。透過葉間灑落的陽光照在凝視這一幕的冬實臉上，彰彥想起家永書稿中的一段。

不想被她看出自己的無能爲力，想看到她的笑容。這份私心該如何掩飾才好呢？擔心被看穿，另一方面，要是她眞的毫不懷疑也教人難耐。難道希望她在理解一切的狀況下原諒自己嗎？自己就是這種人嗎？

□

取得公司內部所有部門認同，《白花三葉草綻放時》開始朝出版方向動起來。稱爲「一校」的校稿已交給校對，錯漏字或內容上的矛盾點都會被仔細挑出，再送回責任編輯手上。在尙未獲得出版許可前就先進入這步驟，照理說是偷跑，幸好拜彰彥目前爲止行事可靠之賜，多少還能獲得一點通融。隨著這種經驗累積，想必自己也會變得愈來愈強韌。

冬實的詩，決定按照彰彥的期望原樣收錄。和家永約在咖啡廳報告這件事時，他只「喔」了一聲，沒有多說什麼。把確認過的校稿交給他，針對內容商量兩、三個地方之後，兩人只是一起喝起了咖啡。

「工藤老弟的鍥而不捨獲得最後勝利了呢。」

還以爲他想說什麼，原來是指順利出版的事。

「讓您久等，非常抱歉。」

「這點時間算不上等啦，畢竟這是個口頭承諾後放上好幾年不管也不稀奇的業界。」

「謝謝您這麼說。不過，只做口頭承諾還讓人家久等，眞是個得想辦法改掉的壞習慣。」

聽彰彥這麼一說，啜飲咖啡的家永只動了動眉毛。

「不好意思，我說大話了。」

「別這麼說，我只是在想，年輕的你感受到什麼了嗎？」

「該感受到的都感受到了。態度因人而異的做法我實在無法苟同，這麼想表示我還太嫩嗎？」

家永把杯子放回咖啡碟上，微微一笑。鏡片後的眼尾下垂，他有著討人喜歡的長相。

「還是要看程度喔。也有人表現得很過分，顯然是性格有問題。這種人就希望他改一下了，不是只有嘴巴改，連同肚子裡的東西都要改。不過，寫作的人也不能太依賴。能不能出書本來就得經歷一番嚴格的篩選，這是理所當然的。任何領域都一樣吧。怪編輯不好，怪業務不好，怪書店不好，怪讀者不好，要這樣怪下去根本沒完沒了，但就是忍不住。我自己以前就是這樣，所以很清楚。可是，要是希望人家注意你的作品，唯有自己先寫出那樣的作品。」

「是……」

彰彥發出佩服的聲音，但仍歪著頭提出疑問：

「這樣不是只有作家特別辛苦嗎？」

「嗯。不管怎麼說，我們這行都是自營業啊。一個弄不好，精神就會被逼到極限，經濟上也會走投無路。老是說什麼嚴格淘汰的，很容易產生偏頗吧，就各種意義來說，話不說清楚也是沒辦法的。」

彰彥不禁再次問道：

「話不說清楚才是最痛苦的吧？」

「雖然痛苦，但創作本來就是無法事先預料的。從無到有，然後等待別人評價。簡單來說，交出來的東西決定一切。要是事前給出承諾或簽訂契約，那麼打安全牌的人就會愈來愈多。這個業界之所以老是不把話講清楚，就是因爲可能有意外之喜，搞不好哪天就冒出誰也想像不到的驚人作品。你不想看看那種作品嗎？」

「想。」

這次彰彥也跟著笑了。

「讀者、出版社和作家都在追求觸電般的傑作吧，就像在追求一個無止盡的夢想，也因此產生了矛盾失望與醜陋的鬥爭，只能靠每個人自己去妥協了。」

在瞇起眼角的溫和微笑上，家永邊說邊露出彷彿望向遠方沉思的深刻表情。是想起什麼具體的事了？還是說給自己聽呢？坐在老舊咖啡館掛著褪色窗簾的窗邊，銀色砂糖罐發出柔光。

「總之，我希望你成爲一個能好好讀懂書稿的好編輯。」

自己有那能耐嗎？彰彥將差點脫口而出的話給吞了回去。現在除了讀懂書稿，似乎還要具備更多能力。家永說「交出來的東西決定一切」，然而光是要把作品帶到「交出來」這一步就不容易了，而且交出來後更是非贏不可。

□

和家永分開後，在往車站的途中，彰彥不情願地想起了相馬出版的國木戶。就在幾天前，幾個編輯陪人氣作家聚餐後，告訴他《白花三葉草綻放時》決定今年夏天出版的事。

儘管不同公司，至少他還算是自己的前輩，聽了這個消息後，他竟然毫不掩飾地露出嫌惡表情。不過，這是彰彥預料中的反應，他勉強克制不笑出來，志得意滿地挺起胸膛，錯過此時更待何時。

這下國木戶也沒戲唱了吧。再也不用擔心他横刀奪愛。正因爲之前被他說過絕對不可能出書，扳回一城的現在才會如此打從心底地爽快。

然而，敵人可沒這麼輕易認輸。

「哎呀，眞可憐。」

刻意用誇張的語氣這麼說，還朝彰彥投以令人不悅的一瞥。

「反正頂多印個幾千本吧？四千或五千？出版是出版了，結果還是被埋沒在眾多的出版品中不見天日。難得家永老師使盡渾身解數寫出這部作品，卻成爲你自我滿足的——」

說到這裡，國木戶也不得不閉嘴。只是從那笑得壞心的眼睛，一看就知道他想說什麼。「成爲你自我滿足的犧牲品」，他一定是想這麼說吧。這下彰彥也忍不住變臉了。

「國木戶先生。」

「好啦好啦，你等一下，我只是推心置腹地和你說眞心話啊。這時你也不想聽我講那種心口不一的漂亮話吧？」

自己先挑釁，等對方快要揍上來時才退後一步，這男人還眞是絲毫不能小看。

「請不要因爲自己輸了就找碴好嗎？有點男子氣概。」

「喔喔，講得眞了不起。這不是找碴，是忠告。別以爲你已經贏了，而且我也還沒輸。」

「書都已經確定在我們家出了。」

「好像是啊。不過只限單行本。你別忘了，最終形態是文庫本。現在電子書的銷售量雖然漸漸成長，紙本書依然是主流。兩年後，《白花三葉草綻放時》將進入我們出版社的文庫。工藤，你就盡力做個不入流的封面吧，這樣到時更能凸顯我們家的文庫本是如何讓這本書重獲新生。」

最後，國木戶發出炫耀勝利式的哈哈笑聲。原本那樣笑給對方聽的應該是自己才對。剛才不是還志得意滿地挺起胸膛，一副游刃有餘的樣子嗎？怎麼現在卻茫然站在原地。

戲劇性的發展令彰彥說不出話，國木戶拍拍彰彥的肩膀，像在鼓勵他，之後便大搖大擺地消失在街頭夜色中。

□

之所以沒有反擊，或許是因為在那個當下，彰彥已經隱約察覺國木戶想說什麼。說是奇蹟似地察覺也行，腦袋勉強還動得夠快。

單行本會在千石社發行。這事已經決定，也一定會好好出書。只是，發行數量肯定會被刪減到不能再刪為止。以現在家永的實際銷售成績來看，這也是沒辦法的事。但是，印量只有幾千本的書拿不到宣傳費。

結果就是埋沒在眾多新書中，連放上書店平台亮相的機會都沒有，只能直接上架。更嚴重甚至無法出現在店頭就遭到退書的命運。過去這些事一直與彰彥無關，就算聽說了也只是驚訝地說聲：「是喔？」現在才第一次覺得害怕。

賣不好就無法吸引目光，無法吸引目光就更賣不好。單行本如果沒賣出一定數量，在千石社也出不了文庫本。要出文庫本需要滿足幾個條件，過去因為單行本銷量不佳，沒能在千石社推出文庫本，最後由別家出版社出版文庫本的例子不勝枚舉。

如果讓目前的態勢持續發展，家永的作品幾年後，快的話兩年後，就會在國木戶的邀約下到相馬出版出文庫本了。最讓彰彥覺得丟臉的，不只是書被拿走，而是自己誇下海口說要出版這麼優秀的作品，卻幾乎無法把書送到讀者面前。想讓世人廣為認識這本書，只剩下出版文庫本這個機會了。文庫本發行數量大，相馬出版大概也會願意花宣傳費。

所謂「成為你自我滿足的犧牲品」不只是單純挖苦或愚弄，反而是無可反駁的事實。在彰彥的奮鬥下，單行本終於如願在千石社出版，接下來這兩年一定得讓更多人接觸這本書才行，絕對不能讓它從此埋沒，不見天日。

要是這麼跟家永說，他大概會笑著回說沒關係吧，說這是意料之中的事。光是能在千石社推出單行本就已經很值得，對作家來說，等於是在資歷上添上一筆閃閃發亮的功績。

可是，那並不是彰彥的目標。

抵達車站，穿過剪票口，走到月台上。從這裡遠眺高樓大廈，縫隙間看見一塊書店招牌。沒聽過的店名，大概不是大型書店。也不是連鎖書店。如果初版只能印幾千本的話，家永的書進不了那樣的書店。

就算「小尙」走進那間書店，也不可能看到這本書。

站在月台上，彰彥忍不住笑了。自己到底在做什麼？

5

出一本書，編輯該做幾項工作。首先，將完成的書稿列印成校對用的「校稿」，校對後交給作者，包括錯漏字在內，請作者修改需要修改的地方。這樣的修改通常會進行兩次，分別稱爲一校與二校。每次編輯都要能掌握內容更動之處，仔細確認上次提出的修正是否已修訂在最新版本上，同時還要進行封面、目次版型及書腰設計等等。

家永的作品《白花三葉草綻放時》已確定於八月發行，現在就差不多要著手製作了。可是在那之前，彰彥手上還有一本被公司視爲今夏重點作品的話題書，是一位叫佐佐沼謙的中堅作家的新書，他也是一位得過知名文學獎的作家。

只要是書賣得好的作家，不管哪本文學雜誌，都想搶到作品連載。一般來說，於雜誌上連載的作品之後都會集結成書。連載時作家先拿到一筆連載稿費，出書後還會再拿到版稅，等於一部作品有兩次收入。如果單行本出版幾年後又發行文庫本，那就是三次。除了稿費收入之外，雜誌連載有截稿期限，也有助於維持作家的創作動力，和責任編輯之間的往來更加密切，雙方也容易保持良好關係。對作家而言，作品在出書前有編輯先看過，等於能先得到對作品的反應與評價。

站在出版社的立場，現在文學雜誌多半虧本經營，本來應該沒能力支付高額連載稿費給作家。但是，各家出版社都在爭奪銷售有望的作家，想爭取就必須奉上好條件。之所以不顧收支平衡給出高於預算的稿費，爲的是日後集結成書後暢銷時的收入。文藝雜誌的赤字都是用這種方式補回，出版事業有很大一部分是對未來的「投資」。

未經雜誌連載，直接出書的作品稱爲「全新創作」，家永的《白花三葉草綻放時》就屬於這種，佐佐沼的新書也採用這種形式。其實這部作品原本已決定要在《文學千石》上連載，但因內容錯綜複雜，又是長篇作品，作家想把全書大綱整理出來之後再開始連載，當時的責任編輯也答應等待，沒想到寫到一半進度停滯，責任編輯調動到其他部門，大約一年前才由彰彥接手。

佐佐沼住在外縣市，很少到東京，總是待在自己堆滿資料的工作室默默寫作。彰彥第一次見到他，是剛交接時去打招呼。四十出頭的佐佐沼身材高瘦，似乎有點神經質，給人不太好相處的感覺。沉默寡言，未婚，不擅長與人交際——這是他自己說的。

彰彥成爲責任編輯後拿到佐佐沼寫到一半的書稿時，就已超過六百張稿紙，是與匯款詐騙有關，懸疑色彩濃厚的推理小說。先是發生殺人事件，從凶器刀子上又陸續追查出過去的事件。故事開頭非常吸引人，然而繼續往下讀，主角的獨白卻漸漸多了起來，使人難以專注於情節。有些鋪陳太過牽強，閱讀時腦中無法浮現畫面，明明是悽慘的場景，台詞卻太抽象，讓人讀不下去。

從第一次見面打過招呼後，彰彥就經常去拜訪他，試圖把話題帶到改稿上。還有其他出版社邀約的佐佐沼很忙，有一陣子就算直接去他家，他也忙得幾乎沒時間討論，甚至只能寒暄幾句後就得離開。對彰彥提出的修改建議，佐佐沼面露難色，默不吭聲就算了，有一次還直接從椅子上站起來走人。

半年過後，佐佐沼寄來了一張明信片，上面列出了幾個女性名字，問彰彥：「你覺得哪個好？」原來他決定採用彰彥的建議，把主角從男性改成女性。根據作家自己的說法，當初聽到彰彥建議時沒有不高興，只是太出乎意料，一頭栽下去認眞思考而已。特意寄明信片來，或許是他掩飾難爲情的方式，也或許是他也有這麼促狹的一面。

之後這本書的製作過程就順利多了。從頭開始修改，每個出現在書中的角色都有自己的故事，在紮實的敘事功力與縝密的情節鋪排下，三個月後呈現與原本完全不同的鮮明風格，完成作者和編輯都滿意的作品。

不經雜誌連載直接出書是總編的決定，之後更會以全新創作的規格大大宣傳，且由總編自己出馬直接取得佐佐沼同意。彰彥當然沒有意見，最近佐佐沼的作品陸續被改編成影視作品，大有引領風潮的架勢，他的最新作品很有可能一舉登上暢銷寶座。

關於書名，開了好幾次討論會議後，最後決定採用彰彥建議的「雙刃」。經過一校與二校的內容印成了「試讀本」，發送到全國各大書店，讓書店店員在出版前先閱讀，到時就能徵求他們寫推薦文。同時，試讀本也會放上公司官網特別設置的宣傳頁面。

公司內部有包括封面在內的設計部門，美編針對封面提出了好幾款一看就知道下過工夫的提案。就看要請插畫家畫封面，還是用攝影作品，或是選擇兩者組合拼貼的形式。委託剪紙或雕塑藝術家特地爲封面創作也是一個方法。

「書名比較陽剛硬派，比起照片，封面用插畫可能比較好？」

「用暖色系、調性溫和的插畫搭配銳利刀刃的照片如何？」

「背景全黑，用刀刃割出裂縫的插圖好像也滿有意思的。」

「如果要用照片表現，或許可以選擇城市街景的黑白照。」

在意見交錯的持續討論中，彰彥找出佐佐沼過去的所有作品，注意不要與過去的封面風格重複，同時也檢視市面上其他作家是否有類似的作品出版。

「這次的新書，就像是爲過去醞釀已久的題材注入了靈魂，令人從中感受到佐佐沼老師的『現在』，內容非常精彩，封面設計要以傳達這點爲目標。」

聽彰彥這麼一說，美編往前探身問：

「工藤先生有什麼建議？」

彰彥提了幾個屬意的插畫家名字。

「以灰色爲基調，請插畫家繪製一幅靜謐又有深度的畫，書名字體設計與刀刃圖案結合，同時展現冷靜的瘋狂與充滿知性的魄力，大概是這種感覺。」

幾個人同時做出理解的反應，立刻討論起該找哪位插畫家，正式決定後就提出委託。連喘口氣的時間都沒有，美編已經來指定書腰的顏色和內容細節了。

一方面緊張，另一方面彰彥也感到一股躍躍欲試的興奮，廢寢忘食的日子持續了好一段時間。這是盡情體會作品醍醐味的最佳時機，無論工作多繁雜，要開多少次會，也都不以爲苦。各路人馬針對作品認眞提出意見，爲的就是做出更好的成果。從無到有就是這麼有趣。

相較之下，比《雙刃》晚一個月出版的《白花三葉草綻放時》，各方面的回饋就顯得溫呑，相較之下，不禁爲兩者的差別待遇感到吃驚。

「既然要出就要做好。」大家都這樣笑笑地說，幫起忙來也很爽快。可是，就只是這樣。沒有人對書名提出反對意見，封面設計只用電子郵件提出幾個插畫家，意思是「大概像這樣，要用誰就交給你決定吧」。

那幾個插畫家都是拿得出好作品的專家，其中也有彰彥原本就想合作的人。如果想委託誰，只要寄封電子郵件過去，對方一定也會接下這個工作。書腰也隨彰彥高興用什麼顏色就用什麼顏色，提出的宣傳文案更是沒人多說什麼。

就像把材料放上輸送帶再按下開關，一切就會按照順序進行，很快就完成一本漂亮的書。趕得上發行日，可喜可賀、可喜可賀。

打從一開始就沒人期待這本書大賣。所以，誰也不會爲它多傷一點腦筋。就連曾經說過這本書有望爭取文學獎的總編，也好像完全忘了這件事。

□

印出佐佐沼新書《雙刃》的封面樣稿，和業務部開完會後，彰彥走向一個正在收拾資料的男人。

「誒，等一下。」

會議的氣氛熱絡，不時傳出爽朗笑聲。聽說試讀本的反應很好，大家都認爲這本書在知名書店的宣傳應該會進行得很順利。甚至有書店提議舉行簽書會，東京和大阪各找一天辦一場。已經有書店願意舉辦了，就等彰彥想辦法說服作者。

不擅長社交場合的佐佐沼或許不會一口答應，但是他很中意這次的書封，說不定還有說服他的可能。彰彥點點頭，說會去試試看。

經過一番熱烈討論，會議結束後，彰彥不顧一切地叫住了坐在後座的若王子。他狐疑地皺起眉頭，像是在意周遭視線般地輕輕點頭，明顯對彰彥有所防備。

不，不是那樣的，今天不是來找你吵架，也不是來找碴的。雖然想先這麼說，但是一想到兩人的關係竟然落得一開口就得先說這個，也真是尷尬。

「上次雖然那樣……可是，我有些事想和你說。」

「啥？」

「也不是什麼事，應該說想請教你吧，希望你給我一些意見。」

若王子站著不動，低下頭。其他參加會議的人沒注意到兩人互動，陸續走出會議室，最後一個離開的人揚了揚手中的鑰匙，彰彥就把鑰匙接過來。

「你應該很忙吧，抱歉耽誤你的時間。不只喝咖啡，下次我請你吃飯好不好，想吃什麼都行。能不能借我一點時間。」

「是私人的事嗎？」

「不，是公事。」

「那讓你請客也太奇怪了吧，特地來說這個也很莫名其妙。」

「嗯，只是，怎麼說……想向你這麼有能力的業務——」

「公司裡還有很多其他的業務啊。」

他說的沒錯。上次在書店劈頭叫住他，還以強硬的態度要他幫忙。當時弄擰的關係至今尚未修復，這次竟然又厚著臉皮找人家幫忙，未免也太自我中心了。想起被國木戶說過的話，不自覺地嘆了口氣。

「上次那樣叫住你，很抱歉，我一定會找機會彌補，想拜託你什麼事，應該等那之後再說。」

「究竟是什麼事？」

「就是……」

「如果是佐佐沼先生的新書，我會好好努力的。」

「這我知道，不是《雙刃》的事……」

若王子板著臉抬起頭。看到他僵硬的表情與冷淡的視線，這次輪到彰彥別過目光，嚅囁囁著說不出口。

怎麼立場會這麼弱呢？明明在剛才的會議中可以那麼無懼眾人視線啊。公司即將在今年夏天出版的主打書由自己負責編輯，也由自己擔任作者與其他人的聯絡窗口。不管是要簽書還是要採訪，每次有人提出要求，自己就要一次一次地徵詢作者，調整行事曆上的預定計畫。採訪時也要以助理身分隨行支援，不管到哪都跟著受款待。只要銷售數字好，不只編輯部，就連其他部門同事也會上前拍拍自己的肩膀，增刷再版時，第一個去向作者報告的人也是自己。

這些事，過去彰彥都認爲是理所當然。可是，貝村老師的書也好，北富老師的書也好，要是沒有眾人支持，就不可能在短時間內達到目標銷售數字。所以，彰彥從未在公司裡大搖大擺，更不曾拿銷售量說嘴自己的功勞，畢竟手頭負責的作家幾乎都是從前輩手中交接而來，《雙刃》更是連書稿都是從前輩那裡接手的。所以彰彥從來不曾做出誇耀工作成果的丟臉行爲，只是一心一意做好自己該做的職務。

可是，還有太多他不懂的事，例如爲了幾乎無法預測銷售量的作品看別人臉色，低頭拜託人家，這種經驗彰彥就不曾有過。因爲家永的作品很好，所以想出版成書，於是懷抱著熱情推動這件事，也帶著自信說服了周遭眾人。

如果只是想出書，這件事早就已經抵達終點，因爲只要把書放上自動輸送帶就完成了生產。然而，彰彥不希望這本書就這樣結束，因此就非得低頭請求協助不可。儘管過去就算不低頭求人，書出版後都有不錯的成績。

「工藤先生？」

「喔喔，嗯，是家永老師的書啦。《白花三葉草綻放時》，要怎麼做才能賣到增刷呢？我想請教你的意見。」

「原來是這件事啊。」

若王子反問的語氣有點驚訝。彰彥倉皇逃避他的視線，一時之間只能說出打圓場的話：

「不管怎麼說，八月出版時還是要請你們幫忙……」

「如果是這件事，我可以騰出時間喔。」

眼前的笑容既高傲又不討喜，充滿挑釁與不友善，而且還很妄自尊大，一副打著什麼壞主意的樣子。

□

一個小時過後，彰彥和若王子來到了公司附近的咖啡廳。

各自點的飲料都上了桌，氣氛不但依然尷尬，甚至更增添了幾分。這次絕對不能再一言不合就起爭執，都這把年紀了，何況現在更不是吵架的時候。當彰彥這麼提醒自己，並深吸了一口氣之後，若王子先開了口：

「剛才你說，希望家永老師的書能夠增刷？」

「對，所以想借助你的智慧。」

其實很想說「希望你能幫忙」，但是一陣猶豫之後，還是把這話給吞了回去。一方面是自制心阻止了自己再次大言不慚，一方面也還無法百分之百信賴眼前這個男人。

無人可以依靠，只是無論如何都想盡可能提高銷售量，而知道如何以最有效率的方式達到這個「盡可能」的，肯定是眼前這個人了。

「在車站大樓咖啡店裡劈頭就要你幫忙是我不好，不好好向你道歉不行。」

「不，那件事已經沒關係了，當時我也把話說得太過分。過去和工藤先生一起工作過幾次，隱約感覺到你是還沒染上千石社習性的人。可是那時聽你那麼一說，就擅自認定你還是和別人一樣，沒來由地就是一陣火大。」

所以當時是氣到抓狂了嗎？和低頭道歉的若王子四目相接，第一次看到他露出比實際年齡青澀的爽朗笑容。不，在自己不由分說地要他協助之前，他一直是這樣彬彬有禮又認眞，讓人很有好感的後輩。是這次的事讓彰彥看見他的另外一面，已經無法再用爽朗或是好感之類的詞彙形容他了。

「後來看到的工藤先生，果然還是不太像傳統千石社的人。既然如此，我願意毫不保留地和你分享所謂的智慧或意見，也會提供身爲業務的實質幫助。」

「謝謝，這樣就太好了。」

「但是在那之前，我可以先說句不客氣的話嗎？」

他說得很認眞，彰彥也點點頭。

「不管再怎麼努力，《白花三葉草綻放時》或許還是無法增刷，也或許拿不出太亮眼的成績。我大學時就一直在學習銷售策略，比方說下什麼樣的廣告能推動什麼樣的市場，或是對哪些族群的消費者下哪種廣告最有效之類的。」

「所以你才會被分發到業務部？」

這次換若王子點頭了。他說進公司時的第一志願就是業務部。

「原本我的目標是進廣告公司，即使是出版社，只要是業務部或廣告部也可以。進了千石社，我才意外發現這裡觀念死板的人很多……啊，話題岔遠了。總之，我想說的是——應該說，我在這裡工作四年半以來，深切體悟到的是，賣東西很難，人們總是不肯掏腰包，所以工藤先生和我不管多努力，《白花三葉草綻放時》或許還是不會賣。可是，請你不要認爲那是失敗。促銷活動的成果絕對不會是零，總會有哪裡的誰，即使只買一本也好，那就是有價值的事。當然，這份工作必須這樣想才能做得下去。不過，一本一定有一天會變成一百本，一千本，甚至是一萬本。書就是這麼特殊的商品。現在我們在這裡播種灌溉，爲的可能是幾年後的誰，爲了感動那個人而努力。這種事在這個領域是非常有可能發生的，而這是我從其他出版社業務身上所學到的。」

「爲的可能是幾年後的誰，爲了感動那個人……」

重複若王子說的話，彰彥彷彿感受到一陣風吹拂過河面。輕撫粼粼發光的水面，岸邊花草隨風搖曳，朝石橋另一端流動的風。沒有人的目光能捕捉，也不爲誰停留，但是這陣風還會再次吹回身邊，重獲新生，不斷循環。

「需要的是耐力呢。」

沒聽清楚若王子低喃的這句話，彰彥「嗯？」了一聲。

「當然也有一出版就暢銷的書，在報紙廣告和書腰寫上漂亮的數字，還可以寫在店頭ＰＯＰ上當宣傳。可是，只有極少數作品能做到這樣。幾乎所有書都一點也不賣，這時到底是要選擇沮喪，還是選擇忍耐呢？真要說的話，我很不擅長忍耐。比起耐著性子等待，我寧可去找開拓更多機會的方法。」

彰彥笑了。若王子比外表看起來更積極，一旦嘗試看到成果，他馬上就會去想下一步怎麼走吧？

「只要不放棄地撐過一年，第二年局面就會慢慢改變。該怎麼說呢，真的就像學生時代常在報告或講義上看到的例子，當時心想，是喔，原來如此，但實際上輪到自己試著去做，才發現實在有夠無聊……啊，怎麼都是我在說。」

「不，沒關係，你說得很有趣。」

「工藤先生看起來就很會忍。」

「倒也沒有喔。編輯的工作本來就是長期抗戰。找作家邀稿後，等個三、四年才回覆也是常有的事。等到進入正式流程，要想主題又要想架構，一次又一次地討論，往往得花上一年才開始連載。長篇作品一連載就是好幾年，結束最後一回連載才進入單行本的編輯，快的話三個月後成書，文庫本又是兩、三年後的事了。通常一部作品前前後後差不多得放在手邊四、五年。」

若王子睜圓了眼睛說「是喔」，彰彥也不客氣地笑了。

「我分發到文學部門才三年，也還是經驗不足的菜鳥啦。」

「明明在同一家公司工作，不同部門做的事還差眞多。」

「嗯，我也不懂業務的事，要是懂的話，上次就不會說那麼強人所難的話了。」

「你爲了挽回那件事所做的努力才眞的令我驚嘆。工藤先生要是來業務部，一定會成爲強勁的對手。」

「但我現在只能低頭請求你的協助啊。」

「就是這樣才可怕。」

若王子說著，把身體往後拉，斜斜望向彰彥。

「只要有必要，就連起過爭執的後輩你也願意低頭。無論何時何地，你總能做出冷靜的判斷。爲了完成自己想做的事，即使向別人低頭也在所不惜。這是爲什麼呢？我很有興趣知道，請務必讓我陪同你去做這件事，直到看到結果爲止。」

聽到若王子以宏亮的聲音答應協助，彰彥一方面暗自鬆了口氣，一方面也有些疑惑。

所謂「自己想做的事」是什麼呢？只不過是希望家永的書稿能出版成書，希望能順利收錄冬實的詩，希望那個人總有一天看到這本書。也有一部分是想給國木戶好看。總之，都是些自我滿足的理由。

「初版印量大概不多，雖然我會想辦法爭取就是了。」

「在我們公司有這種想法的人很少見喔，一起加油吧。封面打算怎麼辦？」

一談起具體細節，彰彥也轉換了情緒，將桌上的咖啡杯盤移到一旁，打開自己的筆記型電腦。關於封面，早已想好幾個方案了。

一個是以開滿白花三葉的草原爲主視覺的封面。可以只是一片原野，也可以有人躺在草原上，旁邊放上帽子、筆記本和手提包等等。

另一個主題是用花編成的花冠。戴上花冠微笑的小女孩，或只是將花冠放在長椅上。還有一個以河川爲主題的。河堤上的走道，搭配從橋上望出去的景色。

也想過把「雨」這個元素放進去。綿綿不停的雨，整體籠罩在一片白色煙霧中。水窪，撐傘的人。

或者以書中少女爲主，描繪她的側臉與走路的姿態。

「你覺得怎麼樣？」

「我想想喔，如果書名確定是『白花三葉草綻放時』，或許避免直接放上草原和花比較好。」

聽若王子這麼一說，彰彥雖不情願也只能點頭，封面視覺如果與書名太一致，會給讀者一種把什麼都說完了的掃興感，還沒開始看就不想看了。

「如果是我，會安排與主角無關的一對親子走在河堤上，孩子揹著小學書包，用遠景的方式呈現應該頗有意境。」

「喔喔，有道理。」

「或是在下雨的窗邊放上玻璃杯，裡面插朵野花……會不會太老套？」

這種組合的話，窗玻璃上應該還有雨滴滑落吧。旁邊掛著蕾絲窗簾，就像年輕女生喜歡的雜貨型錄。

「這麼說起來，工藤先生想的幾個方案都沒有以學校爲主題的呢。」

「嗯。如果用校舍或教室、操場這類形象，好像又太刻意了。」

「確實如此。只因故事舞台設定在中學夜校，就用了夜晚開燈的校舍形象當封面，可能會讓人以爲是紀實文學。那樣就不妙了。」

不愧是若王子，腦筋動得很快，彰彥一說他就懂了。

主角是中年教師，故事情節以他和學生的互動爲主，但並不侷限在學校這個框架裡，作品的世界觀也可以在教室以外的地方展現。不同年齡、不同立場、不同境遇、不同國籍的人們在此相遇，對彼此的人生帶來影響。

「書名與內容都很抒情又細膩，但是封面要不要直接點出，還是要刻意迴避，是個令人苦惱的問題。」

「眞的會很苦惱耶，我認爲還要考慮到作者是男性。要是折頁放上作者簡介，一翻開看就知道作者年紀不輕。這麼一來，太漂亮的封面會讓人以爲只是中年男人的多愁善感，不喜歡懷舊調調的人可能無法接受。」

「那樣的話，倒不如乾脆以偏現實的手法呈現，例如散發生活感的日常風景之類的。」

「用河流當主題就太夢幻了。」

說著說著，彰彥腦中靈光一現。

「教職員室如何？」

「喔喔！」

「白天的教職員室，光線昏暗，幾乎沒什麼人。」

「不錯耶。辦公桌上亂七八糟堆著資料夾和教科書、參考書等。對面的窗外在戶外光線照射下特別明亮。」

「讓窗戶打開好了，奶油色的窗簾隨風飄起，營造開闊感。」

白天校園裡有老師在也不奇怪，可是學生們這個時間點都在城市各個角落工作，爲了賺一點生活費而承受著不正當的歧視與不合理的待遇，等到太陽下山，才急忙趕去學校。等待學生到來的教職員室窗邊，以簡潔的字體放上書名。

爲什麼書名會叫「白花三葉草」呢？希望讀者爲此產生好奇心，拿起這本書來看。至於雨霧瀰漫的綠色原野，每個人在自己心中描繪就好。

□

要取得現實中的教職員室拍攝許可很困難，於是彰彥找了擅長寫實畫風的插畫家討論。來回修改了幾次，終於畫出心中理想的畫面，剩下的封面設計，就交給統籌的美編。

同一時期，《雙刃》展開了宣傳活動。還沒正式出版，這本書就已經成爲話題，自家雜誌《小說千石》及《週刊千石》就不用說了，連經銷商發行的新書快報和專業書評月刊雜誌都刊登了相關專訪。

拜託住在外縣市的佐佐沼來一趟東京，接連安排了好幾個採訪行程。和對方窗口聯絡，調整專訪行程也是編輯的工作。幸好彰彥不是沒有負責過話題作品。一方面盡可能配合佐佐沼的步調調整安排，一方面提醒自己保持平常心，放輕鬆。

相反地，家永的新書沒有接獲任何專訪邀請。

「這種時候只能到處拜託了，有沒有哪裡願意賣你這個面子的？」

被若王子這麼一問，彰彥也只找到《小說千石》的編輯，說服對方刊登包括封面在內的新書介紹。除此之外，就想不出其他媒體了。

「這樣下去，《白花三葉草綻放時》的書評將不會出現在任何地方。畢竟作家不是新人，缺乏新鮮感和挖掘感，內容又少了點噱頭。工藤先生上次說過，只要一讀就知道這本書有多好，對吧？可是連找書評家來讀，可能都不是容易的事。」

「連以閱讀爲業的書評家也有困難？」

上次狠狠吃了若王子的閉門羹，爲的就是這件事。要是原本的彰彥，可能已經變臉質問「你這是什麼意思」了，但現在他深吸了一口氣，腦中試著想像這幾個月市面上已經發行的書。大大小小出版社推出的大量作品，光是想把書名排列出來都排不完。每一本書的相關者，當然都打從心底祈求自己手上的書暢銷。這不只是心情上的問題，就商務競爭的層面來說也是如此。

「必須要有吸引人注意力的書評才行，話題作之所以成爲話題，就是因爲有那個話題。要是沒有，只好自己做一個出來。」

「怎麼做？」

「要製造『吸引力』，一聽到是工藤先生經手的作品就想讀讀看，如果有這樣的東西就好了。這種事最近很常見喔，編輯在書評家或書店店員之間打出名號。大家都說，只要是某某人做的書就會想看。」

「編輯也可以成爲賣點嗎？」

彰彥如此反問，若王子一臉理所當然，點了點頭說「對啊」。

「可是，等一下，編輯充其量只能是幕後的無名推手吧？」

「愛出風頭的那種類型我也受不了喔。可是，如果有抱持『因爲作品很好，希望更多人看到，請務必幫忙』這種態度的人，推出的又確實是好作品，大家對這個人推薦的作品自然會感興趣吧？我說的『吸引力』就是這個。不是直接對讀者宣傳，而是對更前一線的人推廣作品的優點，提高他們的期待和興趣。這是製造話題作時非常重要的一個步驟。其他出版社也有這樣的編輯喔，和書評家或書店店員保持交流，建立良好關係的編輯。」

他這話說得似乎帶點諷刺，彰彥故意不點破，只是詢問：

「你說的該不會是相馬出版的國木戶？」

「是啊，不分男女，書店店員都很喜歡他喔。無論是打樣，還是宣傳品，只要那個人開口，大家都搶著要，他也會親自送到書店。」

一股後悔之情湧上心頭，眼前瞬間浮現過往的某一幕。那是某文學獎的頒獎派對，國木戶不時和來參加的書店店員親暱談笑，有時聊即將發行的書，有時笑著說「請務必幫忙了」，有時請書店店員傳店裡宣傳品陳設的照片給他，說是答應要轉交給作者看，或是開心地單純和對方聊起最近讀到覺得有趣的書和暢銷書的話題。

「我也應該更積極與書店店員交流才對。」

「工藤先生去巡店時，我跟著去過幾次。幸好你對誰都一視同仁，態度懇切，至少是個讓人滿有好感的編輯啦。」

「這個『幸好』的等級還眞是非常低呢。在派對之類的場合遇到當然會打招呼啊，平常受到關照的書店也會積極去道謝，但也就僅止於此。應該和書店店員們建立更推心置腹的交情才對，這樣現在就能把家永老師的書拜託給他們了。」

編輯的工作充其量只是做書，這個彰彥當然知道。若王子也不是要他去拍書店店員的馬屁，只是，除了把書做出來，還會主動做更多的編輯大有人在。

沒有人教過自己要那麼做。不，那本來就不是份內的工作。眞要說的話，也沒有人應該教這種事。國木戶一定也是做了無法只靠業務推動的書，陷入銷售苦戰，在找書店工作人員商量或尋求書店幫助之際，慢慢增加了這方面的人脈。

「我到底都在做什麼，眞希望有時光機……」

「搭上時光機又能怎樣？」

「回到過去重新來過啊。去讓書店店員們知道我很有心要賣書，拚命工作又誠懇，還是個有才華的編輯。這樣家永老師的《白花三葉草綻放時》出書時，就能得到大家的協助了。」

「看不出來你這人頭腦竟然這麼簡單。」

「隨便你怎麼說都好。想增刷至少要先賣破一萬本，否則這本書幾乎一推出就不見天日，等著兩年後被相馬出版拿走。」

把國木戶打算出文庫本的事告訴若王子，他發出朝氣蓬勃的笑聲：

「如果對手是那個人，競爭起來倒是勢均力敵。這張戰帖，我就收下了。」

「不對，現在又不是在找架吵。話說回來，你有勝算嗎？」

「當然有。很不巧，時光機沒有被發明出來，無法回到過去。可是，這不改工藤先生經手過好幾本暢銷書的事實。我會好好利用這一點的。」

他充滿自信的發言，聽了固然令人欣慰，但是所謂的利用，到底是怎麼個利用法呢？彰彥不明就裡地歪了歪頭，這麼說來——

「對了，《雙刃》就快出版了，到時陪同作者舉行簽書會或到各大書店致意的機會也會增加。我該在這時先拜託店員關照家永老師的書嗎？這麼做對佐佐沼老師很失禮，所以我不太想這樣。這麼想會太天真嗎？」

「你在說什麼啊。《雙刃》和佐佐沼老師當然也很重要啊。請千萬不要做那種失禮的事。我會採取更有效的方法，要是書店店員來跟你說什麼，還請過來找我討論喔。」

說到最後那個「喔」時，若王子掛著似有深意的笑，彰彥卻完全聽不懂他想表達什麼。不過，國木戶在整個千石社裡唯一戒備的人，的確不是別人，就是他，若王子。

要是知道若王子出馬了，國木戶不知道會出現什麼表情。光想像就令彰彥產生一陣久違的好心情。

□

佐佐沼謙的新書《雙刃》順利發行，盛大陳列於書店店面之際，《白花三葉草綻放時》的封面也出了打樣，書名與作者名下的封面插畫中，前方畫的是放有資料夾、字典與參考書的辦公桌，後方則畫上一扇大窗，窗外一片亮晃晃的日光；明亮窗邊放有及腰高的櫃子，上面擺著一個玻璃瓶。

隨性插在玻璃瓶裡的就是白花三葉草的花，雖然巧妙與整片景色融爲一體，卻在不知不覺中令人留下深刻印象。

書名以軟性的手寫字體呈現，龍飛鳳舞地躍然紙上。

一拿給若王子看，他立刻彩色影印了幾份，說要在巡視書店時帶去。透過他的介紹，已經有超過十位書店店員拿了內容打樣去看。和花費預算製作試讀本的《雙刃》當然無法相比，但店員們回饋的感想每每令彰彥讀了心頭一熱。

將封面打樣寄給作者家永時，彰彥附上了一封信，問了關於冬實的事。因爲冬實曾說很期待看到這本書，能不能也讓她看看封面打樣呢？家永在告知已經收到打樣宅配的回信中，非常乾脆地回覆了「沒關係啊」。

□

和冬實約在中目黑車站附近的自助式咖啡店，上次沿河邊散步時曾去過一次。其實這附近多得是更時髦的咖啡店，彰彥甚至還想請她一起吃個午餐或晚餐，但感覺得出她不願意，也就按照她希望的約在這裡了。

心想至少找個好說話一點的位子，提早出門來到店裡，找了靠牆的位子坐下來喝冰咖啡。冬實準時在約定時間出現，美甲店今天似乎公休，約的是平日傍晚。

她很快就發現彰彥，自己先買好拿鐵才走過來。第一次看到穿牛仔褲的冬實。白色棉質上衣，外面罩著一件長版針織外套。配合這一身休閒裝扮，打招呼的語氣也是至今爲止最隨性的一次，臉上展現自然放鬆的笑容。

第一次見到她，是在櫻花轉綠的四月中旬，後來交換了幾次電子郵件，冬實曾提到她是貝村的書迷，有一次彰彥就帶了大阪書店特製的貝村相關刊物給她。那次約在她工作的車站大樓內，兩人只站著講了幾句話。

那是六月初的事，所以今天等於睽違一個半月再次見面，而像這樣好好坐下來講話，更是已經事隔三月。

彰彥拿出事先準備好的《雙刃》，冬實不好意思地收下。是彰彥要她別花錢買的。只見冬實雙手小心翼翼地捧著書，高興地翻看起來，彰彥不由得感到一陣幸福。看得出她不是爲了表達謝意才露出高興的表情，而是眞的很期待佐佐沼的新作品。看著這樣的她，彰彥自己也開心起來。

「看完之後我再跟你說感想。」

「最好不要晚上看喔，因爲情節愈來愈有趣，妳會停不下來的。」

「被你這麼一說，我更想趕快看了啦。聽說這本書大受好評，已經確定增刷了吧？」

「託大家的福，之後銷售量還會愈來愈好。」

「哇，好想趕快開始看。」

接下來，兩人聊了一陣佐佐沼過去的作品，話題又延伸到貝村的著作，彰彥透露了一些正在《文學千石》連載的作品於蒐集寫作資料時的小插曲，把冬實逗得樂不可支，開心的臉上表情生動。

回過神來，兩個小時就這麼過了。雖然很想乾脆約她吃晚飯，但彰彥有非得在今天內完成不可的工作，只好在同一家店裡再點了咖啡和三明治。冬實也留下來陪著吃，這時才終於把今天約她出來的目的——封面打樣拿出來。

「妳有想像過會是什麼樣的封面嗎？」

「書名是《白花三葉草綻放時》，對吧？我還沒讀過，不知道內容在寫什麼，若光看書名的話，或許會是原野的景象吧？綠色草原上開著星星點點的小白花。」

彰彥點頭表示理解，一邊伸手去拿檔案夾，從裡面抽出封面打樣遞給她。

「咦？這是哪裡？屋子裡？」

「教職員室裡。」

「原來是這樣啊，沒記錯的話，故事舞台是中學夜校，對吧？不過這張圖不是晚上呢。啊，有白花三葉草的花。」

她塗上透明指甲油的指尖觸摸封面上的白花。就在窗邊櫃子上，插在玻璃瓶裡的野花。彰彥彷彿看到閃亮的光芒從那裡騰起。她笑得毫無心機，眼裡也有小小的光芒閃爍。

□

那天晚上，在等約好傳來的傳眞時，彰彥從公司打電話到姊姊家。先前姊姊傳了電子郵件來，說收到彰彥寄去的《雙刃》了。看到郵件裡附上的外甥女照片，忽然想和姊姊說聲「很可愛嘛」。

順便還有件事想問。傍晚與冬實的對話，在心裡留下了溫柔的餘韻。就像插畫裡的那扇窗，那種想對外敞開心扉的感覺，讓彰彥就這麼一鼓作氣地在電話裡開了口。

「妳最近啊，有沒有聽到什麼小尙的消息？」

一聽到彰彥口中吐出這個名字，剛才還爲自己女兒被稱讚而高興萬分的姊姊，語氣瞬間改變。

「幹嘛突然問這個？怎麼了？」

「沒怎麼啊，所以才問妳不是嗎？如果妳知道什麼消息，就和我說。」

一陣沉默後，姊姊才用沉重的語氣開口：

「你知道到什麼程度？」

「什麼什麼程度？」

「他聯絡了爸爸，向爸爸要錢，金額還很大。」

彰彥說不出話來。晚上辦公室的空調關閉，剛才還熱得打開桌上的電扇吹，現在卻覺手腳冰冷。

無法繼續坐著不動，彰彥站起來，一邊小心不讓辦公室裡其他留下來加班的前輩注意，一邊移動到隔間櫃後方。

「什麼意思，怎麼一回事？」

「你完全不知道這件事？這樣不能在電話裡說。」

「妳不跟我講，我怎麼知道什麼事。」

「不行，你自己去問爸。」

聽到姊姊說不出是煩躁還是憤怒的嚴厲聲音，彰彥忍不住倒抽了一口氣。不知爲何，腦中浮現了一張哭泣的臉。那是小時候，嘴上說著不甘心、不原諒，哭著耍賴的姊姊的臉。那次好像是和朋友吵架吧。

「你也已經是獨當一面的大人了，想知道什麼，就自己好好去問，不管什麼事都要知道一下比較好，否則眞出了什麼事，你會幫不了任何人。」

最後姊姊按照一貫作風，把自己想說的話說完就掛了電話。拿著手機，彰彥的視線往窗外望去。遠方的商務大樓一如往常燈火通明，光影卻有些模糊。原來不知何時下起了雨，幾道雨水沿著窗玻璃滑落。

□

所謂「剛懂事的年紀」指的是幾歲呢？彰彥自己最早的記憶應該是上幼稚園之前，去附近鄰居家看剛出生的小狗。因爲當時的家沒住多久，可以肯定就是那個時期。

躺著的母狗身邊擠著一團一團的小東西，那到底有四隻，還是五隻？已經記不清楚了。只記得看在年幼的自己眼中，依然是充滿慈愛，可貴又神聖的一幕。

「不能伸手摸喔。」

忘了是誰這麼說的。大概是那戶人家的人吧。

「因爲媽媽會非常愼重地保護剛出生的小嬰兒。」

很有說服力的理由。蹲著看小狗，彰彥把雙手深深塞進對折的身體裡，用力握緊拳頭，這樣就算有人硬要抓著自己的手去摸，也摸不到。和母狗比起來，小狗的身體小得令人擔心，分不出看起來非常柔軟的身體到底哪邊是頭，哪邊是腳，眼睛和嘴巴也都緊緊閉著。

「希望大家都能平安長大。」

說這句話的，是另一個人。

「弱者難以生存啊。」

這句話，不知道是一起去看小狗時說的，還是聽彰彥回家後說起小狗的事時發出的喟嘆。記不清楚了。事到如今，連他有沒有講過這句話都不確定。確實曾去看剛出生的小狗，但關於這句話的記憶，就不是那麼肯定了。

那時自己約是三歲，算起來尚樹就是十三歲，還是個國中生。

彰彥老家位於神奈川縣西部H市，不是靠海的南邊，而是從JR車站往北的山邊田園地區。從前H市也曾是個獨立的地方城市，有過一段繁榮時光，附近居民經常聚集在車站前，還稱得上熱鬧。然而，自從交通變得更方便，搭電車到東京不用一個小時之後，H市就成了首都通勤圈的一部分，新興住宅區不斷建造，蓋起一棟又一棟大型公寓，人口固然增多，城鎮本身卻愈來愈失去活力。早期住在這裡的人總是這麼說。

老家所在的H市，北部保留不少田地，雜樹林和空地也多，只要不去看整理得特別乾淨美觀的新建案預定地，放眼望去就是個只有悠閒稱得上優點的鄉下小鎮，與其說是城鎮，或許更像個小村子吧。

工藤家長久在這裡守護祖先傳下來的土地，偶爾賣掉幾塊地。漸漸不再從事農業後，以投注資金的方式展開新事業，有時當客運公司董事，有時當農業實驗所的所長或專門學校理事長，有時兼任旅行社董事……這些職務與頭銜，一路從曾祖父手中傳給祖父繼承。

家道興盛持續了好些年。祖父母在自己住的老家舊宅隔壁，爲兒子一家人蓋了新房。彰彥出生不久就搬到這個家住了，聽說在那之前住的是城裡的公寓。

姊姊對以前住的家還有印象。她說本來應該在那個家住更久才對，搬來現在這個家是倉促下的決定。好像是母親在跟朋友講這件事時，被她不小心聽見了。

母親的意思似乎是說，並非一個屋簷下的兩代同堂，只是蓋在同一塊土地上的另一棟新房，自己也知道這樣很幸運，只是祖父母原本答應過父親和她，可以趁年輕時多過幾年自由生活，公寓住起來也比較輕鬆，沒想到這麼早就得搬回老家一起住。

母親皺起眉頭接著說：

「可是也沒辦法，我公公那個人都這樣低頭拜託了。」

聽說祖父是個爽朗海派、講情重義的人。別人拜託他的事從不拒絕，不但不會騙人，反而屬於容易上當被騙的類型，天生的少爺個性。他上有三個姊姊，對曾祖父而言，祖父是好不容易得來的兒子，從小就被以家族接班人的身分栽培長大。

繼承曾祖父的一切，又順利遇上日本高度成長期，祖父開過好幾間公司，除了受到親戚仰賴，對附近鄰居來說也是可靠的存在。家庭似乎相當圓滿，夫妻兩人身體健康，偶爾休假旅遊，不但玩遍國內，連夏威夷和歐洲等地也一起去了，可見感情很好。獨生子從縣內大學畢業後，直接在地方上的信用金庫找到工作，和高中時代的同學結婚。隔年就生了小孩，對只有這個獨生子的祖父母來說，這個長孫女簡直就是掌上明珠，疼愛得不得了。取名愛美的孫女正是彰彥的姊姊。祖父母也很開明，他們對父親和母親說，「你們年輕人就繼續住公寓吧，享享一家三口不受打擾的天倫之樂。」

有一次，彰彥找到姊姊嬰兒時期的相簿，照片裡，祖父母和父母輪流抱著連脖子都還伸不直的她，笑得非常幸福。看到這些照片時，彰彥心情有點複雜。有點像是旁觀冷笑，又不由得寄予同情憐憫，感覺自己像個無關的第三者。

姊姊滿一歲的生日前，大約是三月初，祖父帶了一個男孩回家。這孩子是他和某個女人生的小孩，四月要上小學，名叫尙樹。祖父的名字是良尙，彰彥的父親名叫良一。原來父親竟有個小十六歲的同父異母弟弟。

突如其來的這件事，徹底顛覆了原本寧靜的家庭，其中尤以祖母受到的打擊最大。她向來是公認也自認的賢妻良母，不曾做過任何讓人在背後指指點點的事，擁有老實顧家的丈夫和開朗溫柔的兒子，現在又多了個可愛的媳婦，第一個孫輩也誕生了，照理說原本該是人生沒有一絲污點的好人家太太。丈夫在外有情婦，甚至還生了私生子，這種事對她而言完全是晴天霹靂。從來沒懷疑過丈夫會做這種事，小孩卻已經七歲了，到底從什麼時候開始出軌的呢？

據說當年祖父幾乎要下跪道歉了。外遇對象很年輕就過世，孩子是外公、外婆帶大的，可是老人家身體也不好，沒辦法繼續照顧他，只好來拜託親生父親收養。

彼時祖父五十四歲，祖母四十七歲。儘管實在無法接受這件事，卻也無法將祖父趕出家門，而祖母也不想離開自己嫁過來守護了二十幾年的家。

那個被帶來的男孩，就這麼順理成章地住了下去。祖父樂觀地以為生活會慢慢上軌道，祖母的心情卻無論如何都無法平復，不但把氣出在東西上，還開始拿孩子發洩怨氣，好幾次口出惡言。看到她凶神惡煞的模樣，祖父嚇得要兒子媳婦趕緊搬回老家附近。

到這邊為止，彰彥是從母親、姊姊和好幾個親戚口中聽來的，他自己知道的，則是搬回老家之後的事了。

從小，自家隔壁就是爺爺、奶奶家，家裡還住了一個大自己十歲的小哥哥。聽大人說那是親戚的小孩，因為父母和姊姊都喊他「小尚」，彰彥也就跟著這麼喊。家裡對外說是收養了父母雙亡的可憐小孩，但這種謊言只能暫時矇騙，不可能一輩子瞞下去。

小尚有時會叫祖父「爸爸」。

□

星期六中午過後從東京出發，抵達家裡已是下午三點多。這個時期白天時間長，外面天色還很亮。因為彰彥臨時才說要回來，早已跟人有約的媽媽不在家。

一從玄關進門，父親就坐在冷氣開得很強的客廳對彰彥招手，一邊說著「你媽有交代」，一邊從冰箱裡拿出冰咖啡與水羊羹。說好久沒回來也還好，過年時才回來過。從家裡雜亂的情形看來，這裡還是自己那個無可取代的熟悉的家。

仔細一看，家裡多出不少絨毛娃娃和玩偶，牆上貼著看似小孩塗鴉的圖畫。姊姊一定很常帶孩子回來吧。客廳邊櫃上排了一整排彰彥編輯的書。

沒上二樓自己的房間，直接坐在涼快的客廳裡吃喝父親拿出來的食物，身上汗水差不多晾乾時，父親要彰彥先去主屋打個招呼。

「她知道我要來嗎？」

「我沒說，不過你就去露個臉吧。我已經告訴她說晚餐會出去吃了，應該不會留你。其實只要看到你，奶奶就很高興了。」

「好。」

即使沒打算嘆氣，還是不自然地呼了一口氣。父親無奈地皺起眉頭。

「就算那樣，奶奶也已仁至義盡，自認用她自己的方式疼愛過他了。我好像不該講『就算那樣』，還有『自認』也是多餘的。」

父親從以前就是個明理的人，脾氣也很溫和。儘管對於這一點，彰彥有過莫名難耐的時期，但是身為獨生子，父親有許多東西得用自己的方式守護才行吧。拜他之賜，現在父子倆也才能像這樣坐在工藤家的客廳裡吃手工水羊羹，維持一定的和平。

「你今天是來找我談尚樹的事吧？」

「你聽說了？」

「愛美打電話和你媽說的，說小彰應該會回來一趟。講這件事我是無所謂，不過你還是先去和奶奶打聲招呼吧。不然，聽我說完之後怕你會不想去。」

父親這話說得很有說服力。彰彥下定決心站起來，套上玄關拖鞋走出去。橫過曬衣場，繞到位於整塊建地東側的主屋。

兩棟建築是分開的，進出時走的也是各自的大門，就算不去打招呼直接離開，祖母也未必會知道自己回來過。只是，難保不被附近鄰居看見，要是傳進祖母耳中，不知道她會說什麼，那可就麻煩了，父親擔心的或許是這個吧。

打理得很好的矮樹籬笆間，有條用花崗岩鋪成的小徑，彰彥熟門熟路地打開玄關門。拉門沒有上鎖，朝裡面說聲「午安」就走進去，立刻有個中年婦女迎上前來。應該是祖母堂表兄弟的女兒吧，名字想不起來了。過年回來時沒看到她，之前倒是見過幾次面。

祖母從以前就喜歡把自己中意的人放在身邊，現在年紀大了，包括照顧她生活起居的人在內，大概希望身邊有個能幫忙的人吧。正好親戚或認識的人裡偶爾會出現沒地方可去的人，也不知道是對方自願住進來，還是祖母叫人家來的，家裡經常會住著好幾個這樣的人。對彰彥的母親來說，這些人大概相當於小姑，但她好像滿慶幸有人能代替自己這個媳婦陪伴婆婆。凡事不去一一計較，這她眞的做得很好。

中年婦女看到彰彥嚇了一大跳，隨即堆起滿臉笑容迎他進屋。這類身分的人總是擅長察言觀色，一邊稱讚彰彥長大了，一邊快步走進裡面的房間。

已經高齡八十的祖母，雖然腰腿有些衰弱，整體來說還是很硬朗。身上穿的說是居家服，其實還是挺時髦的洋裝。看到孫子回來似乎很高興，急急從沙發上起身。看她踉蹌了一下，中年婦女趕緊上前攙扶，彰彥也跑上前伸出手，祖母開心地抓住他。滿是皺紋的纖細手指，力氣比想像中還大。身體不知何時又縮水了，看起來人很矮小。

「回來這趟辛苦你了，哎呀，個子都長這麼高了啊，今天眞是個好日子，你要待到什麼時候？」聽到這裡，彰彥還能保持笑容，再聽到祖母接著說「你在那麼好的出版社工作，大家都很佩服你，奶奶也很有面子」時，就教人什麼都不想說了。

某種意義上，這確實是祖母會說的話。但是，「只要孫子身體健康就好」這種話，她是不會說的。如果純粹只想炫耀孫子的成就還算好，或許她也自認只是如此吧。然而，長年以來內心的疙瘩讓彰彥無法單純這麼想。

打從彰彥出生，身邊就一直有尙樹在。彰彥親眼看過、親耳聽過住在主屋的人怎麼對待尙樹。五歲時祖父前往外地出差猝逝，家裡的氣氛變得愈來愈差。只是不管怎麼說，當年彰彥還是個小孩子，充其量只感覺到一股不平靜，是隨著年齡增長，回首過去，慢慢察覺那些話、那些態度意味著什麼，心才漸漸遠離。

很多人幫祖母說話。不只那些拍馬屁的「跟班」，就連原本明理的人也只會說「那是沒辦法的事」。連父親和母親都這麼說，姊姊一定也一樣。

他們都說，祖母的反應是正常人的反應。面對突然發生的那種事，她無法控制自己的情緒，一般人都是這樣的。她雖然沒有特別寬容，但也沒有特別過分。尙樹沒有走上歪路，長久以來依然稱祖母「媽媽」，就是最好的證明。

「兩人之間一定有些只有兩人才知道的羈絆。」沒想到連父親都不假思索地把這種話當眞。明明就是祖母要求尙樹叫她「媽媽」，沒走上歪路也是祖母說盡狠話要脅的結果。

「要是這孩子沒出生就好。」當著尙樹的面說這種話的人，彰彥不會忘記他們的嘴臉。故意讓他聽到這種話，也很顯然是基於惡意。

「就只是一場外遇，就只是一時意亂情迷，卻害工藤家成爲世人的笑柄，丟臉丟到後代去。因爲這樣，良尙先生才會鬱悶得生了病，那麼早就死了。眞可憐。那孩子剋死自己的父母。到底是不是良尙先生的親生骨肉，我看都很可疑。」

不管別人說什麼，尙樹都鐵了心似地當作沒聽見。即使如此，有時他還是會僵在原地，臉色發白。近在身邊看著這一切的彰彥，老是擔心哪天他的心會生病。不，即使當時還只是個孩子，彰彥也曾想像過更令人絕望的毀滅，終日惶惶不安。

那些任憑一張嘴愛說什麼就說什麼的人難道不擔心嗎？他們總是滿不在乎地抬出彰彥做比較，甚至用稱讚彰彥來打擊尙樹，只因他是祖母獨生子的兒子。

成爲傷害尙樹的最佳武器令彰彥感到愧疚，尙樹對彰彥的態度卻未曾改變。「那本書你讀了覺得有意思的話，下次讀這本看看。」像這樣不斷介紹各種書給自己。有時是《法布爾昆蟲記》，有時是《金銀島》，有時是《代做功課股份有限公司》。到後來，總會說著「這本適合阿彰讀」，再遞上另一本書。

祖父過世時，祖母曾想拆掉主屋後面那間書房，改建成日光室，連彰彥父親出面勸阻也不聽，甚至已找來業者估價，後來也不知道爲什麼沒有付諸實行。連當時還是小孩子的彰彥都猜測得到，祖母的目的是要毀掉這個尙樹經常出入的地方，至於收手的理由就不得而知了。

□

又是茶水又是點心，已上了年紀的祖母殷勤款待，彰彥只吃了點心就趁早告退。

「住得又不遠，你要常常回家啊。住這附近的人，大家都是通勤去東京上班的。」

「我會再回來，奶奶也要保重身體。」

「謝謝，聽到孫子這麼說是最開心的事。」

笑得眼角都是皺紋，這樣的奶奶一定是個普通的人。像大家說的那樣，只是因爲無法原諒祖父的背叛，心理失去平衡，死命地在掙扎。她會那麼做也是不得已的，因爲自己都遍體鱗傷了。這道理，彰彥不是無法理解。

只是，拉攏沒有說話立場的人責備尚樹的那種手段、那些場面，彰彥不知道自己又該如何收到心裡才好。光是看到故作中立的那些人，內心就無法平靜。就算維持表面的和平，自己眞正的想法也不會改變。

□

回到家，父親還坐在客廳沙發上發呆。原本好像在看雜誌，但是天都黑了，他也不開燈。以爲睡著了，仔細看又不是。

「奶奶很開心喔。」

聽彰彥這麼一說，父親只是把頭轉過來點了點。

「這樣啊，那就好。看來她心情可以好上一陣子了。」

彰彥沒在沙發上坐下，而是拉一張餐椅過來坐。

「看她腰腿好像比較衰弱了，但還是能慢慢走到玄關送我離開。」

「不是有個姑姑在那嗎？那個人會開車，可以帶她去喜歡的地方，所以最近精神不錯。」

說這話的父親，自己也已上了年紀。祖父在外地出差猝死時，父親才三十一歲。處理完祖父後事，又遇上泡沫經濟，被捲入時代洶湧的波濤。聽信親戚的花言巧語掏錢投資，結果大虧損。幸好沒動用到家裡太多積蓄，加加減減最後以總財產減少了些的程度告終。親戚朋友裡有些人走投無路，如果只是來投靠父親也就罷了，正因爲有這些刻意接近、討好祖母的人，她的態度才會更自大。現在回想起來，祖父的猝逝與泡抹經濟的瓦解，形同提油淋上家中燜燒許久的火種。藉機搧風點火的人太多了。

「別看你奶奶那樣，她最近收斂多了。要是能繼續這樣下去，當個討人喜歡的老太太就好。」

「沒問題的啦，奶奶基本上是講道理的人。」

「這可眞諷刺，你從以前就……」

「就是個臭屁又不可愛的小鬼？爸說這種話，好像我從十幾歲到現在都沒成長一樣……雖說事實也如此啦。」

父親蹺起腿，緩緩甩頭，像是想舒緩一下僵硬的脖子。

「成長過程就不一樣了啊。不管怎麼說，爸爸和爺爺都是公子哥長大的，要是人家這麼說我，我也無法反駁。我就是在這個鄉下地方一帆風順地長大。可是你不一樣。有一天忽然靈光一閃想到這一點，於是我就懂了，也終於能夠理解。」

彰彥小心翼翼地反問：「你是指什麼？」

「一直以來養尊處優長大的爸爸之所以覺得心累，是因爲忽然冒出一個年紀差很多的弟弟。爺爺他一定也是這麼想。爲了讓事情圓滿解決，站在各方人馬的立場著想，四處揮汗奔走。以前我們連想都沒想過家人會那樣互相指著鼻子大罵，也根本無法想像奶奶大聲哭鬧的樣子，更無法想像自己家的事會在愛看熱鬧的鄰居口中傳得愈來愈誇張。可是你跟我們不一樣，你一出生就在這種環境中長大。固然現在家裡的氣氛已經穩定多了，但是你卻從來不知道一個平凡圓滿的家是什麼樣子。」

不知該不該點頭，懷著戒備的心情抿緊雙唇。要是讓父親以爲自己將這一切怪罪向樹，那誤會可就大了。彷彿看見彰彥腦中在想什麼似地，父親深深嘆了一口氣。

「總覺得，眞的很難讓你敞開心房，明明是自己的兒子。」

「沒這回事啊，你太誇張了。家家有本難唸的經嘛。」

「要是這話從爸爸嘴裡說來，你又要生氣了吧。」

回老家就是這樣，不管講什麼，自己都會居下風，簡直就像個萬年叛逆期的青少年。至少希望能誠實說出自己內心的想法。

「老實說，我還是很掛念小尚。他和我只差十歲，比和爸爸相差的歲數還少。」

「也是啦，你們兩個與其說是叔姪，不如說更像一對兄弟。對啊，你今天回來不就是要問尚樹的事嗎？聽愛美說了嗎？」

「只知道他回來找你借錢，金額還不小。」

父親一邊說「這樣啊」，一邊從椅背上坐直身體。臉上笑容褪去，像是在思考如何遣詞用字，最後下定決心似地開口：

「差不多快一年前的事了。他忽然聯絡我，問能不能借錢給他。還不是一筆小錢，金額高達幾千萬。」

原本以為會賣個關子，沒想到爸爸很乾脆。只是話一出口，又像猶豫什麼似地沉默下來。幾千萬是怎麼回事？

「他借那麼多錢，是要做什麼？」

「說有孩子了，那時好像快兩歲。」

「小尚嗎？」

忍不住傾身向前。

「我怎麼都沒聽說，我都不知道，他什麼時候結婚的？對方是什麼樣的人？怎麼不和我說呢！這表示他成家了，對吧？」

「爸爸也是那時才知道的啊，失去音訊已經很多年了。當然，我也打算祝賀他成家，而且孩子都生了，這是值得恭喜的事。只是啊，他說孩子從出生就有先天性心臟問題，需要動手術，但這個手術在日本很難成功，要去美國才有希望。來借錢就是爲了這個，他需要手術費。」

「手術……？」

彰彥腦中浮現忘了在電視劇還是電視新聞節目看過的，小嬰兒躺在保溫箱裡擺動手腳的模樣。笑得天眞無邪的孩子身邊，陪伴著年輕的父母。也曾遇過爲了這樣的事在街頭募款的人。機票、在美國的生活費與手術費，加起來一定是一筆龐大的金額。即使如此，仍不保證小生命一定能得救。

尚樹竟然身處這種境遇之中嗎？作夢也沒想到。爲什麼？爲什麼命運總是讓他遇上這種事？

不知道愣在那裡多久。父親站起來，抽了幾張面紙遞給彰彥。接過面紙的當下，才察覺自己在哭。拿著面紙的雙手用力按壓眼角。

□

聽父親說，尙樹似乎強烈要求父親別把這件事告訴任何人。聽父親提起彰彥的名字時，更堅持不想讓他擔心，希望父親絕對要保密。另一方面，他仍關心地問著彰彥現在在做什麼。得知彰彥在千石社文學部當編輯，高興地瞇細了眼睛。

「『不知道他經手的是哪個作家的作品呢？說不定我會在無意間讀到。』他笑著這麼說，還說很期待那一刻。」

尙樹和父親久違地約在橫濱的咖啡廳，聽說還帶了孩子的照片給父親看。是個非常可愛的女孩。因爲不能離開孩子身邊，太太就沒有一起過來。

「手術呢？」

面對彰彥的問題，父親沒有多說，只是歪了歪頭。聽說半年前做好準備後，尙樹親子就出發前往美國了。出發前聯絡過一次，之後音訊全無，也不知道已經動手術了，還是仍在等待。

現在只能祈禱了。被這麼一說，彰彥除了點頭之外，什麼也不能做。

回到二樓自己的房間，躺在床上，直到天色都暗了下來，被叫下樓一看，母親已經煮好晚餐。父母坐在餐桌邊，誰也沒提起尙樹的事，不是問彰彥在東京的生活狀況，就是聊河上的事，氣氛這才活絡起來。

「媽媽也想去阿良的店看看，帶我去嘛。」

「好啊，多點一些貴的東西，他一定會很高興。」

「再貴我都點，沒想到阿良竟然會做菜，現在就迫不及待想去了。」

河上家在兩人小學低年級時陷入困境。他父親開著公司的車出車禍，和解調停得不順利就開始酗酒，之後家裡又接連出了一些事。村子就這麼大，謠言愈傳愈誇張，河上在學校裡也被欺負。

對彰彥來說，河上是從小到大都有好交情的兒時玩伴。家庭糾紛帶來的煩惱，他們家也沒少過，也因此彼此有種同病相憐的感覺，不知不覺中成爲知己。從旁看著不管面對什麼遭遇都無動於衷的尙樹，河上大概也有被觸動的地方吧，老是像隻小狗似地跟著尙樹打轉，尙樹也很照顧他。

□

隔天早上睡得比較晚，吃過簡單早餐後，中午前就離開家門回東京了。

下午自己負責的作家有場簽書會，雖然是在其他出版社出的書，彰彥仍必須趕往祝賀，對老師說上一、兩句祝賀的話。號碼牌之前就拿到了，抵達書店時已經大排長龍，彰彥排進隊伍的最尾端。輪到自己時，和在場的其他出版社編輯、業務們打個招呼，與作家一起爲今天的盛況開心。

之後就站得遠遠地守護，等最後一位讀者離開，書店工作人員獻上花束，彰彥也和眾人一起鼓掌。

認識的人上前邀約一起用餐，彰彥推說還有事情，當場告辭。其實不是什麼急事，只是實在沒心情與工作夥伴熱鬧吃飯，就跑去百貨公司家庭用品賣場閒晃。一位同期進公司的同事決定結婚了，大家講好要送東西祝賀，幹事要求彰彥列舉幾樣禮品候選清單。

盯著紅酒杯和桌巾之類的東西看時，手機收到一封郵件。是冬實寄來的。週末回老家的事，之前告訴過她，還和她說：「我不是有個私心希望對方讀到《白花三葉草綻放時》的對象嗎，這次回老家，或許能得知他的近況。」

從姊姊的語氣聽得出事情可能不太樂觀，畢竟和金錢扯上關係。明知寫這種東西太沉重，出發前還是告訴了冬實這件事。爲什麼呢？擺明只會讓自己之後不知如何回信而已。

果然不出所料，直到走出百貨公司都想不出該回什麼好。彰彥搭上電車。在離她工作的那棟車站大樓最近的一站下了車，走出剪票口就無路可去了。冬實還在上班，剛才那封信或許是趁休息時間寄的。

她一定很擔心，卻又完全沒提起，只寫著：「你會搭電車回老家嗎？路上是否看得見湘南的海。我今天幫好幾個客人畫了以海為主題的指甲彩繪，還畫了椰子樹喔。下次給你看照片。」寫到這裡，冬實加上了一個椰子樹的表情符號。

彰彥一次又一次地重讀這封信。光是看著這段文字，就足以撫慰現在的自己。這趟沒看見湘南的海。該怎麼回信好呢？尚樹不是被壞人騙錢，也不是欠下鉅款，不是因為傷了人得支付賠償金，更不是來要求分遺產。

握緊手機，站在車站大樓入口附近，靠著花店旁邊的牆壁。不時嘆口氣抬起頭，看了看潮來潮往的人群，再度低垂視線。

「工藤先生。」

聽到聲音抬起頭，冬實就站在眼前。她已經換回便服，手上提著包包。

「我今天上早班，正好要回去。比我早走一步的中澤小姐傳訊息給我，說看見工藤先生……」

中澤小姐是她的同事，就是彰彥第一次造訪美甲沙龍時，幫忙帶話的那個人。自己呆站在這邊的模樣大概被她看見了吧？急忙低下頭說「不好意思」。

「我在想該怎麼回信卻想不出來，只有時間一直浪費掉，忍不住就在這裡發起呆來了。」

「和誰約在這邊嗎？」

「不，完全沒有。眞的只是在發呆。」

看得出她是匆忙趕來的。接到同事傳的訊息，她或許很疑惑，又或許很擔心。彰彥發現自己竟然爲此感到高興。她傳來的電子郵件只不過寫了以海爲主題的指甲彩繪，就能讓自己心情平靜下來，眼前的她歪頭關心的動作更帶來慰藉。

打從一開始就期待著這種結果，才會在回老家前和她說了那些話。發現這點後，覺得自己眞是遜斃了。

「怎麼了？好像沒什麼精神？是不是身體不舒服？」

「我沒事。爲了私事寫信打擾妳，眞的很抱歉。讓妳擔心了吧，我太依賴別人了。」

「別說什麼依賴，我上次不也請你聽我說了很多嗎？這趟回老家結果如何？工藤先生希望對方能看到小說的那個人——」

「那個人是我的叔叔。」

冬實「欸？」了一聲。

「家父的弟弟。」

可以告訴她嗎？應該告訴她嗎？如果能審愼思考一個星期，預設各種可能性，從各種角度反覆推敲，得出自認最佳結論後，再根據這個結論行動是最好。然而現在她就站在眼前，眼神直率地望著自己，彰彥連一秒鐘的思考時間都沒有。

結論自動就跑出來了。

「要不要……去吃點什麼？」

她微微一笑。**小尚的妻子不曉得是什麼樣的人呢？**彰彥忽然這麼想。真想看看他建立的家庭。

□

穿過車站前的十字路口，一邊說著該去哪裡吃才好呢？一邊沿著馬路往前走了一會兒，她指向一棟商辦大樓。上了六樓，是一間看似連鎖店的居酒屋。店員帶兩人到窗邊的吧台座位。要是坐面對面的桌席，眼睛一定不知道看哪裡好，坐在吧台座就放心了。眼前展開的夜景也幫了大忙。

冬實說，她和剛才提到的中澤小姐曾來這裡喝過一次。冬實酒量似乎不錯，和彰彥一起點了生啤酒，又點了幾樣菜。潤潤喉嚨，吃一些沙拉和炸雞塊，不急著說什麼，兩人暫時眺望著眼前燈火通明的都會街景。

令人聯想起那些指甲上裝飾的閃亮寶石和亮片。聽彰彥這麼一說，冬實就從包包裡拿出一本小相簿，翻開一看，裡面都是她做的指甲彩繪照片。

粉紅、白、紅、水藍、黑、七彩、大理石紋路、條紋……各式各樣的底色，上面貼著各種亮晶晶的水鑽、花朵或蝴蝶結等小裝飾。透明指甲油大概是拿來當黏膠用的吧。

「雖然很多公司禁止職員做指甲，但現在已經沒有那麼嚴格了。其實，做指甲彩繪除了追求時尚，還能派上其他用場喔。你覺得是什麼？」

「派上什麼用場？」

從來沒想過這種事。應該說，指甲彩繪能派上什麼用場？

「如果像指套那樣套在指尖，在翻頁紙張時或許很方便吧，可是那得把指甲彩繪畫在指腹了？」

冬實噗哧一笑。看來這答案錯得離譜。

「我知道了！這些小裝飾品是用橡皮擦做的，可以用來擦掉寫錯的字。」

「你太好笑了，工藤先生。不過這點子或許不錯，請你去開發這種商品吧。」

雖然逗笑了她，但是離正確答案肯定還很遠。在彰彥說出更逗的答案之前，冬實先公布了答案：

「聽說工作中看到漂亮的指甲可以振奮心情喔。即使坐在辦公桌前處理完令人精神緊繃的工作，低頭看到指甲就能消除疲勞。我的客人說，不管是剛接完客訴電話，還是得接下一通來電時，只要自己中意的指甲彩繪映入眼簾，就能來個深呼吸，迎向下個挑戰。」

冬實自己的指甲因爲店裡規定，只能做非常簡單的款式。彰彥的目光再次回到相簿上。

「這或許是男人不會產生的想法呢。看到可愛的東西或閃亮亮的東西，莫名就會產生一股幸福的心情。用自己工作賺來的錢做指甲，又沒有造成誰的困擾，還能支持自己的精神。對工作也有正面影響啊，你不這麼覺得嗎？」

「也就是一種振奮效果嗎？沒想到還有這樣的好處，眞有趣。」

「比橡皮擦還有用嗎？」

彰彥笑著點頭。

「雖然有些人就是喜歡把指甲弄得太花俏或太俗艷，畢竟做一次指甲得花上好幾千，她們或許覺得不多做一點太可惜，可是，就像花錢吃好吃的東西或聽美好的音樂一樣啊，各種各樣的嗜好都有嘛。」

自己或許也曾對美甲帶有偏見，聽了冬實這番話，彰彥恍然大悟，點頭表示認同。

「這麼說來，我愛看書這件事也被人說過閒話。說我太認眞又陰沉，眞是無趣的傢伙。就算我看的是非常沒營養的娛樂小說也被這麼說，讓我很意外。啊，『沒營養』是一種讚美喔。」

「我知道啦。」

「人們會在各種事情上發揮先入爲主的想法呢。對冬實小姐來說，做指甲也是自己的樂趣之一吧？」

彰彥這麼問，冬實就微笑著說：

「不管是畫上愛心圖案，還是貼上蝴蝶結裝飾或撒上亮片，總覺得每一片指甲上都能看到一個小世界。」

「世界？」

「這麼說太誇張了嗎？」

「不會，一點也不誇張。書也一樣，有人說閱讀能把我們帶到與現實無關的另一個世界。」

雖然不是故意聯想在一起，但畫在深藍底色上的白色飛機圖案，令彰彥想到安東尼·聖修伯里的《夜間飛行》。忘了是什麼時候的事了，在書房角落，尚樹坐在有點年紀的木頭椅子上，慢條斯理地翻著書頁。遠離那些無情的中傷與束縛，只有在那短暫的一刻，他能自由翱翔於南美的天空。走到身邊他都沒察覺，翻開老舊的文庫本，臉上的表情卻不像在看書上的文字。

面對沉默不語的彰彥，冬實什麼都沒說。注意到冬實幫自己分菜的沙拉，彰彥這才想起今天的正題。

「今天久違地回老家，得知我叔叔的近況。說是叔叔，其實他才大我十歲。雖然是家父唯一的弟弟，但他們倆的母親不同人。」

冬實抿緊嘴唇點頭，以眼神表示疑問。

「家父的母親今年八十歲，還很生龍活虎。我聽說叔叔的母親在他很小的時候就生病去世了。他六歲那年來到我家，母親去世是那之前的事。」

「六歲？難道是正要上小學的時候？」

「對。祖父早已知道有這孩子的存在，其他家人則都不知情。」

冬實也是在要上小學那年住進高圓寺的家。不同的是，家永之前並不知道有這個女兒，而冬實的母親不僅健在，還坐上家中女主人的寶座。儘管兩人的狀況有所不同，尚樹和冬實都對自己的出生感到「歉疚」，認定自己的出生破壞了某些事，傷害了某些人。

冬實頻頻去找家永的前妻，或許是爲了獲得她的原諒，也或許是想爲自己的出生向她道歉。還有，若是可以的話，希望受到最大傷害的那個人能對自己說「錯的不是妳」、「妳的出生是一件好事」。否則，冬實的內心將永遠無法獲得解脫。

祖母經常在尙樹面前激動喟嘆，說自己原本不是這種人，說尙樹出現前自己原本過著平靜的生活，說自己從沒做過這種惡意欺人的事。有時還會流著眼淚對他說「抱歉呀」。

所以，尙樹從來不敢奢望聽到自己最想聽的話，不敢奢望祖母對他說「錯的不是你」、「你的出生是一件好事」。二十歲過後還離不開工藤家，或許也是因爲這樣。按照祖母的要求喊她「媽媽」，也說過許多感謝的話。即使如此，祖母從來不肯實現他的願望。她只是不斷地責備尙樹，說都是他害自己變成現在這樣。

彰彥告訴冬實，久無音訊的尙樹有了孩子，但那孩子卻罹患嚴重的心臟病，必須去美國動手術。

「那個人，一定是個很出色的人。」

手肘靠在桌面上，冬實望著城市燈火這麼說。

「只要看到工藤先生就知道了。雖然您家裡的人心情應該很複雜吧。自己的孫子或兒子最崇拜的人，居然是那個孑然一身的外來者，那個家中最沒能力也最沒立場的少年。」

彰彥第一次被這麼說。**家裡的人心情很複雜？**

自己和尙樹親近的事，祖母當然不樂見。可是，她還眞的從未當面指責過。至於祖父，總覺得他應該是開心的。父親往往苦笑以對，偶爾有點不高興，有時也會因爲彰彥說話太衝而引發激烈口角。母親很想知道彰彥都和尙樹說些什麼，姊姊則認爲自己受排擠而鬧脾氣。

「是他教會我閱讀的樂趣，就算孑然一身，他還是有點內涵的。」

「馬上就說這種話。有時我不免覺得，你就是這種地方讓身邊的人感到失落。」

聳肩微笑的冬實隨即收起笑容，正襟危坐。

「我認爲，你最好不要一直去想他現在過得怎麼樣比較好。雖然孩子生病可能會很辛苦，但我總覺得那不該是工藤先生該去悲嘆的事。」

「不該？」

「你好像認定他過得很不幸，但是未必如此吧？」

冬實低頭說了聲「抱歉」，彰彥不假思索地拍拍她纖細的肩膀，「別這麼說」。

就像眾人眼中孑然一身的孩子其實頗有內涵一樣，即使當事人對自己的出生過意不去，但仍有人因他們的存在而喜悅。一如做一次得花好幾千元的指甲彩繪也有時尚以外的價值。

現實世界因各種事物而繽紛多彩。

6

書店店員接過他遞出的名片時，嘴角微妙地動了一下，彷彿聽見她說「哎呀」的聲音。店員抬起頭打量彰彥，喜孜孜地笑瞇了眼。總覺得對方望向自己的眼神比平常親切。

怎麼回事呢？不記得自己做過什麼會被取笑的事，也不明白對方那種「我懂你」的模樣所爲何來。和這位店員並非初識，過去曾在活動派對或陪作家巡店時見過幾次，應該早就交換過名片了，只因這是第一次陪剛出新書的作家佐佐沼謙拜訪書店，形式上還是得交換一下。店員早就忘了彰彥是誰，直到接過名片才想起也是常有的事。

今天造訪的書店，不愧是在大型連鎖書店中坐擁市中心最好位置的一間，各家出版社巡店時一定會來向負責文學作品的店員「拜碼頭」。可是，記得經常來店裡露臉的業務自然不在話下，連自己這種偶爾才出現的編輯都記得，就有點意外了。畢竟過去陪作家來訪時，再怎麼說主角都是作家，編輯只要貫徹幕後工作人員的職責，做好支援任務就好。

儘管對書店店員不同以往的反應感到好奇，對方一提出請作者簽名的要求，彰彥也只好跟著佐佐沼一起走進書店後倉。今天業務部副部長及這一區的業務窗口都陪著一起來了。《雙刃》目前發行了三個星期，銷售成績非常好。各大書評都寫了評論文章，書也準備要增刷了，想必今後銷售量還會繼續成長。書店賣場的負責人看似心情不錯。

在接待室內簽完書，眾人一陣閒聊後，喝了幾口書店端上來的茶，佐佐沼站起來。彰彥也跟著起身，沿走道走回賣場時，剛才那位店員正好走在身邊。

「家永老師的新書，這邊也會加油的。」

一時之間不明白對方說了什麼，直到對方皺起眉頭，這才赫然驚覺。

怎麼會聽不懂呢，不就是在說幾天後要出版的《白花三葉草綻放時》嗎？人家的意思就是說會努力銷售。雖然並不在若王子給的名單上，但這個人或許也讀了試讀的打樣吧。

「還請多多幫忙。」

不只笑容，連語氣都特別用心。

「別擔心，我支持你們。」

別擔心是指什麼呢？雖然這本新書確實有很多需要擔心的地方啦。

這天起，由業務部主導的「巡店」行程從新宿展開，接著前往池袋、東京車站、有樂町等幾個地方，每到一間書店，都有店員對彰彥露出若有深意的微笑。

「喔——您就是工藤先生。」

還有這麼說著，然後特地去喊同事過來看的人。

「我知道你，有看到喔。Nice fight！哎呀，現在是不是沒人這麼說了？」

什麼Fight？有看到是指看到什麼？面對握拳微笑鼓勵自己的女店員，彰彥不知該做何反應才好。今天的主角再怎麼說都是佐佐沼，總不能特地停下腳步問清楚到底是怎麼回事。對方也有所顧慮，那些話是在彰彥耳邊悄悄說的。

露出不自在的笑容點頭致意，對方心滿意足地點頭回應。就這樣花了一整天拜訪完東京都內的主要書店，而且在最後的店裡也被說了莫名其妙的話，彰彥終於忍不住開口問：「到底是什麼事呢？」面對他直截了當的詢問，那位店員呵呵一笑，從口袋裡拿出手機。

「他拿給我看的照片，我用手機拍起來囉。」

螢幕裡出現自己的臉，地點是編輯部辦公桌旁，自己手上拿著夏天推出的兩本新書，一本是佐佐沼的新作品《雙刃》，一本是前幾天才剛送到的《白花三葉草綻放時》。這是比正式出版品早一點印出來，用來分送給媒體及相關人士的「樣書」。

一旁的佐佐沼也探頭過來看。不是什麼有問題的照片，被他看到也不要緊。只是正因如此，彰彥更想不通這是怎麼回事了。

「這張照片是？沒記錯的話，那時業務部的若王子來編輯部——」

「是啊，王子也告訴我了喔。他說這張照片裡的工藤先生，是他在千石社裡最敬愛也最喜歡的前輩。說這話的時候啊，他笑得可眞幸福呢。工藤先生，《雙刃》和《白花三葉草綻放時》這兩本書我都支持，會努力好好賣書的，您偶爾也要對王子好一點喔。」

「啥？」

一頭霧水。聽在耳裡的都是不明所以的單字。敬愛？最喜歡的前輩？什麼跟什麼啊。

「王子說是他的單相思，眞可憐。」

「請等一下。」

「工藤先生，王子說您是非常優秀的編輯，我聽他分享了很多您的事喔。不愧是王子迷上的前輩，千石社眞是一間好公司。」

愈來愈莫名其妙了，可是既然人家說要支持自己編輯的新書，連公司都被稱讚了一番，也只能難為情地笑一笑，歪個頭就罷，另外也因爲一股寒氣竄過全身上下，讓彰彥一句話都說不出來。

離開那間書店，和業務部的兩人道別。佐佐沼不擅長與人交際，雖然答應一起拜訪書店，應酬聚餐則一概推辭。不過，只跟彰彥一個人吃的話好像還行，之前已約好在他住的飯店附近一起吃晚餐。

「今天眞的非常感謝您。」

「別這麼說，我才要多謝你。幸好能順利簽完書。對了，剛才那是怎麼回事？王子是誰？」

一搭上計程車，佐佐沼就迫不及待地問。不知如何回答的彰彥拿出手機，衝動地想直接打電話去問若王子本人。礙於佐佐沼就在旁邊，只好把手機再度收回口袋。佐佐沼卻推了推他的手臂說：「沒關係啊。」

「你就打去問問看吧？我也很好奇。第一次看到你那樣臉色大變。」

一間一間書店打招呼簽書，對佐佐沼這種程度的暢銷作家來說，已是家常便飯。儘管如此，仍不改一整天下來精神緊繃的事實。順利按照預定計畫完成工作，佐佐沼想必也鬆了一口氣吧。現在一副輕鬆自在的表情，笑得牙齒都露出來了。

計程車在傍晚堵塞的車陣中前進得很慢，與其想話題撐場面，不如打電話給若王子吧。於是彰彥說了聲「不好意思」，就撥了若王子的手機號碼。響了幾聲，聽見他冷淡的聲音。

「喂？什麼事嗎？」

背後沒有雜音，可見他人在室內。或許還在公司。

「今天和佐佐沼老師一起拜訪書店，現在剛結束。」

「喔，對耶。辛苦了。」

「不管走到哪都被說了莫名其妙的話，什麼你最敬愛喜歡的前輩，那誰啊？」

停頓了幾秒之後。

「你說會是誰呢？」

「別跟我裝傻，一定是你到處亂放奇怪的話吧？」

「才不是呢。前天正好和書店人員有一場大型聚餐，我就趁機做了一次最棒的促銷活動。效果非常好，現在大家都很感興趣了。」

「對哪方面感興趣啦。」

「這還用說嗎？當然是做出《雙刃》的有才編輯冒著被炒魷魚的危險，使盡渾身解數推出的新作品《白花三葉草綻放時》啊。」

「炒魷魚？」

「光是這樣效果還太弱，我只好加了個小故事進去，你要好好配合演出喔。」

竟然擅自說別人有被炒魷魚的危險，而且這樣效果還太弱。想想自己眞是太窩囊了。

「所謂你最喜歡的前輩就是那個小故事嗎？」

「這可不是能到處亂用的小故事，幾乎只能用一次，雖然覺得可惜，但是爲了推那本書，也是沒辦法的事。工藤先生，只要我還在千石社一天，你一定要保持優秀編輯的水準喔，不然我可就傷腦筋了。拜託你啦。」

別把事情說得那麼簡單！雖然彰彥滿心想反駁，但把耳朵湊上手機來聽的佐佐沼已經放聲大笑了，只得無奈地掛上電話。

「眞是非常抱歉。」

「咦？幹嘛道歉？」

「是這樣的，碰巧那本書和您的《雙刃》在同一時期出書，把您也拖下水了。」

佐佐沼搖搖頭，問《白花三葉草綻放時》是誰寫的、是什麼樣的書，聽到家永的名字時，驚訝地睜圓眼睛，感慨萬千地低喃「這樣啊」。

「他是能寫出好東西的人呢。《城鎮之光》和《夜晚靠岸的船》我都很喜歡喔。」

「這次的作品也非常好，只是初版印量訂得很嚴苛，我才找那位業務後輩商量，看看能不能有什麼辦法，結果他卻這樣莫名奇妙瞎搞。」

原本停下來等紅燈的計程車繼續往前行駛。從另一側開過來的汽車大燈、閃爍的號誌燈與白晃晃的街燈、兩旁高樓大廈高掛的霓虹招牌、人行道上熙來攘往的人群、明亮眩目的便利商店及藥妝店……

才不過十天前和冬實一起俯瞰的城市光景，現在自己就身處其中。或許當下也正有誰喃喃讚嘆這片燈火美得像珠寶盒。就連旋轉不停的工地警示燈也會成為照亮誰內心的光。

「所以咧？」

佐佐沼歪著頭問。

「你打算怎麼辦？要配合那個業務王子設計的劇本嗎？還是不配合？」

心情上雖然想說ＮＯ，但自己哪有選擇的餘地。

□

隔天，帶著自認已做好的心理準備，彰彥上午就到了公司。編輯部裡，自己辦公桌上放著剛出爐的樣稿。

這是預定十月出版的作品初校樣稿。佐佐沼和家永的新書順利出版，還來不及喘口氣，後面的工作又緊鑼密鼓地按照計畫進行起來。得趕緊擬定封面內容，以及促銷相關計畫才行。

打開電子郵件信箱，收到一封想將《雙刃》拍成電影的洽詢郵件。經手話題作品時，經常會收到這類聯絡。除了安排新的對談企畫與專訪，也收到之前完成的專訪內容，以附檔方式寄給作者本人過目。不只《雙刃》，也不限佐佐沼，任何與手頭負責書籍或作家相關的聯絡，都會寄到編輯這邊來。光是處理這些工作，就花掉好幾個小時。

仔細閱讀樣稿，找出作家拜託的資料，安排採訪事宜……眼前待辦的事項瞬間堆得如同一座小山。不過，回完各種信件，待辦事項處理到一個段落之後，彰彥拿起手機傳了一封訊息給若王子，表達想隨他去巡視書店的意願。

若王子用的那種「引起書店店員興趣」的方法，雖然是自己無論如何都想不到，也確確實實大吃一驚的方法，但是對他來說，或許也是不得已的策略。不管怎麼說，爲了一決勝負，他也賭上了自己這塊「王子」招牌。

「和你最敬愛也最喜歡的前輩一起巡店，至少能引來一些關注吧。我也想和進了《白花三葉草綻放時》的書店拜個碼頭。」

可惜的是，沒有哪間書店邀請家永本人造訪書店，也沒有哪間書店提出簽書的需求。從這種地方就看得出與暢銷作家之間的差別。

全國約有一萬五千間書店。初版印量五千本的書，頂多大型書店各分配個幾本，一間書店要是能進個五本就算多的了。有多少書店願意把這五本書平放陳列在展示區呢？

如果沒能獲得平台陳列的待遇，辛苦做出來的封面幾乎不會被看見。放在書架上只露出書背的書，到底有誰會注意到？除非死忠書迷專程去找，但這對現在的家永來說也很困難。不只如此，暫時大概也無法期待報紙或雜誌報導這本書。

要是連書店店員都對這本書沒興趣，歷經千辛萬苦送進書店的書，恐怕很快就會遭到退書的命運。沒有賣出去的機會，書就賣不掉，書賣不掉，書店就不會追加訂貨。等到下個月、下下個月出版的新書又進來了，這些書很快就會被送進倉庫，眞的變成「只是把書做出來而已」。

這類模式過去彰彥早就親眼目睹、耳聞許多，也知道接下來人家會說的不外乎是「只能相信書本身的力量了」之類的漂亮話。事實上，爲了能在今年內發行這本書，在業務部面前虛張聲勢的總編拿到樣書時，也只是滿意地點了點頭，說幾句「眞是好書啊」、「太好了呢」而已。到底有沒有入圍文學獎，彰彥套了幾次話也套不出太大反應。他大概根本沒打算具體去推動什麼吧。

關於得不得獎，這完全不是彰彥能決定的事，而且他想做的也不是爲這部作品貼金；打從一開始，目標就只有一個。

□

「我會小心低調，不會給你添麻煩的。」

和若王子一起去書店，是《白花三葉草綻放時》發行兩天後的事。

「工藤先生不是也很忙嗎？」

「只去半天的話還騰得出時間。只是，無法每本書都這麼做，有些過意不去。」

「要是每本書你都這麼做的話，我們當業務的就要失業啦。」

看彰彥一臉抱歉，若王子又苦笑著說：

「記住，你今天只是自發性地來觀摩業務的日常工作，充其量只是出於編輯的好奇心，對外請用這套說詞喔。不只《白花三葉草綻放時》，只要是你做的書，都可以向書店宣傳。」

「謝謝，我會在不妨礙你工作的前提下加油的。」

今天要去的是若王子負責的千葉區域以及東京都內的一部分書店。先搭總武線前往千葉車站，以位於百貨公司內的大型書店為起點。若王子說這間書店的文學書窗口已經讀過試讀打樣，不但將《白花三葉草綻放時》陳列在新書展示平台上，還加了親手寫的ＰＯＰ宣傳板。

這幾天，手頭的編輯業務塞得很滿，一直沒時間到書店實地勘查。因此，這還是彰彥第一次看到印出來的書實際放在平台書櫃上的樣子，情緒不免一陣激動。

讀到這本書的書稿是一月底的事，三月的會議上確定在夏天出版，四月中旬獲得冬實那首詩的收錄許可。經歷初校、二校等作業，七月擬妥封面企畫，上上個禮拜才剛拿到熱騰騰的樣書。

每一個階段的每一個場合都充滿緊張，被編輯部的赤崎白眼，被總編警告，和相馬出版的國木戶到現在都還在角力較勁。被業務部的若王子瞧不起，鈴村動不動就對自己擔心地皺起眉頭。

帶印好的書過去時，家永雖然話不多，但仍頻頻點頭。故意露出逗趣的笑容，大概是爲了掩飾內心的難爲情吧。彰彥陪著他一起笑瞇了眼，既開心也鬆了一口氣。接到冬實的電話時，甚至有點驕傲。

現在，看著和其他書放在一起的《白花三葉草綻放時》，不由得深深感動。第一次在暖爐桌裡讀到這本書書稿時立定的目標，肯定就是這裡了。等著造訪書店的人們伸出手，在經過一陣猶豫之後，選擇買下它。

描繪教職員室內景物的封面，設計得娟秀細緻的書名字體，一切都符合自己的想像。書腰上的文字當然出自彰彥之手。

「老師，日本討厭我嗎？可是我啊——」

離開教壇已久的教師，被再次請回中學夜校職掌教鞭。

這裡的學生來自各個不同國家。

即使面對嚴苛的勞動環境與不講道理的歧視，教室裡的他們仍專心抄著筆記。

他想守護那個笑容。

呆站在那裡不動，若王子過來喊了彰彥，說要介紹負責文學作品的店員給他認識。是一位年輕男店員。除了《雙刃》和《白花三葉草綻放時》，店員又舉了其他幾本彰彥編輯的書，笑著說好厲害。大概是若王子告訴他的吧，聽說寫POP宣傳板的人也是他。

鄭重致意，低下頭說了好幾次「要再麻煩您了」，換得對方拍胸脯保證「交給我吧」，兩人便朝下一間店前進。其中有些因爲地段或客層關係，文學書賣得比較不好的店，有些則是不把文學書當主力的店，就沒有提供這些店的店員試讀打樣了。到了這些店裡，若王子也沒有把彰彥介紹給店員，連打招呼的機會都沒有，只是在一旁等待若王子結束工作。

有時也會碰巧遇到其他出版社的業務，若王子倒是爲彰彥介紹了其中幾位。聽到編輯在沒有陪伴作者的狀態下獨自拜訪書店，有人皺眉傻眼，也有人用輕蔑的眼光上下打量。一句「您還眞閒」聽在耳中格外諷刺。整體來說，明明不是業務部的人卻插手業務部的工作，這種事似乎讓他們挺不高興的。

事實上，這確實不是編輯該做的工作。幸好答應同行的若王子沒有露出受打擾的樣子，在他的主導下，跟著他的步調，裝作一團和氣的樣子，表現出爽朗前輩的風範。就算被女性店員調侃也笑著接受，徹底扮演好自己的角色。

□

從千葉北上，巡視完東京都內的書店之後，時間已經超過傍晚五點，便和王子一起回公司。雖然無法騰出整整一天同行，但是那個星期，彰彥都盡可能地持續和若王子一起造訪書店。

「需要開會或作家接受採訪的日子就必須以那邊為優先，除此之外的工作，像是看校樣或檢查書稿，電車上或咖啡廳裡也可以做，我會盡量配合你的行程，看是要我趕過去或是在哪等你都可以。」

「好的。這部作品內容很好，一定會有出頭的一天。」

他從來沒說過這麼親切的話，彰彥緊繃的背肌倏地放鬆下來。整天和不熟的自己在一起，一定覺得很煩吧，聽到還要繼續下去時，竟然沒有翻臉，若王子實在很了不起。

「下次讓我請客，算是答謝你，去喝兩杯吧。」

「我很樂意，不過促銷本來就是業務的工作。你來幫忙，我才要道謝呢。等到明天或後天，工藤先生比較適應之後，請好好享受巡店的業務。因為書很好，所以熱情宣傳，除了言語之外，態度也要讓人感受到這一點。最近的書店店員啊，大家都在找下一本暢銷書，要讓他們認定『就是這本書』才行。」

數量龐大的新發行書籍中，要看出究竟哪一本才真的能「中」，不是一件容易的事。書店賣場的人都擦亮了眼鏡尋找，不願放過任何一絲線索。不想跑得比別人慢，最好可以從自己手中掀起一股暢銷旋風。

「雖然家永老師是資深前輩作家，但我們現在姑且不強調這點，不妨從『目前值得期待的作家』角度，讓書店店員們重新認識他。總而言之，要讓店員們知道他寫出了讓人情不自禁想支持的書，是現在正受到矚目的作家。『不管別人怎麼說，我就是挺他，這本書一定會賣。』就算被說偏心也要堅持到底就對了。」

「偏心嗎？過去我不知道有沒有被這麼想過，只是經常被說『何必努力到那種地步』。」

「這次要對外打造出一個『工藤編輯』的形象，也就是《白花三葉草綻放時》的推手，一個不斷到處對別人說『這本書很好，請務必一讀』的人，和在公司裡做的事基本上是一樣的。這麼一來，半信半疑說著『眞有那麼好嗎』的人就會出現，伸手拿起這本書，想買下它來讀。」

「完全是對這本書的偏愛呢。」

「有什麼不好？」若王子露齒一笑。

「對每一本書一視同仁的話，那種情感就太平凡無奇了，打動不了人心。只有感受到對方的眞心時，人們才會抬起頭傾聽。到時人家才願意看你。時機到的時候，至少要掌握住那個時機，要是表現得不夠任性衝動，人家還會覺得你在騙人。當然相對地，這麼做也有這麼做的風險。」

「咦？是什麼？」

彰彥反問，若王子卻裝傻帶過。到底是什麼呢？投入於《白花三葉草綻放時》，不代表其他書就無所謂。在那之後，開會或協助作家接受採訪的工作一如往常地完成，只是在空下來的時候與若王子保持聯絡，持續跟著他造訪書店。和若王子相處得愈來愈融洽，說兩人交情好也不算說謊了。漸漸地，在書店裡與店員閒聊時的笑聲也多了起來。

作品本身評價很高。店員們讓彰彥看了寫滿熱情推薦語句的宣傳ＰＯＰ或親手做的促銷文宣，裡面畫著主角中學教師，以及包括阿好在內的學生們的插圖，看得彰彥滿心感動。家永雖然是中年作家，店員們也很積極向年輕讀者推薦這本書。甚至有些書店將家永至今的作品全部集中在一起，做了迷你特陳專區。

就算是大型書店，一次也只拿得到五本新書。有些書店光是店員，就自掏腰包買下其中兩本，並追加訂單。聽店員說，之前讀完試讀樣稿，認爲這本書值得擁有，單行本一出就買回家了。就算店裡只剩下三本，還是好好放在平台展示書櫃上，還特地在ＰＯＰ宣傳板上寫了「賣得很好，所剩不多」等字樣。

當彰彥滿懷感慨地看著這一切時，身旁有人喊住他。仔細一看，是大牌作家芝山慶吾老師。嚇得手腳發直的彰彥，這才想起剛才在入口看到的海報，這間書店將在活動廳舉行芝山與另一位紀實作家以歷史小說爲主題的座談會。因爲是其他出版社的活動，自己又不是負責這位作家的編輯，才會不小心忽略了。

芝山穿著頗有品味的麻質外套，看起來是獨自一人。在彰彥開口說什麼之前，他先湊上來低聲說：

「約定時間還沒到，我先自己過來逛逛啦。」

然後使了個眼色，同時豎起食指說「噓」。意思大概是要彰彥別魯莽地大聲寒暄。

「我看你很眼熟，沒記錯的話，應該是千石社的吧？」

「敝姓工藤。」

「你來工作？」

「是。不過只是跟著業務過來觀摩巡店，自己的事已經辦完了，剛才不小心發起呆來。」

芝山眼珠骨碌一轉，看了看彰彥，又看了看平台書櫃。彰彥緊張得忘了擦掉冷汗，重新握緊手提包的手把。

「是爲了哪本書來向書店打招呼啊？作家人呢？」

他問這問題再合理不過，只是現在的狀況太難回答了。

「今天沒有陪同哪位老師一起，是我自己來拜訪書店。啊，敝公司負責這間店的業務也有來，他現在去確認庫存了。」

「沒有陪同作家，編輯自己來拜訪書店嗎？」

芝山的語氣有些不悅，彰彥才剛拋到腦後的冷汗再度噴發。很想低頭賠罪，又覺得道歉也很奇怪。趕緊換個話題吧，得趕緊換個話題才行。用缺氧的腦袋死命思考，面對大牌作者又不能隨便聊。光是站在他身邊就壓力逼人，芝山老師的威嚴眞不是蓋的。

「所以？是爲了哪本書來的？」

「是這邊這本。」

「喔，做得挺漂亮的嘛。」

芝山客氣地彎下腰，凝神細看封面。

「嗯哼——」

這到底是怎麼回事。眞希望他的責任編輯趕快過來，自己實在擔待不起芝山老師這樣的大牌作家。彰彥忐忑不安地東張西望，芝山卻悠哉地挺起背脊，從容不迫地點頭：

「應該就是這本了。其實啊，我前陣子和佐佐沼老弟見了個面。」

「咦？」

「只是漫無目的地閒聊，但也難得看到他那麼興致勃勃的樣子。他說自己現在的責任編輯是個怪咖。」

感覺心臟發出怦怦的聲音，好像愈縮愈小了。

「我想知道是誰，就試著套了他的話。結果馬上得到答案。說有個年輕編輯，自己擅自找到一份書稿，還揚言非出書不可，不但糾纏總編不放，更特地跑去找業務部的人當面談判，最後終於讓他達成出書目的。那個年輕人就是你，沒錯吧？」

沒想到外面傳成了這樣。把這事散播出去的是千石社內部的人嗎？還是其他出版社的人？不經意想起前幾天若王子說的話——對某本書任性偏心時，相對也有必須背負的風險。

「有人說你這樣沒被炒魷魚還眞奇怪。沒問題吧你？」

「託您的福，目前還沒問題。」

「要是眞被炒魷魚怎麼辦？能進千石社這種大公司不容易，那樣豈不是太可惜了？萬一離職，你有其他地方去嗎？」

「不，沒有特別去找。」

「這不妙吧？爲了一個作品丟掉好不容易找到的工作，這可不是聰明人會做的事。」

即使被這麼說，彰彥也只能咬緊牙根。話聽起來雖然過分，但芝山說的卻是事實。表情凝重地點點頭，沒打算反駁。就當作是老師的忠告，好好聽進去就是了。

「最好別再做這種引人注目的事啦，好嗎？」

面對芝山窺探的視線，彰彥倉皇閃避，無法給出明確的回應。

「喂，難道你還想再繼續啊？既然如此，我就買下這本書當個紀念吧。紀念你第一次的有勇無謀。」

說著，芝山朝平台書櫃伸出手，從堆在那裡的三本書中拿起最上面一本。

「老師？」

「定價一千五百圓是嗎？嗯，這樣啊。」

驚嚇之餘忍不住伸手阻止，芝山卻毫不猶豫地甩開，轉身就要離去。

「請、請等一下。」

「我不過是在書店買書，你慌張什麼？」

「如果您對這本書有興趣，之後我馬上寄送一本給您——」

「這可不行，怎麼能妨礙人家書店做生意呢？」

「不然這本請讓我來結帳——」

原本一臉輕鬆自在、正打算朝通道走去的芝山停下腳步。

「難道你認爲自己做的書不值得支付一千五百圓嗎？如果不值得的話就另當別論，要是認爲這本書值得，你就一步也別動，抬頭挺胸地說『謝謝』就夠了。至於我這個書店客人，還想在店裡多逛一下，可以嗎？」

彰彥全身無力地站在原地，手提包沒掉在地上已算是奇蹟。腦中一片空白，什麼都無法思考，只能照芝山說的道謝，深深一鞠躬。

不知道出神了多久，聽到結束工作的若王子「你怎麼了」的聲音，這才回過神來。沒有勇氣環顧店內，搖搖頭、低垂視線往外走，走到門口才再度轉身，不朝特定對象，只是朝店內低頭行禮。

□

隔週，終於正式陪作家巡了店。幫忙設置ＰＯＰ宣傳板和促銷文宣的店提出了希望家永老師簽書的要求。

已經好幾年沒簽過書，家永起初顯得有些退縮，聽到彰彥問：「那要婉拒比較好嗎？」他又默不吭聲。看著那些親手製作的宣傳物與陳列布置的照片，他說至少想去和店員們打聲招呼，婉轉地表達了願意簽書的意思。

「硬是請您做這件事，眞抱歉。」

「我是因爲不習慣，有點難爲情罷了，要不然像我這種人，去了也只會礙手礙腳。」

穿著馬球衫和西裝褲的家永，就像去學校參加教學觀摩的爸爸，在穿襯衫打領帶的彰彥和若王子陪同下，拜訪了千葉及東京共五間書店。

一開始還很緊張的家永，抵達書店後看到自己的著作，總算露出笑容，羞赧的模樣緩和了現場氣氛。親耳聽到店員們的讀後感想，他似乎很開心，喃喃說了「沒想到看我書的讀者這麼年輕」好幾遍。心情一好，要求簽書也二話不說，儘管只有幾本，還是拿起簽名筆一本一本地仔細簽上。

「謝謝您。」

五間店都去過之後，和準備回公司的若王子道別。因爲家永說平常吃飯的店就可以，兩人便來到高圓寺的居酒屋。

「辛苦您了。」

「沒這回事，我這個歲數的人啊，得等到後天才會開始覺得累。」

忘了什麼時候，第一次在這間店裡聽家永說了冬實的事。那時因爲想吃熱的東西，點的是火鍋和燉菜，如今已是揮汗如雨的季節，就點了烤茄子、花枝生魚片和鱧魚天婦羅。

「老實說，其實這是我第一次拜訪書店。總覺得很不好意思，好像自己成了暢銷作家似的。不不不，這眞的只是玩笑話啦，當然。」

「書銷售得很順利喔，數字也滿漂亮的。我會繼續這樣慢慢做出口碑，努力讓更多人看見這本書。今天和我們一起巡店的若王子，是我們公司最優秀的業務員，幾乎都快成爲本公司的名產了，銷售的事可以放心交給他。」

「名副其實是個年輕男人呢，你也很年輕就是了。」【註】加了海膽與豆皮的冷製茶碗蒸，好吃得教人忍不住發出讚嘆聲。

「您過去的作品有些現在已經很難買到，要是也能增刷就好了，好多書店店員都在問。」

「啊，也有人這樣對我說了，說想讀我早期出版的短篇小說集。」

「前幾天佐佐沼老師也有提到您的《夜晚靠岸的船》，我才想起一件事。」

一口喝下店員端上桌的燒酎加冰塊，彰彥繼續說。

「裡面有一篇叫〈南方的天空〉的短篇吧。爲了寄錢給故鄉的家人，白天從事行政工作，晚上還在小酒館打工的女主角，偷偷喜歡著一位立志當律師，參加過好幾次律師國考卻屢次失敗的青年。故事看似要在女主角的單戀中落幕，沒想到最後結局出人意表。引用了植物南天的形象，讓人讀完之後餘韻縈繞不去。老師，方便問您一件事嗎？」

「嗯？」

「故事裡提到南天樹在雪天裡結出紅色果實，我發現那不正是『冬天的果實』嗎？令嫒的名字和這有關吧。這篇小說第一次在雜誌上刊登，是距今二十六年前的事，正好是冬實小姐出生前。」

譯註：「若」在日文中有「年輕」的意思。

家永舉起升酒杯，嘴唇碰了碰杯緣，呵呵一笑。

「我就知道，果然有關係。」

「說來也是常有的事，自以爲事業有點成就時，去了一間有年輕女孩陪酒的店好幾次，喝醉了就自吹自擂是個小說家。女孩們起鬨說想看我寫的小說，我也得意忘形地從手提包裡拿出文學雜誌。其中有個女孩還眞的讀了，濕著眼眶說她最喜歡寫到南天的那一篇。」

生活不順的女主角一片眞心，青年確實接收到了，是個付出的心意獲得了回報的美好故事。

「大概在那七年之後，得知她生的孩子取名『冬實』時，眼前累積的種種煩惱與壓力彷彿瞬間煙消雲散。小說裡那個在雪地裡找到紅色果實的男人的心情，就這麼流入我自己心中，最後做出很對不起第一任妻子的事。」

「老師。」

彰彥忘情地向前探身。

「冬實小姐知道這件事嗎？」

「不……」

「請告訴她吧。老師您和冬實小姐的母親也曾有過心靈相通的時刻，所以才會生下她，不是嗎？因爲對方是對您的短篇小說有所感的女性，您才選擇與她攜手邁向新的人生。」

縱然婚姻走到最後不順利，一定也打從心底祈求和那個人生的女兒能獲得幸福。

「拜託您了，這對冬實小姐來說是很重要的事。知道之後，一定能成爲她前進的力量。」

「工藤老弟。」

「請您告訴她吧，老師。」

家永別開視線，就連身體也朝後面退了些。視線朝鄰座無人的桌子望去，緊抿著嘴唇，眉頭微微皺起。從側面看來，他正非常嚴肅地思考著什麼。接著——

「嗯，你說的對，我知道了。」

沒想到回應的，是出乎意料開朗的語氣。

「這是個好機會，我會好好告訴她的。做父親的總不能老是和女兒相處得這麼不自在，要更輕鬆一點，更融洽一點，對吧。」

露出大大的微笑，拿起一根毛豆莢剝來吃。

「就是那個啊，那個，是個好機會啦，我女兒好像快結婚了，所以在那之前，我來努力試著和她說說看好了。」

「欸？」

「說跟對方是在朋友婚禮上認識的，比她大兩歲，是個普通上班族。去年初春吧，我聽她奶奶……就是我母親講了這件事。」

冬實要結婚？

家永臉上笑得沒有一絲陰霾，再拿起一根毛豆莢。

「原本今年秋天就要舉行婚禮了，結果好像是對方的爺爺，還是奶奶健康忽然惡化，喜事就決定先延後。我猜大概明年春天就會舉行了吧。」

沒聽說過，根本不知道這件事。冬實竟然有交往對象，而且還要結婚了？

爲什麼？腦中雖然這麼想，彰彥急忙打消這個念頭。

自己和她的關係本來就只是如此。編輯與作家的女兒，每次談的也都是跟工作有關的事。只是爲了作品不得不找她協調，所以才取得聯絡。是自己勉強她來見面的，除此之外沒有更進一步的關係了。

「現在總算可以說出口，其實正是因爲聽到女兒要結婚的事，才觸動我寫下《白花三葉草綻放時》。雖然題材和大綱從很久以前就開始醞釀，不過這件事算是一個刺激吧。」

去年春天開始寫，寫到冬天完成。爲了尋找出版社，今年一月，家永參加了不熟悉的藝文派對。彰彥在那裡看到喝得路都走不穩的他，送他回家後，碰巧在暖爐桌上發現了那份書稿。

「原來是這樣啊。」

太好了，自己的聲音還很正常。彰彥放心地想。拜此之賜，也能好好地擠出微笑。

「恭喜您了。」

說出口才知道，現在對自己來說，「恭喜」與「再見」是同義詞。

□

「你們感情什麼時候變得這麼好啊？這樣太犯規了吧？快點吵架分手啦。」

被這麼嗤之以鼻，差點就要怒吼回去了。**那是我的台詞吧**，彰彥心想。

要是能說出口該有多好。不，當然不是對眼前的國木戶，是對她。

竟然已經決定要結婚了。竟然已經有交往對象了。爲什麼自己從來沒想過這個可能？早知道至少應該打探一次。眞是太輕忽了。可是，要怎麼打探？直接問：「妳有結婚對象了嗎？」「妳正在和誰交往嗎？」

不可能。說不出口。在她眼中，自己只是父親的責任編輯，因爲這樣才和自己見面。站在冬實的角度，只是因爲事情與父親有關，才心不甘情不願地出來見面罷了。

心不甘情不願嗎……

「喂，你別忽然不說話啊！」

「喔喔。」

「搞什麼啊，這麼無精打采的聲音。」

耳邊被人這麼大呼小叫的，彰彥忍不住轉過身，給了國木戶一個大臭臉。

「若王子是我家的業務，我跟他搭檔有哪裡犯規了？」

「你們原本不是感情很差嗎？」

「不好意思，那已經是過去的事了。託你們的福，我們早就修復關係，現在感情很好。今後銷售量還會繼續增加。」

「嘖。爲什麼王子偏偏是千石社的業務啊。」

國木戶這麼嘀咕，另一個人也說：

「我才想講這句話呢。要是能來我們公司，現在一定和我組成超強搭檔了。眞可惜。」

說這話的，是在綜合出版社「星川書店」工作的只津。這男人和彰彥畢業於同一所大學，在學時兩人幾乎沒見過面。只是出版界很小，進公司沒多久就認識對方了。

「對兩位很抱歉，不過還請你們死心放棄吧。」

「沒這回事，搞不好哪天他就厭倦了老古板的千石社，很可能跳槽來我們公司啊。」

「喔，聽起來不錯耶。這個人頭我們也獵定了，全公司上下都會向他招手，歡迎他過來。」

「請別這樣。」

「我可是認真的喔，現在敝公司的業務部長也很賞識他的能力。」

「想要什麼就毫不客氣地伸手去拿，可是我們星川家的家傳絕技。」

這些人到底懂不懂禮貌啊。彰彥早就知道國木戶很欣賞若王子，卻不知道連只津都看上了他。但是，現在可不是吵吵鬧鬧的時候。

別過頭往前走著走著，前方的國木戶停下腳步說：「就是這裡、就是這裡。」

「你們稍等一下，我打個電話給對方。」

在地下鐵站會合，走上地面才幾分鐘，面向大馬路一棟十二層樓高的白色大廈就是今天的目的地。國木戶拿著手機，走到入口處的花圃旁。等他講電話的這段時間，只津過來說：

「我都不知道你什麼時候跟國木戶哥變得這麼熟了。」

「有嗎？也沒那麼熟啊。」

「以前沒看過你們像剛才那樣你一言我一語地鬥嘴啊。畢竟工藤從以前就給人冷靜穩重又老實的印象。」

朝只津投以一瞥，只動了動眉毛沒說什麼。這點自覺彰彥還是有的。在文學編輯這個領域中，不只比自己年長的國木戶，連在學時同屆又是同一年出社會的只津，都是自己的前輩。分發到文學部門才第四年，過去光是完成手上工作就筋疲力盡，看在別人眼中，自己或許眞是個按部就班又無趣的人吧。

「對了、對了，你最近編的那本《白花三葉草綻放時》，我看了喔。」

「咦？」

只津兩邊嘴角漂亮地上揚，露出一個若有深意的笑容。

「設計和內容都很棒。」

「眞的嗎？你眞的這麼認爲？」

「好討厭啊……」

「什麼意思？喂，別以爲我沒聽見。」

「意思就是，要是千石社沒有你這樣的人，業界會和平許多的。既然背負老牌出版社的招牌，你就得表現得臭屁一點才行啊，要不然我們很難做耶。」

逼問他這話是什麼意思，只津又笑著說：

「你知道嗎？今天的三人座談，是國木戶哥指名你的喔。」

今天專訪三人的，是一家出版經濟類雜誌的出版社，這棟大樓正是這間公司所有。旗下的娛樂相關月刊雜誌《娛樂線》，企畫了「編輯男子」專題，找來幾個年輕男性編輯做訪談。原本聽到條件是露臉，彰彥還有些退縮，但是得知消息的若王子立刻跑來，嚴格下令彰彥要接受專訪。

身爲文學編輯，這是能介紹自己經手書籍的絕佳機會。只要有機會宣傳《白花三葉草綻放時》，就不容自己小家子氣推辭。

「國木戶先生指名我的？」

「我親耳聽到的，所以準沒錯。上個月蓬田獎的派對，你不是沒來嗎？那時對方直接邀了我和國木戶哥接受採訪，又說希望我們再找一、兩個人。聽到這個，國木戶哥當場推薦你，說正好有個不錯的人選。」

完全不知道有這回事。收到那本雜誌的編輯畢恭畢敬的邀請信，無論書面內容或邀請程序，都和自己拜託別人時沒兩樣。現在千石社裡的文學相關部門當中，說到年輕男編輯，大概也只有自己了吧。因此，當時沒經過深思就接受了邀請，也沒想過如果眞要找的話，其他出版社多的是年輕男編輯。

「爲什麼指名我呢？他該不會又想整我吧？」

「你們是這種關係嗎？」

「最近他不是說我囂張，就是說我不討喜，被嫌棄得很呢。」

兩人話說到一半，國木戶就回來了，好像已經和對方窗口取得聯絡。只津若無其事地轉換話題，接著三人魚貫地走進大樓，雜誌編輯也來了。

在對方帶領下進入的會議室裡，攝影師和採訪記者已經等在那裡。交換名片後，在指定位置坐下。平常這種場合，自己都是陪同作家一起，多半站在房間後方，避免妨礙採訪進行。現在輪到自己坐在椅子上，接受別人端飲料、噓寒問暖，說起來倒是新鮮體驗。過去也曾聽過自己被錄在錄音帶裡的聲音，不過那只是接受免費的就業情報誌採訪。像這樣寫成正式專訪內容的，應該還是第一次。

攝影機準備得差不多，很快就開始拍照。有單獨拍的，也有三人合照。有時站起來拍，有時坐在椅子上拍，被要求笑開一點、自然一點、臉抬起來、收下巴……指示接二連三，快門聲不斷響起。心想拍夠了吧、真想趕快逃離這裡時，對方又提出換個角度繼續拍的要求。總算多少能體會作家的辛苦了。

三人座談以國木戶主導的形式進行。從進公司後分發到哪個部門，到第一次經手編輯的書，和負責的作家有哪些對話、交流，具體的工作內容，今後的目標等等，到這裡還照事前拿到的題目提問，彰彥也事先準備好答案，訪談卻在提及關於《白花三葉草綻放時》的攻防戰時脫稿演出，氣氛瞬間白熱化。

彰彥偶然挖掘到的書稿，國木戶打算橫刀奪愛未果，最後還是由千石社出版成冊。即使勝負已分，國木戶仍然緊咬著不放，揚言已經鎖定文庫本的版權。

雜誌編輯、採訪記者和只津都是第一次聽聞這件事，樂不可支地打破砂鍋追問過程。國木戶興致勃勃地一一回應，彰彥也不甘示弱應戰。拜此之賜，本該有條有理、充滿知性對話的訪談，整個變成三人直言不諱的各說各話。

回家路上，疑惑地想那樣的訪談眞的沒問題嗎？除了嘆氣還是嘆氣。不過，雜誌不可能未經許可就把那些口無遮攔的內容全部刊登上去，幾天後，採訪記者寄來電子郵件，以附件檔案的方式附上根據錄音檔內容寫成的文章。

記者在信裡說，那天的三人座談對話活潑生動，充滿刺激與活力，非常感謝三人。彰彥至今從沒被人用「充滿刺激與活力」稱讚過，因爲那跟自己的個人特質八竿子打不著。戰戰兢兢地打開附件檔案，儘管通篇不時有些教人在意的地方，整體來說文章還是善意的，總算鬆了口氣。只修改了幾處自己的發言就回信了。

在這本雜誌發行前後那段時間，某大報社一份全國發行的早報上，刊登了芝山慶吾的散文。這件事本身不稀奇，只是內容竟然提到《白花三葉草綻放時》。那天早上，彰彥原本一如往常地躺在床上，一邊打哈欠一邊滑手機，才剛打開郵件信箱，就嚇得跳起來。

將近十封電郵湧進信箱，內容都是問：「今天的早報，你看了沒？」除了總編和赤崎等文學編輯部的同事外，連業務部鈴村、若王子和別家出版社的只津，甚至老家的爸爸和姊姊都寄信來了。

因爲沒訂那份報紙，彰彥只好急忙跑去便利商店買了一份報紙，又迅速回家。壓抑悸動的心回到房間，在桌上攤開報紙，只見芝山的文章配著大大的照片刊登在副刊，標題是「這樣啊，是雨啊」。

以簡潔的語氣說起最近自己讀了一本小說，叫作《白花三葉草綻放時》，對作品的評語是：「一方面用甜美的筆觸抒情描寫人們爲他人著想的心意，一方面又不只是個美麗的童話故事，是令人感受得到風骨的作品。」

芝山還寫道，讀了這本小說，讓他想起自己還未成名時的窮朋友。對方雖然也是出過幾本書的作家，在老家務農的父親病倒後，即使心有不甘，也只能放棄寫作的志願返鄉。甚至沒有說自己回老家後還會繼續創作，因爲回去前就知道在故鄉等著他的，是購買耕耘機和拖拉機而欠下的一屁股債。到最後，不但得賣掉農地，連老家的房子也都放棄，在親戚家寄人籬下。父親過世後，母親身心也出了問題。

相較之下，芝山有幸寫出了暢銷書，活躍領域也愈來愈廣，但他怎麼也無法忘懷這位老友，好幾次想寫信對他說「有任何困難都可以來找我」，卻每次都猶豫不決，終究沒有把信寄出。猶豫的原因有好幾個，心中也不是沒有另一個聲音責備自己爲何不寄出。到底怎麼做才正確呢？

儘管猶豫，賀年卡還是每年持續寄給他。某一年，收到對方通知母親過世，自己正在服喪的明信片。芝山寄了致贈花籃的錢聊表心意，收到對方的回禮和一封信。信中寫著簡單的感想，說他讀完了芝山的短篇集，稱讚寫得非常好。芝山說自己哭得難以置信。

又過了幾年，因爲有事到對方家附近，就不顧一切聯絡，再次見了面。老朋友露出和過去一樣的笑容，給了芝山一本薄薄的冊子。

對方說，就在不久前讀完短篇集之後，因爲被其中一篇觸動，在地方上成立了短歌吟詠會。短篇集裡確實收錄了一篇以萬葉和歌爲主題的作品。小冊子就是吟詠會的會刊，裡面刊登了老友創作的和歌。睽違三十年，再次看見他的才華得以萌芽，散發著青春氣息。

如今看著手邊的單行本，我不經意地想：我寫的東西或許成了他的「雨」。落在他身上，默默籠罩他的無聲雨水。如果是這樣就太好了。多年來的猶豫似乎沖淡了些。

假如有人好奇我說的「雨」是什麼，請務必讀一讀這本書。另外，我想再寫下一件事。

對我而言，他吟詠的和歌當然也是溫柔的雨。

讀完文章，彰彥失魂落魄了好一會兒。芝山的文章過去常讀，也曾看他寫過類似話題。不過，這次的故事還是初次耳聞。筆觸有種說不出的不通順，遣詞用字和他平常近乎匠氣的流利文筆有微妙的落差，反倒讓這篇文章非常吸引人。讀完之後，感覺甚至就像讀了一篇精巧溫潤的短篇小說般充實。

沉浸在文章的餘韻之中，彰彥倒回床上，等胸中奔騰悸動的思緒終於平靜下來之後，重新再讀一次。一次又一次。他爲什麼要寫這個？家永的作品確實具備驅使芝山寫下這篇文章的力量，這點毋庸置疑。除此之外，彰彥腦中更浮現在書店裡遇見的芝山。

他說自己有勇無謀。雖有勇氣但魯莽，這應該不是讚美之詞吧。芝山當場買下了《白花三葉草綻放時》，還說這是爲了紀念自己「第一次」的有勇無謀。那麼，這是否代表還會有下次呢？

喂喂，你只打算做這一次就收手嗎？什麼嘛，未免太無趣了吧。

彷彿聽見芝山這麼說的聲音，那挖苦人的笑容掠過腦海。彰彥起身，在床緣正襟危坐，對著手上的報紙深深一鞠躬。

「非常謝謝您。」

不管重複說幾次都不夠。同時，他也深自提醒自己，身爲編輯，自己不能停在原地，得朝下一個目標邁進才行。

□

一到公司，編輯部同事就叫住彰彥，拍了拍他的肩膀。

「接下來各大報大概都會紛紛報導了喔。像是在說：『哎呀，竟然有這麼一本書，之前怎麼都沒察覺。』你這次眞是幹得好啊。」

赤崎也過來用手肘撞了彰彥一下。要是眞能這樣就好了，過去無論哪家媒體都不把這本書當作一回事。彰彥如此老老實實地回答時，若王子走了過來，手上拿著剛發售的《娛樂線》雜誌。

眼尖的赤崎立刻雙眼發亮，彰彥想攔都攔不住，她輕輕鬆鬆就從若王子手上搶過那本雜誌。

「呀——竟然說是型男編輯耶，哪裡有型了啊？討厭，要是被人家以爲長這樣就是出版界的頂尖帥哥怎麼辦。」

「妳別管這麼多啦。」

「話說回來，要是問我還有誰，我也回答不出來，這才是最難受的。這業界眞慘淡。」

「關我什麼事啊，我也沒聽說他們竟然會下這種聳動的標題。」

赤崎開始讀起專訪內容，彰彥試著想阻擋，一隻手卻被若王子抓住。

「今天的早報和這本雜誌，將會形成雙重的『吸引力』呢。」

「會嗎？當然很感謝芝山老師的文章就是了。」

「不愧是國木戶先生，真羨慕能做出這種工作的人。」

那種帶有淡淡崇拜的語氣，聽在彰彥耳中卻很刺耳。若王子是明知如此還故意這麼說的吧。

「他就只是講話直白了點而已，不是嗎？」

「讀了這篇專訪的人，對一部連其他出版社的人都讚不絕口的作品一定會感興趣喔。國木戶先生深知這一點，徹底扮演了小丑的角色。」

若王子的意思是，國木戶特地捧千石社的書嗎？不是沒有想過這個可能，但從自己以外的第三者口中聽到時，終究不得不承認。儘管那人嘴上老是說得那麼難聽，他確實從來沒有真的害過自己什麼。這次的三人座談企畫，拉彰彥一起的人也是國木戶，或許他打從一開始就想聲援這本書。

真是不坦率的人啊，也真是不容小覷的人。只要相馬出版的王牌還是這個人，自己今後要是不用心，一定會被他遠遠拋在腦後。

「我們業務部也決定全力推動這本書了喔。畢竟有芝山老師和型男編輯的推薦嘛。兩者刺激的是不同的消費群，宣傳效果值得期待。應該很快就會增刷了吧。」

這次，彰彥眞的起雞皮疙瘩了。

「若王子。」

情不自禁抓住他的手，光是這樣還不夠，差點想緊緊擁抱他，被一旁的赤崎阻止了。

「我看了這本雜誌，這傢伙根本認眞想搶文庫本的版權嘛。只不過增刷一次就得意忘形的話，難保不被相馬拿走喔。」

說著，赤崎把雜誌推到彰彥面前。別過視線不去看自己的照片，彰彥心懷感激地收下她中肯的忠告。

□

和總編商量過後，決定請芝山的責任編輯負責向芝山道謝，請他盡快敲定餐廳，總編也會到場致意。彰彥不必參加，只要透過同事傳遞「承蒙推薦，甚感惶恐」的心意即可。芝山果然是天上高不可攀的大師。

至於地上人間這邊，《白花三葉草綻放時》已正式決定增刷，也把這令人欣喜的消息告訴家永了。赤崎說的沒錯，各大報章雜誌紛紛刊出這本書的書評，在書店獲得的待遇也提高許多，即使這樣，還不到爆紅的程度。

出版社通常會向大型書店購買銷售資料，以獲得實際銷售數字。東京都會區的銷售數字、全國區的銷售數字，一星期、一個月的銷售數字，或整合一星期內的每天銷售數字等。此外，也可藉此釐清主要的消費族群和順便一起買的雜誌類型。

芝山的文章刊登後，熟齡消費者一口氣增加許多，銷售數字明顯提升。不愧是全國性報紙，連外縣市的銷售數字也增加不少。另一方面，口耳相傳效果明顯的年輕族群，則對書店店員發出的訊息較爲敏感，而現在許多書店店員都在討論上次的「編輯男子」。

「說到型男編輯，我知道某某出版有一個喔」、「如果是型男業務，那又非誰誰誰莫屬啦」，在這樣的迷妹論戰帶動下，《白花三葉草綻放時》屢屢成爲眾人討論的話題。

「眞的這麼好看嗎？」「還沒看過的人一定要趕快買來看」、「我剛看完，哭了，糟糕的是人還在電車上」、「好感人的故事」「心頭好多感觸」、「阿好眞是個好女孩」。

網路上的這些聲浪與各書店店面宣傳ＰＯＰ都被報導出來，漸漸刺激著銷售數字。

這時，彰彥收到來自冬實的電郵，她說自己在順道經過的書店裡發現「本書確定增刷」的ＰＯＰ宣傳板。過去彰彥應該會第一個就通知她，然而知道她要結婚之後，至今遲遲無法送出聯絡。

冬實在信裡加上笑臉的表情符號，還提到擔任這本書封面插圖的插畫家舉行個展的事。「**工藤先生，要不要一起去看？**」

同樣地，如果在之前，彰彥早就立刻回信說要一起去了。畢竟兩人一起逛書店時就曾聊到這位插畫家，當時彰彥就提過預計秋天舉行個展的事，大有約冬實去看的意思。

可是，現在已經無法這麼做，無法成爲一對喜歡看書的朋友。站在冬實的角度，身爲父親責任編輯的彰彥有確定的身分，可以安心往來，又有共通的閱讀興趣，是能當作談話對象、輕鬆見面的對象。

爲什麼沒有更認眞，更正式地和她說呢？

半夜結束工作，搭計程車回到自家公寓門前，提不起勁立刻上樓。彰彥在大門口轉身，前往附近一間開到天亮的啤酒吧。坐在桌旁，一邊吃淋上滿滿墨西哥辣醬的披薩，一邊隨爵士樂擺動身體。

話其實也說了許多，而且不是一直都停留在不痛不癢、看對方臉色說的話，甚至還聊戀愛話題聊得很起勁。彰彥說自己不懂《那年我們愛得閃閃發亮》好在哪裡，冬實就生氣了。也曾一起回想《喬瑟與虎與魚群》裡看老虎的場景，談論《春宵苦短，少女前進吧！》裡的男人有多沒用，也對《完全戀愛》裡專情的愛各自發表了自己的看法。

然而，那充其量也只是不脫書友範圍的談話內容吧，連一次都沒問過關於戀愛的事。

「話說回來，妳呢？」

「我什麼？」

「有沒有正在交往的人啊?」

要是能有過這種對話就好了。都已經二十九歲了,到底在搞什麼啊。又不是高中生。不,現在這個時代,就連國中生都比自己爭氣。

結果就是像這樣,一個人在半夜裡嘆氣。撈出手機握在手中,瞬間有股想把手機丟進垃圾桶裡的衝動。第一次見面時,她從頭到尾臉都很臭,用毫不掩飾情緒的眼光瞪著自己。之後卻又露出非常受傷的表情,轉頭迴避自己的眼光。每次看到她那張無助的側臉,彰彥就想伸手觸摸。

萌生想再見面的念頭,對彰彥而言是非常自然的事。實現重逢的心願時非常開心,沒想到卻又再度惹她生氣,口吐不悅的言語。之後,終於從鈴村口中得知她堅拒的理由。

第一次看到她的笑容是什麼時候的事呢?記得兩人沿著河岸散步,當時談論的每一件事都絕對無法忘記。看到《白花三葉草綻放時》的封面打樣時,她不是也那麼爲自己感到高興嗎?吃著幾百塊的三明治代替午餐,心比胃還滿足。

爲什麼不能再見面了?爲什麼那樣的時光非得結束不可?

甩甩頭,閉上眼睛,反覆粗重的呼吸。都還沒聽到她的讀後感。不知道她是怎麼讀《白花三葉草綻放時》的?

又是書。不,這很重要。芝山也好,貝村也好,佐佐沼也好,大家提起自己中意的書時，看起來總是很享受。看在眼裡令人開心。彰彥心想，我喜歡她。

□

用有禮但生疏的語氣回了那封電子郵件，自己內心一定滿是對她的怒氣吧。感覺像遭到背叛。擅自認爲時間雖然不長，彼此確實曾經心意相通，沒想到她竟然另有戀人，因此感到火大。這只不過是惱羞成怒，幼稚的推卸責任。

其實心知肚明，但心情卻跟不上大腦，難以收拾。打從心底受不了這樣的自己，竟然有這麼蠢的人。每晚都喝酒，一天喝得比一天多。幸好不用擔心會在職場或其他工作場合遇到她。畢業的學校不一樣，住得也不近，幾乎沒有共通朋友。唯一的連結只有家永。

今後大概也不會再聽說她的事了吧。只要不靠近那棟車站大樓，就不會有偶遇的風險。現在雖然心痛，但這份痛楚總有一天會緩和，漸漸淡忘。

「要是妳知道自己覺得不錯的人已經有交往對象，妳會怎麼辦？」

試著這麼問赤崎，就當作意見參考。面對突如其來的詢問，赤崎先是嚇了一跳，看到彰彥手上拿著一疊影印紙，大概以爲他在問和作品情節相關的事。

「主角是男的還是女的？」

「男的。」

「橫刀奪愛雖然有戲劇效果，但這男的條件如果不夠好，就無法成立喔。現在這個時代，做出這種事很容易被當成跟蹤狂。賭十年後重逢的機會是比較聰明的安排，這樣無論是要走感人浪漫路線，還是轉向懸疑推理路線都可以。」

眞是不太能拿來參考的意見。

家人也打電話來說看了新書。聽到父親「這本眞不錯」的評語，彰彥也坦率地道了謝。從地下鐵車站走回住處的路上，當走到那間啤酒吧前，換成母親來講電話，興奮地說這是至今讀過最喜歡的一本。

「那還眞謝謝妳。妳這麼說我雖然很高興，但其他書也都很好喔。」才剛這麼說完逞強的話，又換回父親。父親說，「要不要也寄一本給尙樹？」彰彥停下腳步。直到現在還會夢想尙樹不經意繞到書店，被教職員室插畫的封面吸引，伸手拿起這本書。想像他在不知道彰彥是編輯的狀況下讀完，沉浸於作品的世界裡。要是眞能這樣有多好。不管在哪裡，只要這麼一想像，總會忍不住出神。

如果自己經手的書，也能成爲那些支撐著他的大量書籍之一，一定能夠實現從小到大的願望。那條橫亙在兩人之間的鴻溝，說不定這次眞的能跨越。當他用憂鬱的眼神望向庭院枯草，在書房角落凝視夕照天空，或是看著鄰家被鎖鏈鍊住的狗時，自己就找得到能跟他說的話了。一直好想和他肩並著肩，站在同一個地平線上。

然而現實是父親知道他在哪裡，只要一個牛皮紙袋就能把書送到他手上。尚樹或許已經不在日本，根本不可能碰巧在書店裡發現這本書。

「怎麼了，忽然悶不吭聲的？還是你來寄？我把地址給你？」

「不用了，一定很忙吧，不用勉強寄也沒關係。」

「誰很忙？喔，你說尚樹嗎？要不要讀當然讓他自己決定啊，寄書也是一種通知，他會很高興的。」

「那本書，有朝一日我會親手交給他。」

無視父親訝異的聲音，彰彥掛斷電話。不知道自己究竟在堅持什麼，已經到了莫名其妙的地步。他的孩子現在怎麼樣了呢？既然知道地址，不管是在美國，還是日本，只要去找他就好，然後提供具體的幫助。自己又不可能永遠是那個小他十歲的孩子。

回到住處，彰彥伸手從書架上的一疊書裡拿下單行本。盡情深吸了一口氣，打算把這本《白花三葉草綻放時》往床上丟。沒有任何丟它的理由，只是想用稍微敷衍的態度對待這本書而已。想降低它在自己心中的重量。大概是這種感覺吧。內容換算起來是四百幾十張四百字稿紙寫成的小說，不翻開頁面閱讀其中的文字就沒有任何意義可言。既不能拿來吃，也不能拿來喝，當枕頭嫌太硬，和它講話也沒有回應。所以，只能丟了。

然而，手指像被吸住似地放不開。不知道哪裡的誰寫的虛構故事卻能帶來很大的力量，而教會自己這件事的人正是尚樹。他曾那樣遞給自己無數本書。為什麼輕易就能丟掉呢？

□

「工藤先生。」

一個客氣的聲音叫住了彰彥，站在書店裡回頭一看，意想不到的人縮著肩膀站在通道上。

這天，暢銷作家貝村芳照在這間書店舉行慶祝新書發行的座談兼簽書會。雖然是其他出版社的書，身為貝村在千石社的責任編輯，彰彥還是去參加了。拿著事前獲得的號碼牌進入活動會場，與幾個熟面孔點頭致意。

坐的幾乎是最後一排的位子。但貝村不愧是受歡迎的作家，進行中開始出現站著聽的讀者，彰彥趕緊起身讓位。這類活動貝村經驗豐富，和擔任提問者的書評家默契也很好。分享了幾個與新書有關的插曲，不但順利博得笑聲，也好好談了書的內容，面對底下觀眾的問題更是不慌不忙地回應，連正在進行中的作品也不忘宣傳一番。其中一部作品正是彰彥負責編輯的長篇推理小說，預定明年春天結束連載，快的話夏天，慢的話秋天就會集結成冊。到時候，也得用不輸這次新書宣傳的熱度，好好讓世人認識那本書才行。

懷著這份心情留意觀眾席。會來參加活動的消費者族群雖然固定，然而諸如男女比例與年齡層分布等，能當作參考的地方還是很多。聽說最近貝村的死忠書迷裡增加了不少年輕女性，果然今天活動上就出現了幾組看似女學生的觀眾。如何抓住這些族群，讓她們接受主題比較沉重的推理小說，就成爲彰彥必須思考的課題。封面設計、書腰內容，這些都是値得下工夫的地方。

與讀者的交流時間，在回答了兩位讀者之後告終，接著就是簽書時間。貝村退到屛風後面短暫休息，進去前朝彰彥招了招手。彰彥急忙趕上前去，原來是有關連載的事。關於作品裡的幾個情節，說想聽聽彰彥的意見，昨晚已經用電子郵件寄給他了。貝村說，打算以彰彥的想法爲基礎做修改，但得等他幾天。

這是小事，當然沒問題，稿子能修改得更精準更好。彰彥笑著點頭表示明白，然後和周圍的人打過招呼之後走出屛風，就看到一群老面孔。

一如往常的，國木戶和只津都來了。只是一想到三個人站在一起難免引人聯想到上次的訪談，就覺得有些招架不住。四下已傳來調侃的聲音，除了赤崎之外，想抱怨「這樣也算型男喔」的人一定還有很多。彰彥也有自知之明，急忙逃離現場，當他跑到離會場有段距離的賣場正想喘口氣時，背後傳來喊他的聲音。

是自己負責的作家，倉田龍太郎。

上次見到他是一月中的事，兩人約在新宿的喫茶店，而自己對他那份厚厚的書稿搖了頭。

彰彥也不想講那種話，如果光憑執筆的熱忱給答案，說不定不會是NO，而是YES。要是每次面對作家拚命寫出的作品時，都能說「非常好」、「在我們公司出書吧」，心情不知道會有多輕鬆。

可是自己對他搖了頭。那個天黑得早的冬日，在路邊與他道別，就算沒有回頭，倉田彎腰駝背落寞離去的背影仍歷歷在目。

「好久不見。」

先把內心翻湧的漩渦推到一旁，彰彥露出微笑。那天之後就沒再聯絡了，自己也沒有主動關心。真的是好久不見。被退稿的七百張稿紙大作，不知道是否找到接手的出版社了？沒有聽到消息，也不曾在其他公司的文學雜誌上看到。

他今天是爲了什麼而來？剛才在活動會場並沒有看到他。

「您常來這間書店嗎？」

「不，倒也不是。只是寫信說不清楚，有些話想當面和你說。可是你……那個嘛，你一定很忙吧。」

彰彥不知道該說什麼才好。

「今天貝村老師不是在這裡舉行活動嗎？我猜你應該會露臉，所以就來了。抱歉，忽然這麼叫住你，你一定還有事吧？」

「不，沒有了。不嫌棄的話，要不要找個地方坐坐？爲了表達這麼久沒聯絡的歉意，讓我請您吃個飯吧。」

倉田捏緊手中看似帽子的東西，目光直盯著彰彥。一看就是怯懦中年人的模樣，雙眉困惑地擠成八字，嘴角微微上揚，表情卻帶有一種不可思議的安詳。

「謝謝，不過不用了，只要聽我說一下就好。」

「可是——」

「眞的，不需要這麼客氣。」

倉田推著彰彥到樓層角落，幾乎沒有人會經過的安全梯旁，大概打算在這裡說。

「怎麼了嗎？發生什麼事了？」

「嗯。那個啊，我看了你在《娛樂線》上的專訪。」

「您看了那個嗎？」

彰彥嚇了一大跳，嘴角不由得抿起來。

「別擺出這種表情嘛，拜那篇專訪之賜，我才會拿起《白花三葉草綻放時》來看。老實說，當下我心裡有很多混濁黑暗的東西交錯。心想，你根本不懂我，我可是得過千石社新人大獎的人耶。對你來說，又是在自家出版社出道的作家。而你竟然丟下這樣的我，跑去支持那種一點關係也沒有、幾乎早被人們遺忘的人？為什麼？有那個時間做這種事，你不是更該來熟讀我的稿子才對嗎？為了讓我的書能順利出版，你應該要盡更多力量才對啊。我真的這麼想，怒上心頭，火大得不得了。」

似乎想起了當時的事，倉田低下頭，緊咬著嘴唇，肩膀劇烈起伏。彰彥的眼睛眨了幾下，像是要用力吞下什麼似地頻頻點頭。

「原本不想浪費錢買的，可是沒讀過就亂批評也有欠說服力。我想，讀完這本書後，一定要來好好貶低這種裝模作樣的爛東西一番。結果……」

聽見吸鼻涕的聲音。倉田從口袋裡掏出一塊布來，在臉上東擦西擦。

「寫得太好了啦。真是的，好得令人困擾，太奸詐了。竟然出了這種書，這樣我不就只是個蠢人了嗎？」

「倉田先生。」

「從那篇專訪看來，好像也有人反對你出這本書吧？我猜一定是這樣的，那是理所當然的啊，畢竟像我這樣的人到處都有。可是你還是出了那本書。既然如此……」

再次聽到吸鼻子的聲音，彰彥從提包裡拿出面紙遞給他。接過面紙，痛快擤了鼻涕之後，倉田抬起頭。

「既然如此，只要我也寫出好作品，你一定會幫我出書。」

來不及做出反應，只慢了一、兩個呼吸。隱約察覺倉田就是爲了說這句話而來的，彰彥胸口痛得說不出話來。

「工藤老弟。」

連自己都跟著眨起眼睛。比起編輯，作家或許更痛苦。可是以前家永說過，創作這種事，本來就是無法事先預料的東西。之所以老是不把話講清楚，就是因爲很可能在意外的地方發現驚喜。

不踏實又不成熟的人們時推時拉，時而不甘心，時而被弄哭，就這樣創作出誰也想像不到的、充滿能量的驚人作品。

「我會等您的，請您繼續寫下去吧。」

「嗯。謝謝。自己想做的究竟是什麼，我會試著從這一點開始思考，盡全力寫出屬於自己的作品。然後總有一天……那個啊，這件事你不能說出去喔……」

「好的。」

「希望能讓家永老師讀一讀我的書。」

看似難爲情地搔搔頭，這樣的倉田對彰彥而言像陌生人。彰彥很驚訝，原來他也有這一面。即使拿下歷史悠久的文學獎，倉田過去從未表現出蠻橫的態度，眞要說的話，一直以爲他是溫厚謙虛的人。然而，在他內心其實有著強烈的自尊，鎮日受嫉妒與焦慮所苦。家永的書打動了這樣的倉田，總有一天，倉田的書也將打動另一個誰的心。

「那麼，下次再見。寫出來時我會聯絡你。」

露出靦腆的笑容，點頭致意後，倉田轉身離去，背影融入喧嚷的購物人群中。這次彰彥沒有先背過身，始終目送著他的背影。

7

河上受雇擔任店長的「ｂａｔａ」是間小小的咖啡吧。

問過他店名的由來，原來不是取自什麼詞彙或內含什麼意義，只因老闆姓川端還是道端【註】。笑著說「搞什麼嘛」的記憶還如昨日般清晰。

好久沒去露個臉了。雖然被河上說「只有一臉沒精神時才會來」，但彰彥並不是因爲這樣才少去。除了暢銷作家的新書《雙刃》，還有經歷一番奮戰苦鬥終於得以出書的家永作品，這些作品陸續出版，彰彥忙著促銷宣傳和安排採訪，忙得不可開交。爲了不影響其他工作，假日幾乎都得到公司加班，不是看稿就是開會。回過神來，已經從喝冰咖啡轉變成喝熱咖啡的季節了。

「最近還好嗎？偶爾也來店裡露個臉嘛。」

接到河上這樣的電郵，是深秋十一月的事。這還是他第一次寫信來問候近況。雖說也不是希望他寫長信，但只有這句話還是頗令人掛心。彰彥腦中閃過拉下鐵門的店舖模樣。

譯註：這裡的「端」，在日語中讀音爲bata。

該不會連河上的店也要關門大吉了吧？畢竟現在面臨經營困境的不只是出版業。難道他被解雇了嗎？或是要換到別間店工作？

實在放心不下，傳了自己方便的日期給他，河上便指定了一個較晚的時段。彰彥到店裡時，門上已經掛著打烊的牌子，一踏入店內，打工的男孩正好要離開。吧台裡，河上正在收拾東西。

「發生什麼事了？」

沒怎麼寒暄就急著這麼問，河上露出疑惑的表情。

「今天怎麼這麼早打烊？」

「偶一爲之沒關係吧，我今天也想坐下來慢慢喝兩杯啊。」

愈聽愈可疑。開朗的表情反倒讓人起疑，要說那是嚐過酸甜苦辣的成熟大人的表情也不爲過。記得問河上高中畢業後要做什麼時，他臉上出現的就是這種表情。

儘管還心有困惑，但就姑且照河上說的在吧台邊坐下。瞬間，一股美妙香氣鑽進鼻腔。蒜頭、番茄和洋蔥，簡單的食材裡加入香料，形成刺激空腹的香味。他好像又放了蛤蜊和干貝等海鮮。剛才的不安與困惑瞬間拋到九霄雲外，身體內側湧上一股食欲，從廚房裡飄出的香氣像發出爽朗的笑聲。愈來愈強烈，也愈來愈豐富。

「你在煮什麼？」

「燉飯。你要吃吧？」

「要吃。我餓了，快點端上來！」

河上看似心情絕佳，笑得露出雪白的牙齒，從冰箱裡拿出海尼根和酸黃瓜。再將兩人份的玻璃杯與隔熱墊、餐巾紙放上桌，俐落擺好刀叉，最後，用托盤端著兩盤裝在耐熱容器裡的燉飯上來。

隔著濛濛蒸氣，看得見充滿光澤的番茄醬汁。啤酒倒入玻璃杯，河上直接穿著圍裙在身邊坐下。兩人簡單碰杯，冰涼的啤酒通過喉嚨，拿起湯匙舀一口燉飯。這時先不貪心，只舀起半湯匙吹兩下，把還熱騰騰的燉飯送入口中。

「好吃！」

海鮮的繁複滋味融入醬汁，香料形成巧妙點綴，蒜香刺激食慾。每咀嚼一口乾爽的米粒，就能品嚐到一種不同的鮮甜。即使這樣就已經夠美味了，怎麼說決定滋味的關鍵還是番茄。微酸中帶有醇厚的深度，感覺健康活力隨著入口的食物擴散全身。

廣告中常可看見用「太陽的恩賜」形容大紅色番茄，每次吃到河上煮的番茄醬汁，彰彥都會想起這句廣告詞。或許基礎調味夠紮實，在嘴裡擴散的滋味吃起來就像剛摘下的蔬果般新鮮水潤。不只是菜味，眞正有著太陽下熟透作物的優點。

「你做的醬汁吃起來眞痛快。該怎麼說呢，總覺得吃了就能獲得活力。明明做的人自己的個性是各種彆扭，做出來的料理卻是如此健康，眞不可思議。」

「彆扭什麼的可以不用說吧。不過，既然你覺得好吃就算了。」

從未有過的溫和語氣與老好人般的笑容，都讓彰彥感到突兀，要是平常早就出言吐槽了，今天是番茄適時制止了他。萬一因爲呼氣變涼就太可惜，一口氣連干貝和花枝也扒進嘴裡，瞬間吃得連一粒飯都不剩。想再來一碗。再來一碗也能輕鬆吃完。正想這麼說時，往旁邊一看，看到河上莫名斯文，仔細品嚐著自己的那一份燉飯，彰彥這才回過神來。

「我說，你到底怎麼了？一定有事才會寫信給我吧？」

「不是什麼大不了的事啦。」

「什麼嘛，快點說清楚。店怎麼了嗎？還是你要換地方工作了？」

停下手中的湯匙，河上搖搖頭。

「不，完全不是那回事。是我讀了你做的書啦。」

「啥？」

「鬧得沸沸揚揚的那本啊，我去書店買了。」

過去河上也不是沒讀過彰彥編輯的書，只是那多半是自己下班後順道繞過來，親手把書交給他。要是讀了覺得有趣，之後他也會發表一下感想。

「聽你說了那麼多，我當然會很好奇啊。確實不錯喔，有値得你堅持不放手的地方。

不只如此，我自己看了也想起各種回憶。」

「想起什麼？」

河上用一如往常捉摸不透的眼神望向彰彥。

「小學三年級我離家出走的事，你還記得嗎？有沒有？留下寫著『我要去死了，再見』的信就失蹤，搞得大家雞飛狗跳的事。」

「你還有臉說喔，眞的是把大家搞得雞飛狗跳。我眞以爲你要去死了，嚇得差點昏倒。」

河上父親惹出的事傳到學校裡，在那之前原本稱得上人緣不錯的河上，瞬間成爲一群陰險男生欺負的對象。逼得河上趁彰彥沒注意，留下一封信就逃走了。

「我是認眞的啊。對這世界強烈絕望，想說要給嘲笑我的那群人一個好看，打定主意要做出不得了的事。後來忽然想到，最後得去和小尙打個招呼才行，就是這個念頭壞了我的事啦。」

「果然是你去找他的，不是什麼碰巧遇見。」

九歲的少年河上跑出家門，打算隨便找個地方去，再也不回來。很快地天黑了，孤單的他在夜風吹拂下，一定很希望誰來幫幫自己吧。彰彥輕易就能想像當時的景況。就這樣，河上跑到車站前當時尙樹打工的唱片行。之前彰彥帶他去過一次。

看到突然跑來的小學生嚷著要去自殺，尚樹一定也很傷腦筋。

「我的決心很堅定喔，可是小尚卻說『好了啦、好了啦』拍著我的肩膀，打工到一半就溜出來，帶著我到附近的西餐館。因爲很晚了，店已經打烊，可是小尚和老闆交涉了一番，最後不但讓我們進去了，還端出熱騰騰的湯來。」

「湯。」

「放了很多蔬菜的義大利濃湯，超好喝的。」

這件事彰彥是第一次耳聞。當時尚樹只說碰巧發現在車站前遊蕩的河上，就把他帶了回來，沒提到西餐館這一段。

「大廚是一個禿頭卻留了一把大鬍子的大叔，長得就像瑪莉歐兄弟裡的路易吉。看到我哭哭啼啼地喝湯，就莫名其妙說些『快點長大，做出比這更好喝的湯吧』之類的話。問題是，我又不是長大想當廚師的小孩。那間店就是車站前的『鈴蘭餐館』，明明和鈴蘭一點也不搭，國中時還忽然倒閉了。讀完你出的那本書，不知爲何就想起這件事，好懷念啊。結果大概十天前吧，有位時常來店裡的上班族長輩忽然說『這裡的湯眞好喝』。就只是這樣喔。付了錢舉起手揮了揮，他就笑著回去了。看到這個我忽然發現，其實我只是希望可以讓小尚和路易吉大叔吃自己做的菜。」

「河上。」

彰彥忍不住喊了他。河上聳聳肩，舀起盤中最後一匙燉飯。

「沒關係啦。就算是抱著那種想法做出的菜，但是除了他們兩人之外，可以讓更多人吃到，也很値得慶幸啊。若大家覺得好吃就更棒了。你不也是如此？那本書原本只是爲了一個或兩個人做的吧？可是，如果能打動不知哪裡的誰的心，豈不是更棒。這種人愈多，愈代表你把工作做得很好。」

來不及思考就先點頭了。感覺剛吃下去的燉飯很快就融入身體，傳送到身體每個角落。

「好耶，我眞棒，竟然說了這麼有道理的話。決定烤個肉來吃，以茲紀念。」

「肉！太讚了！」

「流著口水等吧你。」

一口喝乾啤酒，河上走回廚房，打開瓦斯爐。很快地，廚房裡飄出奶油微焦的香氣，傳來肉汁豪邁的滋滋聲。大概在烤牛排吧。這香氣聞起來肯定是牛肉沒錯。

「不過啊，工藤。」

「嗯？」

河上似乎蓋上了鍋蓋，滋滋聲聽起來悶悶的。

「那本書，小尙一定會看到的。不，說不定他已經讀了。」

「怎麼說？」

「他不是知道你在千石社上班嗎？既然如此，一定會察覺這本書是你做的啦。封面設計和書腰都很有你的風格，連我都感覺得出來，小尚不可能沒察覺。」

是這樣嗎？內心掠過一絲苦澀。如果他還在日本，或許眞如河上所說。書發行三個月了，一般而言，反應不好的新書這時差不多已經從店面撤下，《白花三葉草綻放時》的銷售量雖然累積得慢，但是賣得愈來愈好，有些書店甚至把它擺在特別顯眼的地方。只要尚樹特地注意千石社出的書，很有可能眞的會看到它。

可是尚樹或許已經帶著心臟病的孩子出國了。從父親說要專程寄書給他這點看來，已經不在日本的可能性很高。再者，不管他人在不在日本，如果孩子的狀況不好，應該根本沒心思看書吧。

廚房傳出香氣，抽風機的聲音中，還聽得見河上哼哼唱唱。

「河上，快點給我吃，還要啤酒。」

「好啦，我遞過去，你來拿。」

照他說的起身，從心情絕佳的河上手中接過冰冰的啤酒罐。尚樹的事下次再告訴他吧。比起不確定的資訊，還是等得到更確實的消息再說。整理好自己的情緒，最近找個機會聯絡他。其實早就該這麼做了。

對尙樹而言，自己是什麼樣的存在？母親過世，被父親收養，在沒有人表示歡迎的地方過著寄人籬下的日子。三年後，工藤家長男夫妻的兒子出生了；彰彥光看照片，也感覺得出當時家裡是如何歡天喜地。祖母一定故意在尙樹面前表現得很高興。一切的待遇都和自己不同，把這一切看在眼底的尙樹又是做何感想？

如果自己的誕生對他而言是一件可恨的事，無論時間經過多久，彼此之間都不可能建立單純明確的關係。或許直到現在，尙樹心中依然懷抱著抗拒之情。不管是寄書還是寫信給他，彰彥始終躊躇不前的原因就在這裡。他怕尙樹。

「喂，這牛排值得期待喔，我搞不好是天才。」

「再乾杯一次吧，敬阿良的離家出走。」

「你在說什麼啊，既然要乾杯，不如敬鈴蘭的路易吉大叔一杯吧。」

溫熱過的盤子上放著切好的牛排，和幾種搭配的蔬菜，有四季豆、綠花椰菜、玉米，還有馬鈴薯泥。淋上以醬油爲基底做成的洋蔥醬，連盤帶菜都油亮發光。

姑且不論路易吉大叔了，有朝一日，尙樹一定會很開心地吃到河上做的菜。

立場不同，建立關係的方式不同，性格也不同，可是兩個人都很黏尙樹。在小河邊的草原上，像兩隻跑來跑去的小狗，一看到沿著堤防走回來的尙樹，立刻大聲喊他的名字。

「小尙——」只要這麼大呼小叫，穿著制服的他就會朝兩人隨性揮手。

要是能一直保持當時那樣的關係，不知道該有多好。可是，小孩子是無法做書的。

□

《白花三葉草綻放時》決定三刷。初版印量三千，二刷三千，到了三刷增加至五千，總計超過一萬本。進入十二月後，報章雜誌開始刊登總括今年一整年出版品的書評報導，儘管沒有集萬千寵愛於一身的風光，《白花三葉草綻放時》還是被介紹到了。即使只是短短幾句評語，依然是在大量的新書中，被專業書評家選上的一本。光是這樣，就能給人留下好印象。

從三刷開始換上新的書腰，也把芝山的評論加上去。當然有事先取得大師本人的同意，也按照正式流程支付了稿酬。如此一來，一定又會再促進一波銷售，業務部同事們無不摩拳擦掌，彰彥也這麼期待著。

三刷印出來時，收到許多書店的要求，希望能提供家永的簽名書，於是決定在公司裡借一間會議室，請他過來簽書。

「眞難爲情，我還是第一次簽這麼多書。」

「大概有兩百多本。發行至今已經好幾個月了，還能有這麼多簽書需求，眞的很厲害喔。其中不少是來自外縣市的書店，看來銷售量還會繼續往上。」

「現在這樣已經很感恩了。」

最近其他出版社似乎紛紛向家永邀稿，聽說這天也和人約了吃晚飯兼討論。因此，彰彥答應他在傍晚前完成簽書作業。裝書的紙箱搬進會議室，包括若王子在內的業務們接二連三地進來打招呼，順便幫忙把書從箱子裡拿出來。

「各位百忙之中還來幫忙，眞是不好意思。麻煩你們了。」

「請別這麼說，我們才對您不好意思。」

家永靦腆地笑著，拿起簽名筆。以在位子上坐下的家永爲中心，周圍有人準備書，有人幫忙打開書頁，有人依序整理簽好的書，就這樣展開簽書作業。包括途中休息在內，作業進行得很順利，全部簽完才花不到四十分鐘。之後，應書店強烈要求，也請家永順道簽了用來裝飾書店的簽名板。除了寫上店名與簽名，希望他再寫上一、兩句話，家永一邊想一邊寫。

這段期間業務部眾人忙著把書搬出會議室，就在簽名板簽完時，若王子正好端上熱咖啡。彰彥接過托盤，拿出事先準備的茶點請家永享用。

「辛苦您了。」

「不會不會，這不算什麼，也幫不了什麼大忙。我才是受你諸多關照呢，沒想到眞的能在千石社出書，到現在還有點難以置信。」

「是作品本身的力量。」

大概順利簽完書鬆了一口氣吧，聽彰彥用詼諧的語氣這麼一說，家永就頻頻點頭：

「值得感謝的是，找上門的工作愈來愈多了。不過我會提醒自己不可得意忘形，腳踏實地繼續寫下去。原本只能靠自己到處推銷的書稿，你一讀之下竟然說要幫我出書。這本書能像這樣成形，可見你當時不是說場面話，也不是一時心血來潮。繼續寫出能讓人這麼想的書，就是我今後的目標。」

「我很期待。」

「我也很期待你做的書喔。以讀者的身分。」

彰彥也發自內心點頭。自從沒有預期地造訪家永家，偶然發現那份書稿至今，自己也學會了許多。雖然曾把身邊的人拖下水，造成別人的困擾，甚至碰上不少慘痛的遭遇。但是，這個過程讓他察覺自己還有很多不懂的事。還有很多人嘴上說著嚴厲的話，依然願意伸出援手。

此外，彰彥再次體認，一本書「要出」或「不出」，這區區一個決定，有時卻能左右作者的人生。就算不願意，編輯始終得背負巨大的責任。這份責任固然沉重，但絕對不能隱藏或失去小心謹慎的態度，同時還要賭上自己的品味一決勝負。

手頭還有很多想出書的稿，也希望繼續與更多新的事物相遇。鼓起那有勇無謀的魯莽勇氣，親手讓更多作者滿懷自信寫出的作品問世。

「老師，最近這段時間可能比較忙，但仍希望很快有機會和您再次合作。」

「很高興聽到你這麼說喔。」

「請多多指教了。要是想到什麼，隨時都可以聯絡我。我也可以不時約您見面嗎？不用馬上談到書稿的事，請務必賞臉一起吃飯或喝兩杯。」

家永挑起眉毛說：

「你愈來愈有編輯的架勢囉。年輕有活力的編輯愈來愈多，沒有比這更可靠的事。」

「大家都實力堅強啊，我也不能輸。您待會兒是要去相馬出版吧？」

「嗯。國木戶老弟他啊，說要把我以前的短篇集《夜晚靠岸的船》文庫本換新封面改版。應該這個月中旬就會出現在書店裡了。這次的封面還眞是不錯喔。」

國木戶才眞的是實力堅強的人。在即將翻紅的這個時期，同一位作者過去的文庫本作品有很大的優勢。只要一個封面就能改變讀者的印象，看來銷售數字指日可待。這麼做也拉攏了家永的心，肯定已經在和相馬出版討論下一步作品的事了。

「改版上市的文庫，我一定會拜讀的。那篇〈南方的天空〉就收在這本書裡吧？」

「喔喔，對對對。」

家永頓時換了一個表情，重新在椅子上正襟危坐，把攤開的茶點包裝紙折起來推到一旁，就差沒咳個兩聲清喉嚨了。

「你上次說的那件事，記得嗎？冬實名字的由來。」

儘管提起這話題的人是自己，但久違後再聽見冬實的名字，彰彥內心還是一陣激動。想強裝平靜，卻比想像中困難許多。故意歪了歪頭問：「這件事怎麼了嗎？」

「我還沒告訴她啦。因爲啊……這又是另一件難以啓齒的事，每次想講就情不自禁地皺起眉頭。我原本都打算要說了，就開口問她婚禮的日期決定了沒。」

「是……」

「結果啊，她居然說不辦了。」

家永一臉爲難的表情嘆氣。

「最近好像很多人結婚不舉行婚禮呢。」

「不，不是，不是這個意思。是婚事整個取消了。一切回到原點，冬實還說已經和男方談好了。」

取消？不是重新擬定日期而是取消？回到原點是什麼意思？是要重拾初心，從頭交往的意思嗎？

「不管是女人心還是女兒心，對我來說都像海底針啊。她一臉無所謂的樣子，做父親的也不好深入追問得太詳細。那天她回家一趟，順便說了這件事，一邊在廚房裡整理東西什麼的，也不知道到底在想什麼。」

「這樣啊。」

「還用剩飯炒了飯給我吃。不是我要說，那炒飯眞好吃。」

那眞是太好了呢。彰彥在心裡這麼回應。

「因爲發生了這件事，所以我還沒能把南天的事告訴她。」

家永哈哈哈地乾笑了幾聲。

「換句話說，令嬡不結婚了嗎？」

「嗯。」

「跟那個結婚對象現在呢？」

「分手了喔。」

瞬間，思考停止。**ㄈㄣㄕㄡˇ**。這是什麼意思來著？在發音轉換爲文字之前，心臟已經先加速跳動。

「那是什麼時候的事呢？」

「關於這點啊，她也說得裝模作樣的，說什麼櫻葉轉綠的時節，既然要說，幹嘛不說白花三葉草綻放時呢，眞是不會拍馬屁的傢伙，你說是吧？」

彰彥腦中浮現目黑川邊的小徑。兩人在那裡散步是四月中旬的事，還記得當時站在櫻花樹下，看見櫻樹上已經開始轉綠的茂密葉子。那次是去拜託冬實授權使用詩作，也才得知那首詩是她爲家永的第一任妻子所寫。

凝望都會河川水面的她的側臉鮮明地重現腦海。按捺各種複雜思緒的她緊抿的嘴角與閃現淚光的眼瞳，堅強與脆弱都看得一清二楚，彰彥只是陪在一旁，一起吹風。樹葉發出的沙沙聲，至今彷彿還在耳邊。

「老師，『南天』的事，請讓我來告訴她。」

「啊？喔。」

「不好意思，拜託您了。」

低下頭仍沒得到家永的回應，只感覺到他身體動了動。抬起視線一看，家永正慢條斯理地喝完剩下的咖啡。接著，轉身朝背後的窗外望去。

「我說，工藤老弟啊。」

「是。」

喊了名字之後，家永又默不作聲了。取而代之，是露出一抹沉穩的微笑，目光始終凝視夕陽下的高樓大廈。

□

睽違兩個月，再次傳送電子郵件給冬實。上次她寄信邀請自己去看插畫家個展，冷淡回覆後就沒再聯絡了。雖然也思考過該如何在信裡解釋，最後還是簡單送出一句「好久不見」，問候近況及詢問是否有空見面。當天就收到回信了，她說自己也正想傳訊息聯絡，因爲有話想對彰彥說。

會是什麼事呢？內心一陣忐忑。聽家永說，他沒讓冬實知道和彰彥說過女兒要結婚的事。既然如此，今天的事應該與此無關吧。或者……難道她其實要對自己坦言一切嗎？如果不是的話，還會有什麼事？

一心以爲自己要被拒絕了，腦中滿是可恨的念頭。正因對自己沒有信心，想像的都是不好的事。眞要說的話，又不一定會被拒絕。取消婚禮的理由每個人都不一樣，可能性多的是。

提了幾個方便的日期回覆，冬實就傳訊來問週三晚上如何？還指定在東京近郊某間書店見面。那是位於車站大樓內的中型連鎖書店。冬實問彰彥去過嗎？得到否定的答案之後，她又回信說那就約在入口旁的文具賣場吧。

要是約在咖啡廳，大概無法一坐下來就提出令人臉色發青的事，但也不懂她爲何要約在書店。面對兩個月前給了冷淡回覆就音訊全無的男人，她想說的究竟是什麼？到底會是什麼？

過了情緒劇烈起伏的幾天，當天又被臨時安插了會議。儘管擔心趕不上四點的約，但還是答應參加。《雙刃》正式決定翻拍成電影，對方製作人表示想當面談談關於今後的拍攝行程與合約相關內容，還有幾乎已經敲定的演員人選等事宜。在媒體部同事的陪同下，和對方約在某飯店的餐酒館，氣氛相當和諧，商談也頗有進展。不只主演的那位演員，連其他配角卡司都很堅強，目前爲止的企畫內容也無可挑剔。原作佐佐沼提出的幾點要求，彰彥也以委婉的方式說明了。

直接在餐酒館和電影公司的人分開，與媒體部同事一起走進地下鐵車站後，兩人分別走向不同方向的月台。和冬實的約定大概得遲到三十分鐘左右，傳訊告知後，她也傳來「知道了」的回覆。平淡無味的幾個字，彰彥卻在電車上翻來覆去看了好幾次。

這次一定要好好表達自己的心意。冬實是作家的女兒，也曾爲了作品有求於她。書稿充其量只是促成兩人相遇的機緣。然而，撇除千石社編輯的身分，希望她能接受身爲男人的自己。

在搖晃的電車中，視線望向完全暗下的窗外，眼前浮現的是從春天到夏天，與她共度的一幕又一幕。漸漸地，那身影與少女時代的她重疊。銀色的細雨朝乾燥的地面降落，落在垂頭喪氣的白花三葉草上。十幾歲的女孩寫下希望自己成爲那場雨的詩，她的心意何時能傳遞到那人心中呢？

就像河上說起的往事。想煮給鈴蘭餐館大廚喝的湯，現在爲其他人的胃帶來滿足與溫暖。小小的雨滴濕潤了花草，或許也會爲其他意想不到的地方帶來濕潤水氣。

電車滑進月台停下，車門左右敞開，彰彥和其他乘客一起下車。搭上通往剪票口的手扶電梯，車站大樓就在眼前。

□

「工藤先生。」

在文具賣場裡東張西望，走到放滿聖誕卡片的櫃子旁時，冬實叫住了他。她穿著加了毛絨、看似很溫暖的羽絨外套。夏天見過面後，跳過秋天再次見面已是冬季。

「抱歉，我遲到了。」

「沒關係，工作還好嗎？」

她神情自然，絲毫感受不到兩個多月不見的空窗。看著這樣的她，緊繃的心情才放鬆下來。

「順利結束了，沒問題。」

「這樣啊，不要太拚命喔。」

一切都沒變，和聊書聊到忘了時間時一樣，和拿家永新書封面給她看時一樣的笑容。

「雖然心想你一定很忙，但今天無論如何都有個東西想讓你看。」

「在這裡嗎？」

「工藤先生，難道你已經知道了嗎？」

什麼事啊。

「我有個朋友住這附近，所以偶爾會來，才在這裡發現了。」

她朝彰彥招招手，自己邁步往前走。彰彥趕緊跟上去。

「發現什麼了呢？」

「家父的書，展示區布置得好厲害喔。」

喔，原來是想讓自己看這個啊。放下忐忑的心情，打從心底放鬆起來。這麼說雖然很現實，但腳步的確變得輕快，像長了翅膀。

穿過店內幾個區域後，眼前出現文學新書區。人還在幾公尺外就看到了，熟悉的封面，在展示區上陳列得很漂亮。

專區平台上豎起大大的立牌，上面貼著手作的ＰＯＰ宣傳板，大概有四、五片之多。

白花三葉草造型的人造花沿著平台邊緣滾了一圈花邊。

「這太感人了，得去向書店道謝呢，還要拍照。」

「是啊。這間書店在網路上舉辦了《白花三葉草綻放時》的線上讀書會。事先公告日期，設計專用網站，讀者可自由連上網站參加，在上面留下讀後感言。」

彰彥想起這間書店的名字了。

「原來是這間書店啊，差點忘記了。業務部同事有和我說過會舉行這樣的活動。讀書會舉行當天我剛好沒空上線，後來同事還把留言整理好寄來了呢。可是數量實在太多，還沒全部看完，也想說要印下來寄給家永老師看。」

聽到彰彥這麼說，冬實握緊拳頭，似乎表示「太好了」的意思。

「立牌上貼的就是當時讀者留言的感想，聽說是由店長選出，取得當事人同意後放在這上面的。」

一邊探頭去看，一邊點頭。

「你看，上面還有留言者的名字。」

正如冬實所言，上面的名字有一看就像網名的，也有看似本名羅馬拼音的縮寫。大大的立牌上貼滿讀後感，密密麻麻的相當壯觀。大概有二十幾條吧。書店的陳列展示五花八門，直接把線上讀書會內容拿來展示的，就彰彥所知，還是第一次。應該不只這間分店，而是整個連鎖書店的企畫。

「好驚人喔。」

親眼目睹來自讀者的眞實感言，身爲責任編輯難免情緒激動。挑了幾篇來讀，每一篇都能感受到讀者對作品的愛，也都各有特色。懷著感恩的心看下去，目光忽然停在其中一篇。上面寫著片假名，應該是留言者的所在地區。

「舊金山……」

即使住在國外也能上網參加讀書會。連住在美國的人都已讀過這本書，光是這樣就夠令人吃驚了。閱讀感言內容前，視線落在留言者的名字上。

@NAOKI KUDO【註】

「咦？」

隨即打消念頭，怎麼可能。不對，不是的，沒什麼好慌張，冷靜。

明明想這麼說服自己，腦中卻是一片空白。現在一定全身都在顫抖吧。

「工藤先生？」

身旁的冬實擔心地小聲詢問。朝她望去，只見她靜靜地微笑著。最近好像在哪看過這樣的笑容。才剛這麼想就記起來了，是家永。不愧是父女，果然很相似。

不能只顧自己的心情，也得快點把冬實名字的由來告訴她才行。這是約定，和她父親的約定。

我說，工藤老弟啊。

現在的自己，已經可以堅定地回應那個聲音。今後的人生，請讓我與令嬡攜手共度。我一定會好好珍惜她。希望哪天能夠對他這麼說。

@NAOKI KUDO的留言是這樣的：

讀了這本書，腦中浮現好一段時間沒見到的人。不知道他過得好嗎。心靈有沒有乾涸啊。有人讓自己這麼掛在心上，光是這樣或許就很幸福。這本書讓我察覺了這一點。舊金山正好下起一場驟雨。冬日枯竭的地底下，三葉草正在等待春天的到訪。

雨落在彰彥的心上，聞到河邊草地令人懷念的氣味。

《心之雨》完

譯註：「尚樹工藤」的羅馬拼音。

心之雨 / 大崎梢著 ; 邱香凝譯.-- 初版. --
台北市：蓋亞文化有限公司，2023.01
面； 公分
譯自：クローバー・レイン
ISBN 978-986-319-709-6（平裝）.——

861.57 111017722

悅讀 · 日本小說 19

心之雨

作　　者　大崎梢
譯　　者　邱香凝
封面插畫　nofi
裝幀設計　莊謹銘
編　　輯　章芳群
總 編 輯　沈育如
發 行 人　陳常智
出 版 社　蓋亞文化有限公司
地址：台北市 103 承德路二段 75 巷 35 號 1 樓
電話：02-2558-5438　　傳真：02-2558-5439
電子信箱：gaea@gaeabooks.com.tw
投稿信箱：editor@gaeabooks.com.tw
郵撥帳號 19769541　戶名：蓋亞文化有限公司
法律顧問　宇達經貿法律事務所
總 經 銷　聯合發行股份有限公司
地址：新北市新店區寶橋路二三五巷六弄六號二樓
電話：02-2917-8022　　傳真：02-2915-6275
港澳地區　一代匯集
地址：九龍旺角塘尾道 64 號龍駒企業大廈 10 樓 B&D 室
電話：+852-2783-8102　　傳真：+852-2396-0050
初版一刷　2023 年 01 月
定　　價　新台幣 399 元
Published and printed in Taiwan

ISBN／978-986-319-709-6

Gaea

Gaea